2020.10.1

锐眼撷花
文丛

野莽 —— 主编

花样年华

王祥夫 著

中国言实出版社

图书在版编目（CIP）数据

花样年华 / 王祥夫著 . -- 北京：中国言实出版社，
2020.9

（"锐眼撷花"文丛 / 野莽主编）

ISBN 978-7-5171-3517-3

Ⅰ . ①花… Ⅱ . ①王… Ⅲ . ①中篇小说—小说集—中
国—当代②短篇小说—小说集—中国—当代 Ⅳ . ① I247.7

中国版本图书馆 CIP 数据核字（2020）第 133719 号

出 版 人 王昕朋
责任编辑 李昌鹏
责任校对 代青霞

出版发行 中国言实出版社
    地　　址：北京市朝阳区北苑路 180 号加利大厦 5 号楼 105 室
    邮　　编：100101
    编辑部：北京市海淀区花园路 6 号院 B 座 6 层
    邮　　编：100088
    电　　话：64924853（总编室） 64924716（发行部）
    网　　址：www.zgyscbs.cn
    E-mail：zgyscbs@263.net

经　　销 新华书店
印　　刷 北京中科印刷有限公司
版　　次 2021 年 1 月第 1 版　　2021 年 1 月第 1 次印刷
规　　格 880 毫米 ×1230 毫米　1/32　10.5 印张
字　　数 190 千字
定　　价 42.80 元　　ISBN 978-7-5171-3517-3

山花为什么这样红

——『锐眼撷花』文丛总序

在花开的日子用短句送别一株远方的落花,这是诗人吟于三月的葬花词,因这株落花最初是诗人和诗评家。小说家不这样,小说家要用他生前所钟爱的方式让他继续生在生前。我从很多的送别文章里也像他撷花一样,每辑选出十位情深的作者,将他生前一粒一粒摩挲过的文字结集成一套书,以此来作别样的纪念。

这套书的名字叫"锐眼撷花","锐"是何锐,"花"是《山花》。如陆游说,开在驿外断桥边的这株花儿多年来寂寞无主,上世纪末的一个风雨黄昏是经了他的全新改版,方才蜚声海内,原因乃在他用好的眼力,将好的作家的好的作品不断引进这本一天天变好的文学期刊。

回溯多年前,他正半夜三更催着我们写个好稿子的时候,我曾写过一次对他的印象,当时是好笑的,不料多年后却把一位名叫陈绍陟的资深牙医读得哭了。这位牙医自然也是余华式的诗人和作家：

"野莽所写的这人前天躺到了冰冷的水晶棺材里，一会儿就要火化了……在这个时候，我读到这些文字，这的确就是他，这些故事让人忍不住发笑，也忍不住落泪……阿弥陀佛！""他把荣誉和骄傲都给了别人，把沉默给了自己，乐此不疲。他走了，人们发现他是那么的不容易，那么的有趣，那么的可爱。"

水晶棺材是牙医兼诗人为他镶嵌的童话。他的学生谢挺则用了纪实体："一位殡仪工人扛来一副亮锃锃的不锈钢担架，我们四人将何老师的遗体抬上担架，抬出重症监护室，抬进电梯，抬上殡仪车。"另一名学生李晁接着叙述："没想到，最后抬何老师一程的是寂荡老师、谢挺老师和我。谢老师说，这是缘。"

我想起八十三年前的上海，抬着鲁迅的棺材去往万国公墓的胡风、巴金、聂绀弩和萧军们。

他当然不是鲁迅，当今之世，谁又是呢？然而他们一定有着何其相似乃尔的珍稀的品质，诸如奉献与牺牲，还有冰冷的外壳里面那一腔烈火般疯狂的热情。同样地，抬棺者一定也有着胡风们的忠诚。

一方高原、边塞、以阳光缺少为域名、当年李白被流放而未达的，历史上曾经有个叫夜郎国的僻壤，一位只会编稿的老爷子驾鹤西去，悲恸者虽不比追随演艺明星的亿万粉丝更多，但一个足以顶一万个。如此换算下来，这在全民娱乐时代已是传奇。

这人一生不知何为娱乐，也未曾有过娱乐，抑或说他的娱乐是不舍昼夜地用含糊不清的男低音催促着被他看上的作家给他写稿子，写好稿子。催来了好稿子反复品咂，逢人就夸，凌晨便凌晨，半夜便半夜，随后迫不及待地编发进他执掌的新刊。

这个世界原来还有这等可乐的事。在没有网络之前，在有了文学之后，书籍和期刊不知何时已成为写作者们的驿站，这群人暗怀托孤的悲壮，将灵魂寄存于此，让肉身继续旅行。而他为自己私订的终身，正是断桥边永远寂寞的驿站长。

他有着别人所无的招魂术，点将台前所向披靡，被他盯上并登记在册者，几乎不会成为漏网之鱼。他真有一双锐眼，撷的也真是一朵朵好花，这些花儿甫一绽放，转眼便被选载，被收录，被上榜，被佳评，被奖赏，被改编成电影和电视，被译成多种文字传播于全世界。

人问文坛何为名编，明白人想一想会如此回答，所谓名编者，往往不会在有名的期刊和出版社里倚重门面坐享其成，而会仗着一己之力，使原本无名的社刊变得赫赫有名，让人闻香下马并给他而不给别人留下一件件优秀的作品。

时下文坛，这样的角色舍何锐其谁？

人又思量着，假使这位撷花使者年少时没有从四川天府去往贵州偏隅，却来到得天独厚的皇城根下，在这悠长的半个世纪里，他已浸淫出一座怎样的花园。

在重要的日子里纪念作家和诗人，常常会忘了背后一些使其成为作家和诗人的人。说是作嫁的裁缝，其实也像拉船的纤夫，他们时而在前拖拽着，时而在后推搡着，文学的船队就这样在逆水的河滩上艰难行进，把他们累得狼狈不堪。

没有这号人物的献身，多少只小船会搁浅在它们本没打算留在的滩头。

我想起有一年的秋天，这人从北京的王府井书店抱了一摞西书出来，和我进一家店里吃有脸的鲽鱼，还喝他从贵州带来的茅台酒。因他比我年长十岁，我就喝了酒说，我从鲁迅那里知道，诗人死了上帝要请去吃糖果，你若是到了那一天，我将为你编一套书。

此前我为他出版过一套"黄果树"丛书，名出支持《山花》的集团；一套"走遍中国"丛书，源于《山花》开创的栏目。他笑着看我，相信了我不是玩笑。他的笑没有声音，只把双唇向两边拉开，让人看出一种宽阔的幸福。

现在，我和我的朋友们正在履行着这件重大的事，我们以这种方式纪念一位倒下的先驱，同时也鼓舞一批身后的来者。唯愿我们在梦中还能听到那个低沉而短促的声音，它以夜半三更的电话铃声唤醒我们，天亮了再写个好稿子。

兴许他们一生没有太多的著作，他们的著作著在我们的著作中，他们为文学所做的奉献，不是每一个写作者都愿做和能做到的。

有良心的写作者大抵会同意我的说法，而文学首先得有良心。

野莽

2019 年 9 月

目 录

风车快跑

1

风车一晚上都没睡好，凌晨三点多就醒来了，然后就再也没有睡着，这在他是从来没有过的事。既然睡不着，风车就起来了，喝了一杯每天早上必喝的白开水，然后去遛他那只小狗。天还没有大亮，他带着小狗出去，先去了前边，然后才去后边母亲那里，风车每天早上都是如此，只不过是这天要比平常早了些。他轻轻开了母亲的家门，母亲的家里光线很暗，风车轻轻推开母亲房间门的一刹那，头皮猛地一麻，母亲在床上躺着，两只手握成拳头，头朝一边歪着，嘴巴微微张开着。风车在那一刹那感到了不祥，他过去，低声喊了一声妈，母亲没有一点点反应，风车又喊了一声，还是没有反应，风车摇了摇母亲，母亲没有像往常那样一下子醒来，风车再摇摇母亲，感到母亲的身子已经僵硬了。然后，睡在另一间屋子的弟弟听到了风车的尖叫。紧接着，风车给他女人拨了电话，风车在电话里的声音极度慌乱，他说我妈死了我妈死了我妈死了！风车的女人在电话里说你别瞎说，这种事你也瞎说！这时候风车已经哭了出来，声音很可怕："我妈真死了——"接下来，风车给他的大哥打电话，但怎么也打不通，他想他的大哥这时候可能已经去了公园，这时候正是人们去公园锻炼的时候，风车又给他的二哥打了电话，他二哥还在睡觉。然后，风车就拿着那早就准备好的一万块钱出了门。他二哥对他说大哥那边他去通知，买装老衣服和操办别的什么事他和老大去做，风车的二哥要风车赶快去一趟公墓，把那边的事赶紧定了，这地方讲究办这种事越早越好，最好赶在天亮之前。公墓那边的事早就问过了，一万块钱的费用包括挖坑儿、封土、立碑和用大理石装饰坟堆，一万块钱什么都有了。

"咱们各做各的，你赶快去吧。"风车的二哥在电话里说。

风车怀揣着那一万块钱急急忙忙出门了，他的神色让所有人看了都觉得这个人肯定是出事了，走路不像个样子，从马路这边过到马路那边去简直是横冲直撞，而且他还戴着一副墨镜，当然没人知道风车的墨镜是一副近视眼镜。风车从小就这样，做什么都是风风火火，所以他妈才叫他风车。这时候天还没有大亮开，风车是坐十五路车，十五路车是二层大巴，他其实是应该坐在一层的，一层也没有多少人，零零星星几个人，可他就是闲不住，即使出了这种事，风车的两条腿也总是闲不住，虽然一个人一辈子也只能碰到一回母亲去世。风车还是迈着大步上到了大巴的二层，二层上坐着三个年轻人。事情便发生了。风车坐下了，他坐在靠中间那一排，他刚刚坐下，那三个年轻人便马上挪了过来，一个，坐在了他的后边，一个，坐在了他的前边，另一个，要他往里边挪挪，然后就坐在了他的旁边，这样一来，风车就动不了啦，如果说有路可逃，那就只有车窗，从车窗子跳出去。

"把钱拿出来。"坐在他旁边的年轻人说了话，同时，凉凉的，风车感到脖子那地方凉凉的，他马上明白那是刀子。"把钱拿出来。"这个年轻人又说了一声。但这个年轻人忽然想笑，他听见风车用很可怕的声音说：

"告诉你，我妈死了！"

"你说什么？"这个年轻人说。

"我妈死了！"

风车又大声说，他受了刺激，已经控制不住自己了，他说我妈刚刚死了，我要去给我妈办后事，我妈真的死了，我要到公墓去给我妈买一块地。

"谁知道你妈死了没？"坐在前边的年轻人说你最好是把钱都拿出来。

这个年轻人这么一说，风车就哭出了声，他说今天早上他去他妈那里要比平时早得多，去了，结果发现他妈已经死了。"真死了，人已经硬了。"

"你妈死了，你坐车干什么？"坐在风车旁边的年轻人手里的刀子松了松。

风车把刚才的话又重复了一遍，说要给他妈买一块墓地。

"那你身上一定带了不少钱吧？拿出来！"坐在风车后边的年轻人恶狠狠地说。

"拿！"坐在风车前边的年轻人说，也恶狠狠的。

"我妈死了！"风车大声说，他这次是冲着车窗外边说。

"我妈真死了！"风车又冲他旁边的那个年轻人说，风车的脸上都是泪，风车的表情给这三个年轻人的印象是，这个人可真是悲伤坏了，什么都无所谓了，他就是这时候把命没了，也无所谓了。这三个年轻人还没碰到过这种情况，还没碰到过被他们打劫的对象是一个刚刚母亲去世的人，这三个年轻人面面相觑。这时候，下层有了动静，有人要从下边上来了，下边的人听到上边的动静了，下边的人要上来，却被坐在风车后边的年轻人跳起来拦住了，这个年轻人说："哥们，哥们，唉，哥们，他是我们的人，他是神经病，动不动要打人的，他说他妈死了，他妈活得好好儿的呢，他妈是我姑姑，他是精神病，所以他这么早就把黑墨镜就戴上了。"要从下边上来的人就又犹犹豫豫退了下去。大巴没有停，一直往南开，一直开，一直开。这时候那三个年轻人开始动手了，那个要从下边上来的人把他们那一点点刚刚从心里冒上来的怜悯心一下子弄得无影无踪。两个年轻人按着风车，他们马上知道了风车身上有钱，而且钱还肯定不会少，而且知道了风车的钱就放在胸前，两个年轻人已经把风车按住了，风车的手紧紧抱着自己，而且发出了更大、更怕人的叫声。手里拿着刀子的年轻人这时候都开始考虑该不该捅风车一下子，他还没有捅过人，刀子在他手里从来都是吓唬人的，这让他感到有些害怕，不知道该捅什么地方。一般的人，只要是一见刀子便会马上服服帖帖，但风车已近疯狂，他叫得更加凄厉了：

"我妈死了——我妈死了——"

车也就在这个时候停了，坐在大巴下层的人其实已经给110报了警，他们已经感觉上边出了事，而不像上边的年轻人说的那么简单。车停下来，警察从下边冲上来的时候，那三个年轻人已经飞快地离开了风车，那把刀却给放在了风车的身边。那三个年轻人对从下边冲上来的警察说这个人可是疯子，上来就拿出刀子不让人靠近，我们要下去他也不让我们下。风车呢，声音依然很大很怕人：

"我妈死了——我妈死了——！"

"你说什么？你好好说话。"一个警察对风车说。

"我跟你说我妈死了！"风车说。

"你摘了墨镜说话，现在天还不算太亮。"一个警察说。

警察把风车和那三个年轻人都带到了那个一般人谁也不愿去的地方。风车一下车就说你们得马上放我走，我得去给我妈买片墓地。你们得放我走，马上放我走。有一个警察说我看你脑子有问题，不是我们及时出现，你那一万块钱早就让他们三个给洗走了。警察是做什么的，警察的眼睛简直是神了，他们几乎一下子就可以分辨出站在他们面前的是好人还是坏人，再说那三个人早已经在局子里挂过号。风车在那几个警察面前突然又哭了起来。风车说什么？他说他想起来了，他母亲是给他自己害死的。他这么说话的时候，那几个警察的神色马上紧张了起来，想听听风车是怎么害死的自己母亲。风车说，就在前几天，他带他母亲去镶牙，风车语无伦次地说他想让他母亲再镶一口假牙，好好儿活到一百多岁，风车说的都是实话，但那几个警察还是听得很困惑。风车说来说去，说来说去，那几个警察才算听明白个大概：也就是，前几天，风车带他母亲去镶牙，那个镶牙馆就在风车家院门口的对面，他是走着带母亲去的镶牙馆，但母亲是太老了，走得太慢了，风车一次次地催促母亲快走，再加上母亲还要上镶牙馆那个台阶，那台阶也太他妈陡了；去了镶牙馆还不说，他还带母亲去了超市，超市的台阶也很陡；去了超市还不行，他还带母亲又去了理发馆给母亲理发，理发馆的台阶也很高很陡。这把他母亲给累坏了。

"把心脏给累出毛病了，也许心脏都破裂了。"说到这里，风车开始号啕大哭。

"你母亲现在怎么样？"一个警察问风车。

"我妈昨天还活着。"风车说。

"你身上装了多少钱？"一个警察又问风车。

"我身上没装钱。"风车是语无伦次了。

"我们刚刚把那一万块钱从那三个年轻人手里拿回来给了你，你怎么说没有？"这个警察说你脑子是不是有问题？我们要首先知道你脑子是不是有问题。

"你们得放我走。"风车说。

"我们这里也不可能让你多待。"一个警察说这里又不是看守所，起码是没食堂。

接下来，风车又坐上了110的车，在车上，风车又一次次地说他把母亲害死的话，而那几个警察却不再听，他们已经用电话和某个地方联络过了，他们要对风车负责，这样一个人，身上装着一万块钱，精神状态又是这样，他们为他担心。车跑了一阵儿，后来终于停了下来，车开进了一个地方，这个地方的院子里有一个圆圆的大花池，花池里有一些去年的已经干枯了的花草，直到后来，风车才知道这地方是精神病院。

"你们要送我到哪儿？"快下车的时候风车问。

"送你到你要去的地方。"一个警察说。

"公墓又不在市里。"风车说。

"你还不到去公墓的时候，别看你一大早就戴了黑墨镜。"一个警察笑了一下。

"我这是近视镜。"风车说他一共有两副近视镜，只不过最近那副无色的坏了，所以他现在白天黑夜都要戴这副，风车甚至提议让那个警察戴戴试试，那个警察摆了摆手，笑了笑。

"妈的，一大早碰这么个人。"

2

风车是从满鼻子里的味道知道自己到了什么地方。什么味道？医院的味道。

医院的味道是综合的，有那么一点酒精的味道，有那么一点药材的味道，还有什么？还有就是说不清的臭味儿。一个人不难凭这种味道知道自己来到了什么地方。那几个警察，把他送到这里就消失了，他们是110警察，110警察总是很忙，他们就是没事也要回到岗位上待命。他们已经和院方联系好了，也把风车的情况向院方说明了。他们把他送到医院，要医院鉴定一下风车是不是有毛病，风车的样子让他们马上就想到了这个地方。

"差不多，一眼就差不多，不用多看。"一个穿白大褂的医生对警察说。

"那就交给你们了。"送风车过来的警察说。

"我要去公墓，我妈死了！"风车说。

"你先跟我们走吧。"

那两个年轻医生，已经一左一右搀定了风车，说搀有些不准确，是挟持。风车从下车开始就一遍又一遍说他母亲死了，说他有正经事要马上去办，那就是去买块墓地。风车是太激动了，人一激动就容易语无伦次，他一次次地说是自己把母亲害死了。他说话的时候那两个身穿白大褂的年轻医生也只是笑笑，根本就不理会他在说什么，他们就好像是架了一个没有生命的东西，比如说，是一大段大木头，比如说，是一大块带骨头的肉。总之，这两个年轻医生在说他们昨天的事，他们昨天的事是什么？好像是昨天他们去了一个地方，那地方让他们很舒服了一下。这两个年轻医生把风车从门口一直架上了楼，上楼的时候风车想挣脱一下，却被这两个年轻医生架得更紧了。

"你们放开我。"风车说自己没事。

"马上到了。"两个年轻医生中的一个说。

"到什么地方？"风车说。

"你会好的。"两个年轻医生中的另一个说你们这种人一开始都这样。

"放开我，我要去给我母亲买墓地，我妈死了！"风车说。

"你一会儿说母亲，一会儿说妈，你说妈和母亲有什么区别？"两个年轻医生中的一个说，笑着说，好像是和风车开玩笑。

"你们放开我，我妈真死了，现在还没穿衣服呢，再晚就穿不上了！"风车说。

"病得不轻，你看看他说他妈没穿衣服。"两个年轻医生中的一个对另一个说，两个年轻医生就开心地笑了起来。这时候他们已经上了楼，上了楼往左拐了过去，走廊地板擦得很干净，亮堂堂的。然后他们进了挂着"院长办公室"牌子的那间房。这间屋子和一般办公室没什么两样，地上摆着两盆叶子很大的植物，细看知道那是塑料制品，墙上挂着一些锦旗，锦旗一般都是红绸子做的，所以这间屋子显得红彤彤的，甚至有些喜庆的味道。院长是个中年人，胖胖的，戴着一副眼镜，他的办公桌很大，桌上有电话，有台历，有水杯，很大的水杯，有一沓文件，还有，还是一沓文件，还有，居然是一盆花，很小的盆子，小得不能再小，里边是一株小小的仙人球，下边的球是绿的，上边嫁接的那一颗更小，却是红的。还有，一个工艺品，是两只手，其中的一只手正在往另一只手上戴一个指环。这工艺品是铅灰色的，冷冰冰的，上面落着一些灰尘。

"送来了。"这个姓刘的院长说。

"让我来这里干什么？我马上要去买墓地。"风车把话抢在那两个男医生的前边。

"把眼镜摘了。"刘院长说要看看风车的眼睛。

"我这是近视镜。"风车说自己戴的是近视镜。

"近视镜？变色镜？怎么不变色？"刘院长笑着说。

"我这是不变色的近视镜。"风车说。

"你病了多长时间了？"刘院长说。

"我没病，我妈死了，早上死的，现在几点了？"风车这才想起自己的手机，他把自己的手机掏了出来，只看了一下，他就急了，已经快十一点了，家里的人现在还不知道急成个什么样子。风车看完了手机，刚要把手机放回到自己的口袋里，手机却被身边的年轻医生一把抢了过去。

"你敢抢我的手机？"风车说。

"他们是给你暂时保管一下，你放心。"刘院长说，又说，"你很快就会好的，你最好镇定一下你的情绪。"

"我马上就要去公墓。"风车说现在都什么时候了？风车说，"把手机给我。"

刘院长笑了笑，说我们也不会要你的手机，你说你妈死了，是怎么死的？什么时候？

"早上。"风车说。

"怎么死的，什么病？"刘院长说。

刘院长又重新让风车激动起来，风车说他母亲是给自己害死的："给我害死的？"

"怎么害死的？"刘院长看看另外那两个年轻医生，笑了笑。

风车把陪母亲去镶牙然后又去超市最后又去理发馆的事说了一遍，每说一个地方他都会强调一下说那里的台阶很高，不但高而且是很陡。那么高的台阶年轻人都受不了，风车说他母亲的心脏也许因此而累得已经破裂了。

"你早上发现她的时候她什么样子？"刘院长问风车。

"两只手这样，脸这样，嘴这样。"风车做了动作。

刘院长就笑了起来，说你先休息一下，情绪不要太冲动。刘院长对风车身边的那两个年轻医生说先把风车安顿在十五号病房。风车一听就急了，风车说什么十五号？我又没有病，我马上要去公墓！要去公墓！

"我妈还在家里躺着呢！我去公墓！"

"你不是说你母亲已经死了吗？"刘院长的笑容更和蔼了，他对那两个年轻医生说领他去休息吧，先让他镇静下来再说。

"我妈死了，我妈躺在家里，我就是得了癌症这会儿也不可能住院！"风车说。

风车就是这时候开始挣扎的，因为那两个年轻医生已经把他轻轻架了起来，那两个年轻医生力气很大，风车的两只脚已经悬了空。风车真是急得要发疯了，母亲在家里躺着等着为她做后事，比如，洗身子，洗头发，穿衣服，要从上到下都是新的，人们都是这样对待死人的。自己怎么就被送到了医院，这是什么医院，自己得了什么病？这时候风车还不知道自己是在什么医院。他挣扎着，要从那两个年轻医生的手里挣扎出来。但那两个年轻医生把他紧紧架着，朝病房那边快步疾走。风车这时候感到了一些恐怖。

"你们是不是真以为我有病？"风车小声说。

"告诉你们我没病，我妈真死了！"风车说。

"我妈等我回去给她料理后事呢！"风车大声说。

"你们放了我，我要去公墓！"风车吼了起来。

无论风车怎么急，那两个年轻医生都不再跟他说话，风车被架到了十五号病房，病房一共三层，每一层的楼梯上都有一道铁门，一道一道的铁门，仄斜的楼梯与楼梯之间也都被铁条一一封死，下边的人上不去，上边的人也绝对出不来，每开一道门，铁门都会发出"咣啷"一声。风车被架到了十五号病房后，另外一个男护士马上出现了。风车愣了愣，马上知道他们要做什么了，风车看到了玻璃针管，看到了亮晶晶的小药瓶，看到了那个男护士把小药瓶里的药液冲着天空抽到了针管里边，抽完又把里边的空气排了一下，小针头上射出了几滴。然后，他们要风车上床去，把裤子脱掉，说过一会儿你就会好了。风车是既不上床也不脱裤子，并且下意识把自己的裤子护住，风车看看门，想跑出去。后来，怎么说呢，是那两个年轻医生把风车一下子给按在了床上，并且把他的裤子给扒了下来，风车感觉到屁股那地方凉凉的。他大声地叫，声音真是很怕人，他不知道自己出了什么事，是不是在做梦："我妈死了，我妈死了，我没病！"风车忽然不叫了，他想自己是不是在做梦？但屁股上有什么已经给一下子扎了进去，那针刺的感觉让他明白自己不是在梦里。这时，一只手伸了过来，把风车的墨镜给摘了。

"我看不见了。"风车说你们别摘我的眼镜，你们这么做会后悔的！

"你睡吧，你会很快好起来的。"有一个声音在说。

热烘烘的朦胧中，风车听到一个声音又在说：

"还真是近视镜。"

3

风车醒来了，他睁开眼，眼前是一片模糊，他发现自己此刻正躺在一张床上，床上是白色的床单，上边有个红十字，还有一个枕头，枕头上铺着一块枕巾，也是白色的，上边也有个红十字。床头是一整块铁板，漆成了白色，床尾也是一整块铁板，也漆成了白色。床头还有一个小床柜，也是白色的，风车想找到自己的眼镜，这里摸摸那里摸摸却没找到。从床上下来，风车才发现自己身上竟然穿着病员服，是那种很软的布做的统一服装，一道蓝一道白，上衣是这样，裤子也是这样。自己的衣服呢？风车看到了床对面的小立柜，他马上奔了过去把柜子打开，自己的衣服都静静地挂在里边，他想起了那一万块钱，他把上衣和裤子上的口袋都一一摸过来，那一万块钱却不在。风车吓了一跳，接下来，他很急促地干一件事，就是把现在身上的衣服脱了下来，他要穿自己的衣服，他想起了母亲的事，母亲现在可能已经被穿好了寿衣，可能被停在了那里，而且，还可能稍微化了化妆，正躺在那里等着那一口五彩斑斓的棺材。风车一边换衣服一边看看外边，他愣了一下，他看到了窗外初升的太阳，他停了一下，这让他吓了一跳，这么说，他已经在这个病房里躺了一夜，家里人可能要急死了，这时候可能在到处找人。"妈的，出了什么事？"风车问自己，他一屁股坐下来，把一只手放在自己的脑门儿上，他终于想起来了，想起自己怎么被架上了楼，怎么被按到床上给打了针。"你们这样做是要后悔的！"风车又跳了起来，大声说，但他这话根本就不会有人听到，风车很快把自己的衣服穿在了身上，但他发现了一个问题，那就是他的裤带找不到了，这样一来，裤子就只能用手吊在那里，他到处找了找，他趴在地上连床下都找过。没有，什么也没有，钱也不见了，眼镜也不见了，裤带也不见了。这时候，风车才觉着自己的脚下很凉，他很快在小立柜里找到了自己的那双鞋，穿鞋的时候他发现鞋带儿居然也不见了，这就是说，他不可能穿着这样一双鞋走路。风车的脑子是十分的清亮，好像是从来都没这么清亮过。他明白了，自己是在什么样的医院里，这多多少少有些滑稽。怎么会把自己送到了这里？风车的心一阵乱跳。

"开门——"风车叫了起来。

"喂喂喂，开门——"风车把声音放得再大一些。

"开门！开门！开门！"风车继续喊，把声音放得最大，大得都快岔气了，但是外边没有一点动静，也就是说，没有人理会他的喊声。

"妈的！"风车用身子猛地撞了一下门，他用得力气太大了，他把自己给撞疼了。

接下来，"砰砰砰砰、砰砰砰砰"的拍门声在风车的手下发了出来，他不再喊，他要用手说话了，门被从外边锁上了，窗子外边有铁条，所以他只好拍门，风车用手拍了拍门，然后停下来，他听听外边，外边根本就没有脚步声传来，却有人也在开始"砰砰砰砰"地拍门。既然没有人过来，风车就又开始拍门，手给自己拍得生疼。风车拍门的时候，旁边的精神病人们也在拍，而且拍得比他还凶。拍门声终于有了结果，风车听到了下边开铁门的声音，"咣啷"一声，从下边响起，又"咣啷"一声，上来了，再"咣啷"一声，又上了一层。风车这时候才被吓了一跳，他肯定了，这里肯定是精神病院，只有精神病院才会这样。风车想起了自己的一个女朋友，这个女朋友说来可怜，她的父亲开着一个小超市，有人要去杀她的妹妹，却正好赶上她的妹妹不在，那天她的父亲正好待在小超市里，结果她的父亲死于非命。风车去看他的这位女朋友时，这位女朋友因为精神病给关在精神病医院里。那天他还买了一束花，跟在一个年轻医生后边，进一道铁门，开一回，进一道铁门再开一回，楼梯上都安着铁门。

风车明白了，明白这里是什么地方。

"放我出去！放我出去！"

风车把门拍得更响了，风车简直是愤怒了。他这么一喊，旁边病室里的人也都嘻嘻哈哈喊了起来，又是拍门又是喊，还有人因此而哭泣起来，是个女生，哭泣的声音很沙哑，一听就能听出是把嗓子哭坏了，这时忽然又有一个人女声女气唱了起来，声音拖得很长，是唱京戏，而且肯定还是个男的。这时候从下边上来的医生已经走到了风车的病房前。是两个年轻的男护士，他们把门开了。后边的那个男护士端着饭，是早饭，冒着气。

"放我出去，我又没有病。"风车说。

"来这里的人都这么说。"走在前边的那个男护士说，他的手里有一个小木盘子，木盘子里一格一格里都是药片，各种的药片，还有一个小的很漂亮的棕色瓶子，里边是碘酒。

"我妈还等着我呢，我妈死了！"风车想好好儿把这件事说清楚，风车觉着是不是昨天自己慌乱中情绪激动引起了什么误会，才会让人把自己送到这里，所以，这一次他要把话好好儿说明白。所以，风车尽量把口气放得缓和一些。风车甚至想请这两个男护士坐下来。风车做了一个请的手势，说你们坐吧，我要好好儿和你们谈谈，我不是病人。

"你妈死了还怎么等你？"拿药片的男护士笑着说，说先吃药吧，吃了药就会好了，想出去，只有病好了才能出去。

"我没病。"风车说我妈真还在床上躺着呢，她是昨天死的，我早上去遛狗发现的，我是出来去公墓办事的。风车这么一说就又想起了自己那一万块钱。"我那一万块钱呢？"风车把一只手放在了自己的脑门儿上，"还有我的手机，我要给家里打电话，我家里的人肯定都要急死了！"

"先吃药，再吃饭，这是早饭。"端饭的男护士说这里的伙食不错，有鸡蛋，有油条，还有稀饭，吃完饭还会给你一个苹果，晚上是一个梨，星期天还有红枣。

"我的手机呢，我要给家里打电话。"风车说。

"要不先吃药，吃了药你才能拿回你的手机。"拿药的男护士说。

风车一下子打飞了伸到他眼前的药片，那两粒白色药片激怒了他。

"我又没有病，放我出去！"风车说，"我在单位里可是法人，法人！"

"吃药！吃药对你好！"男护士有点怒了。

"我没有病！"风车猛地大声说，声音大得都快嘶哑了。风车把两只手高高举起来，再重重甩下来："我怎么会有病！"在风车把两只手重重甩下来的时候，他感觉到自己的手被拿药的男护士一下子十分熟练地扭到了后边，已经扭到了后边，风车的手被扭到了后边还不说，那男护士更加熟练地把风车的胳膊往上提往上提，这样一来，风车只能疼得把身子往后仰，再往后仰，他每往后仰一点，那男护士的手就往高提一点，风车的头上疼出了汗，疼得快要喘不过气来了，疼得嘴张得老大了，风车感觉到这个男护士的两个手指一下子伸到了他的嘴里，有什么已经放在了他的嘴里，是药片，药片落到风车的嘴里后男护士又把风车的胳膊往高提了提，这么一来，风车就跪在地上了。

风车要疼得昏过去了，这也让他的愤怒达到了顶点，他跳了起来，用最后的一点点力气把嘴里的药片"噗"的一声吐到了喂他药片的男护士的脸上。

"浑蛋！你想干什么？"

风车大声说，他摸着自己的胳膊，摸着自己的嘴，他指指床，像是对自己单位里的人说话一样大声说："你们俩儿给我坐下！我没病！"

男护士的脸上粘着一片风车吐上去的白色药片，这个男护士可以说是长得很英俊，下巴那里有一道很好看的凹，凹里的胡子刮得不怎么干净，青青的，更加显得性感好看。男护士把药片从自己的脸上慢慢抹了下去，捏在两个手指里，男护士看了一下手里的药片。开玩笑一样，靠近了风车，这男护士出手真是快，风车感觉到自己的肋骨那里猛地一下子剧痛起来，是这个男护士一下子抓住了他那里的软肉，风车尖叫了起来，他张开嘴的时候，有什么东西又给塞到了他的喉咙里。

门被从外边重新关起来之后，风车只能对着外边大声说：

"还我的手机，我要打电话，还我的一万块钱！"

风车靠着门坐在了地上，哭了起来。

"我妈死了，我妈在家里躺着！"

风车说。很快睡着了。

4

风车的家里已经乱成了一团，风车的大哥、二哥、大嫂、二嫂和他的姐姐、姐夫都赶来了，这让人想到了过年，只有过年的时候家里才会这么热闹。风车的母亲已经被穿上了从上到下、从里到外的新衣服，风车的母亲不但穿上了新衣服，而且还戴了一顶帽子，所以家里的人都觉得他们的母亲一下子变得有那么一点陌生了，因为家里死了人，风车母亲这间屋的窗帘被拉上了，但窗子却开着，因为屋子里躺着个死人，温度可不能高。窗外的那些麻雀可不知死人的事，叽叽喳喳叫个不停，一会儿飞过来，一会儿飞过去。一开始，人们还不怎么急，人们都知道风车去了公墓，所以人们该做什么就做什么，风车的大哥指挥着让人买来了白布，这时候家里人的胳膊上都已经戴上了白布条子。还买了红布，凡是来帮忙的车辆，每辆车上都要拴一条儿红布条儿，肉也买了回来，十多斤的肉，红红白白放在案板上，还有鸡肉，一只很大的西装鸡，大得不能再大，胖鼓鼓的。还有蔬菜和粉条。风车的嫂子和姐姐们都在厨房里忙，切肉的切肉，洗菜的洗菜，一开始她们还不怎么说话，她们都很悲伤，眼睛都红红的，到了后来，不知道是谁开了头，她们才开始了说话，一开始是商量着做什么菜，来了客人留下吃什么？风车的大嫂的意思是先炖一锅肉，无论是自家人吃还是来了客人吃，临时烩些菜就行，无论烩什么菜，只要在菜熟的时候加些炖好的肉就行。主食就吃馒头，馒头已经买了回来。话一旦说开，厨房里便有些热闹了起来，风车的嫂子和姐姐们现在是异口同声地说风车母亲的好话，说老人家怎么怎么体谅人，一下子就去了，不给人找麻烦。

　　"这是修来的。"风车的姐姐说现在的人得一个好死不容易，睡着睡着就死了真是不容易，只有神仙才会这样。

　　"这个风车，怎么也不打个电话回来。"风车的大哥有些急，他心里急着想开一个家庭会议，想和弟弟们商量一下母亲是火葬还是土葬。要是土葬，就得马上把阴阳先生请到家里，一切都要听阴阳先生的指挥，并且，还要马上去郊外看棺木，现在社会上提倡火葬，要想土葬必须悄悄地来。"这个风车，这个风车，这个风车，又转到什么地方了？"风车的大哥不停地说，不时看看窗外。很快就到了中午，中午吃饭的时候风车还没回来，接着，下午也很快到了，风车的大哥在屋子里转来转去，说不能再等了，这事他决定了，母亲就土葬，母亲都八十七岁的人了，土葬又怎么了？风车的母亲活着的时候就说自己一定要土葬，说怕火葬烧得痛。当时说这话的时候还引起家里的人好一阵笑，说人死了还知道什么疼不疼？

风车的大哥给风车又打了一次手机，但风车那边的手机已经关了机。

"也许是没电了。"风车的二哥说该做什么就做什么吧！

阴阳先生来的时候已经是下午四点了，这位阴阳先生的眼睛有点斜视。他来了，先去看了躺在那里的风车的母亲，还把风车母亲那只冰凉的手拿起来以研究的态度看了看，又问了问是什么时候去世的。然后，坐下来，喝水，抽烟，然后，要纸，要笔，并且是要毛笔，不要钢笔和圆珠笔。

"钢笔不行吗？"风车的大哥说。

"不行。"阴阳先生说。

"油笔不行吗？"风车的大哥说。

"不行。"阴阳先生说。

"有铅笔。"风车的大哥说。

"不行。"阴阳先生说。

"非要毛笔？"风车的大哥说。

"必须是毛笔。"阴阳先生说这是他们的规矩。

风车的大哥只好打发人去买了麻纸和笔墨。家里的人这时候都聚了过来，想看看阴阳先生写什么，看看没什么意思又都散开。

"风车怎么还不回来？"风车的大哥又打了一次手机，风车那边还是关机。直到这时候，风车的家里人还都以为风车是在跑公墓那边的事。

到了晚上，又是吃饭，许多亲戚都来了，眼睛都红红的，家里就有些乱。吃完饭，风车还没见回来，这时候，风车家里的人才开始着急。

"不能吧，去这么长时间？"风车的女人说风车那边还有熟人。

"你知道风车熟人的电话不知道？"风车的大哥问风车女人。

风车的女人马上回到自己前边的家去查了电话号码，而且马上给查到了，她把电话打过去，居然一下子就通了，那边的人说没见风车呀！是不是去了别的公墓？风车的女人就更急了，这个城市里公墓也没有几家，风车的女人马上把一家一家的公墓都查到了，也都把电话打了过去，风车的女人在电话里把风车的模样、口音，还有特征都说给对方听，对方却都说没见这么个人。甚至公墓那边把今天来公墓的人的名字都念了一下，当然是念死人的名字，去公墓办事的人不可能不留死人的名字，不留名字还怎么刻碑？风车的女人就差哭出声来了。

"你们见到没见到，这个人戴着墨镜。"风车女人说。

"没见过。"电话里说。

风车的女人急了，她一边走一边抹眼泪，又从自己前边的家出来到了后边。

"这个风车！他能去什么地方？"风车的大哥说，看着风车的女人，他自己的弟妹，试试探探地说，要不，给交通队事故科打电话？家里人都被风车大哥的这句话吓着了，心都一下子收紧了，他们你看看我，我看看你。但也只好打电话询问。风车的家里人很快打通了交通队的事故科，那边说今天没发生车祸，一起都没有发生。接下来，风车的家里真的乱了套，又给市里的几家医院打电话，一家一家打过来，医院里都说今天没接待过这样的病人，而且还查了住院簿，上边根本就没有风车的名字。

"我们要找的人戴一副墨镜。"风车的家里人对着电话那边说。

"什么墨镜，你们说什么墨镜？"电话那头儿问。

"这个人戴着一副墨镜。"风车的家里人说。

"什么墨镜不墨镜，没见过。"电话那头说。

风车消失了，风车的消失比风车的母亲去世还让家里人受不了，一夜过去了，风车没回来，又一天过去了，风车还没回来，风车的大哥从生气变成了不安，从不安变成了烦躁。风车大哥的烦躁很快就变成了一种前所未有的动力，他通过电话，几乎是把所有亲戚和朋友都找来帮忙了，他指挥着，把兵马分成了几路，让他们到处去找人，东南西北，凡是有路的地方都去了。风车的消失彻底打乱了阴阳先生的计划，风车的家里人又从冰场运来了一大块一大块的冰，风车不回来，母亲怎么下葬？但是，风车消失了，消失得无影无踪。

风车女人的精神也快要崩溃了，她到处走，见人就问见没见过一个戴墨镜的人，黑天白天都戴着个墨镜？

"圆圆的墨镜。"风车的女人比画着。

"没见过，没见过。"被风车女人问到的人总是说。

"白天也戴，黑夜也戴，圆圆的墨镜。"风车的女人比画着。

"黑夜也戴？"被问的人想想，摇摇头，"没见过。"

一个星期过去了，两个星期过去了，风车的母亲不能再躺在那里继续等待他的儿子了，风车的大哥五心不定地说母亲必须要下葬了，再不下葬，冰块儿化得水都快要流到市政府那里去了。风车的家里人现在都像是得了病，他们认定了，是因为风车怀揣的那一万块钱惹出事来了，但到底出了什么事，谁也不敢想。一个月过去了，许多人在电线杆子上看到了风车的照片，照片上的风车笑嘻嘻的，但照片上的风车没有戴墨镜，戴着一副钢丝边眼镜。

"风车——"

风车的女人那天突然在路上大声喊了起来。

斑马线上的那个人回过头来，却不是风车。

"你妈个×呀——风车！"

风车的女人突然站在那里小声骂了起来，精神有些不对头了。

风车的大哥做出了决定，阴阳先生说的话一切都已经不算数了，他已经向医院太平房里租了一个冰柜，他要把母亲放在冰柜里，等到风车回来再说。医院太平间的金属冰柜太窄，风车的家里人只好把盛装的母亲外边的衣服脱掉了一部分，然后才把人放了进去。

"风车呢？妈的！"

风车的大哥把手机举着，看着，说。

5

风车拒绝吃药，那个送药的年轻护士也懒得再动粗，病人毕竟是病人。他们有的是对付这种病人的办法。他们把药给风车拌在了饭里，这里的主食不是面条就是米饭，很少吃馒头和花卷。风车也很快发现饭里下了药，风车有时候干脆连饭也不吃了，风车觉得自己要是这样下去也许真的要疯了。风车现在住的病房有三步宽，四步长，一张床，一个小立柜，一个痰盂子，一盆永远是碧绿碧绿的塑料花，一个很小的铁皮水杯，一个也不能算大的铁皮暖壶，床头是一个可以放碗筷的漆木板子。风车吃了药呼呼大睡的时候会有清洁工进来收拾一下他的房间，病房里的清洁工一共有两个，都是男的，他们是从走廊那头开始扫起，扫到哪个病房就把哪个病房收拾一下。那些病人，一到这里就好像不那么疯了，但都呆呆的，那也只是脸上的神色，他们的眼睛却一个一个都很亮，他们的睡眠实在是太好了，可以说是太足了，都已经足过头了。所以他们好像已经来到了另外一个世界，这个世界十分的清亮，人人都好像是刚刚从漫长的梦里醒来，一切都是大梦初醒的感觉，所以看对面的每个人都好像是很不真实。你是谁？这里的病人最爱问的一句话就是"你是谁？"他们好像总是问不够，又好像是总也记不住谁是谁。

"你是谁？"这个病人问另一个病人。

"你是谁？"另一个病人问这一个病人。

过了一会儿，这个病人又走了过来，问另一个病人："你是谁？"

另一个病人的眼睛十分的清亮，他想了想，说："我不知道，你是谁？"

风车的病房其实只给封闭了一个多星期，然后就开放了，住在不同层的病人其实都可以从自己的病房里出来到处走走，但也就是从走廊这边走到那边，走廊尽头的窗子可以看到外边的街景，所以总是有许多病友挤在那里看，但也只能是看，窗上有铁条，下边的那条街很宽，是条商业街，街上的人要是留意，就可以看到街这边从一层到三层的楼窗里总是有人挤在那里往外看，有人还看到里边的人朝他们摆手致意，或是把一只很大很苍白的手长久地按在玻璃上。

风车可以出去走走，这让他十分兴奋，他出去的第一件事就是问那些病友谁有手机，结果是他们都没有手机，风车问那些病友今天是几号了，结果那些病友都不知道是几号，他们对时间已经没有了概念。时间在这里已经停止了，他们已经不需要时间，时间已经交给医院了，或者可以说已经被医院收缴去了。

"要知道我有许多事情要做。"风车对走廊里的病友说。

"你有几件事？"一个病友笑嘻嘻地对风车说。

"我母亲死了，还停在家里没打发呢。"风车说。

这个病友就笑了起来，说："你这家伙还没好，还得多加一片药。"

"我一起来就发现我妈已经死了。"风车又对这个病友说。

"你还得多吃几天药。"这个病友又说。

"我们家还不知道我在这里。"风车说家里人还不知道急成了什么样儿！

"你还有什么事？"又有一个病友说。

"我们单位下个月的工资，还有半年的三项补助都还没发呢！"风车说。

"这和你有什么关系？"病友说你别总是打别人钱的主意，这不好。

"我不签字他们开不了工资，我是法人。"风车急了。

那几个病友就嘻嘻嘻嘻地笑了起来，说你是法人？什么是法人？

"我要想办法让家里人知道我在这里。"风车说，看看左右。

"你不是说你妈已经死了吗？"一个病友说。

"我家里还有别人！"风车要火儿了，但他现在已经明白发火儿会坏事，他要平下心气来和所有的人说话，所以风车又把语气放平和了，他说，我不骗你们，我那天起来，去我母亲那里，我看到我的母亲已经死了，我母亲已经八十七岁了，我是出来给我母亲去公墓买一块地的，这么大一块地就够了，我也不知道我怎么就到了这里，我在这里，一个星期，两个星期，好像都快三个星期了，我们家的人会怎么想，我女人会怎么想？他们不知道我在什么地方，他们也许还会以为我拿了那一万块钱去旅游去了，也许以为我去了泰国。我得告诉他们我在医院。

"想不到我在医院！"风车不由得又愤怒了起来。

那些病友都笑嘻嘻地看着风车，一个病友老于世故地说："看样子，你呀，还得多吃几天药，你说你有钱，你的钱呢？住在二十号的还说他有一百万呢。"

风车不让自己发火儿，但他还是火儿了起来，把身子一下子背了过去。

"我要找院长！要我的眼镜！要我的手机！我要出去！"

"你根本就出不去。"一个病友说，人又不是猫，人要是猫就好了，可以从那条缝里钻出去，这个病友拉着风车，"吧嗒，吧嗒"地朝铁门那边跑过去，跑到楼梯口的铁门前，把手激动地从铁条的缝隙里伸了出去。

"看、看、看，人要是猫就好了。"这个病友激动地说。

"人又不是猫。"风车说。

"人要是猫就好了！"这个病友更激动了。

"人根本就不可能是猫！"风车说。

"人要是猫就能出去了！"这个病友更加激动了。

风车不再理这个总是"猫、猫、猫"的病友，因为没有眼镜，他现在看什么都模模糊糊，他朝走廊另一边走，那边也是一个楼梯口，楼梯口上也有一道铁门，这道铁门可总是锁着，但也有开着的时候，比如医院里派人带他们集体去洗澡，比如医院里派人带他们去下边的操场里晒太阳，同时还唱歌。风车往那边走，那个总是"猫、猫、猫"的病友紧跟着他，在他后边说："你出不去。"又说："你也没办法不吃药。"又说："他们会把药放在饭里。"又说："他们会把药放在水里。"又说："他们会把药放在水果里。"

"滚蛋！"

风车觉得自己是不是真要疯了，他转过身子，把这两个字几乎是吐到这个病友的脸上。

"滚蛋——"

风车又转过身子，对着铁门外拉长了声音大声喊。

"滚蛋——"

下边的那一层马上有许多人跟着喊了起来，许多人的声音。

风车忽然笑了起来，眼泪给笑了出来，流了一脸。

"风车万岁——"

风车把一只手放在自己的脑门儿上，对着铁门外边喊。

下边的那一层马上又静了下来，风车能听到下边的人在七嘴八舌地问：

"什么风车？谁是风车？"

"风车万岁——"风车又喊，好像有那么一点点开心了。

"你妈×，你是谁？"下边有个很尖锐的嗓子叫了起来："你是不是工会白主席——"

风车蹲了下来，笑得更厉害了。

从这天开始，风车变得老老实实的了，变得很听话，很愿意吃药了。

"张开嘴。"那个男护士对风车说。

风车就把嘴张开了。

"把舌头吐出来。"那个男护士又说。

风车就把自己的舌头吐了出来。

那男护士就把药片放在了风车的舌头上。

"好啦，把舌头伸回去吧。"那个男护士又说。只停了片刻，那个男护士会又说："把舌头再吐出来一下。"

风车就再把舌头吐出来。

"好啦。"那个男护士说。

但等到那个男护士一走，风车就会把刚刚咽下去的药片再吐出来，他用牙刷压舌头根部，一压一压，"哇"的一声，那药片就吐出来了。

再过些日子，那个男护士对风车说："把手伸出来。"

风车就把一只手伸过去。

"自己把舌头吐出来。"男护士把两片药放在了风车的手上。

风车把舌头吐了出来。

"自己把药片放舌头上。"那个男护士说。

风车把药片放舌头上了。

"把药片自己咽了。"那个男护士又说。

风车的喉结努了一下。

"你再把舌头伸出来。"那个男护士说。

风车把舌头伸出来了。

"好了。"那个男护士说。

但等到那个男护士一走，风车便会把刚刚咽下去的药片吐出来。

这天，那个刘院长来查房了，刘院长胖乎乎的，态度特别和蔼，他特意多问了风车几个问题。

"你母亲还活着没？"刘院长说。

风车要发火了，但他忍住了，痛苦地点了点头。

"我要你回答我，你点头算什么？你母亲活着没有？"刘院长说。

"活着。"风车说。

"活得挺好吧？"刘院长又问。

风车快要哭了，但他一个字一个字地说："很好！"

"没死吧？"刘院长又问。

"没死。"风车说。

"看、看、看，他好多了。"刘院长对旁边的护士和医生说，"脑子这种东西，只要睡好了就不会有毛病，所有精神方面的毛病都是睡不好引起的。"这时候风车说话了，风车说："刘院长，我要求出院，我已经好了。"

"你好多了。"刘院长说。

"把手机给我，我要给家里打电话。"风车说。

"这个还不行。"刘院长说，"你还需要稳定稳定。"

"我要手机！"风车一下子就火了。刘院长一般是不会到病房的，也不是天天都会查房。风车知道自己不能错过这个机会，风车说我们单位还等着我回去给他们发工资呢，还有半年的三项补助。他们都等着我呢。刘院长不再理会风车，他已经朝外走了，他想不到风车会一下子从后边揪住他，把他的领子从后面一下子死死揪住。

"给我手机，给我眼镜，给我钱，我要出去！"

风车一下子就暴怒了。刘院长挣脱不开风车的手，他的脖子给勒得够呛。那两个手里拿着短胶皮棍的男护士跑了过来，风车只觉得头上"嗡"的一下，眼睛里便满是灿烂缤纷的节日烟花，人跟着就什么也不知道了。不过这时间很短，风车很快就又睁开了眼，他看到了两只眼正盯着自己看，是刘院长的那两只眼，刘院长的眼睛被他自己的近视眼镜放大了。但这两只眼很快离风车远了，刘院长又直起了腰。

"病情又反复了。"刘院长说。

"我没病！"风车大声说。

"你母亲还活着没？"刘院长问风车。

"我妈死了，我那天早上一去她就死了！"风车说。

"不是你害死的吧？"刘院长说不可能有这种事吧？

"是我害死了妈，我领她去镶牙馆，那里的台阶太高，我领她去超市，那里的台阶太高，我领她去理发馆，那里的台阶太高，我把她的心脏给累出病了，我把她的心脏给累破了。"风车觉得自己再也不能忍受了，他大叫起来，他从地上跳起来，把双手一下子举过了头顶，然后再重重地甩下来，再举起来再重重地甩下来："你们让我出去，我妈现在还在家里躺着！我妈等我回去！我们全家都等我回去。我妈还没下葬呢！你们让我出去——出去——出去——出去——出去——"

"换药吧。"刘院长不再理会风车，他一边走一边对身边的医生和护士说。

风车一下子跳了过来，从刘院长后边，一下子跳到了刘院长的面前，"噗"的一声，风车把一口唾沫吐在了刘院长的眼镜上。"最起码，你得把眼镜给我吧！我什么也看不清！"风车大声说，声音大极了，一层和二层都听到了。

"再这样下去，不是你母亲死不死，而是你要没命了，你不要胡闹。"刘院长说。

"我？"风车简直是要发疯了，他突然大声地喊："风车万岁——"

风车这么一喊，下边的病房马上就有了反应，下边的一个尖嗓子马上喊道："你妈×，你是谁？你是不是工会白主席——"

围在刘院长周围的医生和护士突然都忍不住捧着肚子嘻嘻哈哈大笑起来，然后他们开始分食口香糖，一人一片，是那个个子很小的护士从自己口袋里掏出的口香糖。这些人的嘴巴都一齐动了起来，胖胖的刘院长的嘴巴也在动着，他也在笑，他说了一句什么，风车没有听到，但那些医生和护士听到了，刘院长忍不住笑着说：

"其实咱们精神病医院挺好玩儿，这些病人跟小孩儿差不多。"

"您眼镜上还有点儿唾沫星子，我给您擦擦。"刘院长身边的一个护士说。

"让他住下去吧，一万块钱可得让他住一阵子。"刘院长又说。

6

风车的家里人现在把希望都寄托在警察的身上。他们已经做了最坏的打算，比如，哪怕是找到风车的一只手或一只脚，或者是风车的一只鞋子和一条短裤，或者是那副墨镜。只要是有一点点线索，线索就是希望，但现在是一点点关于风车的线索都没有，风车消失得真是太彻底，好像是已经融化在空气里了，好像是已经给一阵飓风卷到了太空，总之，风车让所有的人都摸不着头脑，人们不知道风车这家伙出了什么事，或者是遇到了什么，甚至有人想风车是不是悲伤过度跳到了老虎园里去把自己喂了老虎，因为去公墓的路上有个虎园，也许风车现在已经让老虎吃得连一点骨头渣都没有了。风车的大哥这时候已经乱了分寸，现在是别人说什么他都可以分析出其中的合理性。风车的大哥和风车的二哥居然去了一趟虎园。去那里打问最近出过什么事没有。比如是不是有人掉进过虎园？或者是有人把一个人打得半死而且趁着这个人迷迷糊糊把这个人扔进了虎园？那些老虎当然有本事可以把一个人吃得连一点骨头渣都不剩，这不成问题。虎园很大，保不住会出什么事。风车的大哥这么一说，虎园里的工作人员也都感到了不安。他们问风车的大哥是不是听到了什么风声，或者是不是有人看到了什么手机拍的照片？虎园的工作人员这么一说，风车的大哥居然觉得这里真是有问题了。接下来，虎园进行了一次大排查。虎园一共分为五个区域，虎园的工作人员是一个区域一个区域地查过来。坐在拉游客的那种铁皮子车，几乎把每个角落都查到了，主要是看有没有什么衣物给留下来，或者是鞋子，或者是毛发，或者是骨头渣子，虎园的工作人员甚至从车里伸出一根长竿子把某些角落捅了又捅，比如小树丛下边，比如供老虎躺着睡觉休息的那种大木头架子，但他们什么也没发现。只发现了虎园里挂在树上的两只用过的避孕套子，这已经够让他们吃惊了，什么人居然敢在虎园里做爱？在什么地方？而且还要用用过的避孕套子去挑衅老虎？妈的！真让人想不到有人会在虎园里做爱。在哪个角落？一时间，那两个用过的避孕套子成了人们津津乐道的主要话题，有人甚至建议把里边的精液提取一些化验一下看看是什么血型。也有人说那避孕套子也许是从飞机上掉下来的，也许有人在飞机上做爱，这也未免把话题扯得太远了，让人们那多少有些不正经的想象一下子升到了天上。但有一点可以肯定了，那就是风车不会被老虎吃掉，老虎吃人，但它们对衣物一般不会感兴趣，如果风车被吃了，衣物一定会留下来，哪怕被撕成碎片。

公安局也对风车的消失重视了起来，而且马上立了案，他们的侦破也是顺着那条去公墓的路线展开，但他们也没发现什么有价值的线索。他们像地理学家一样细细查看路边的每一个可疑之处，比如哪一处的地皮新近被挖过，比如哪一处的水井有什么可疑之处，他们甚至还访问了许多认识风车的人，大家异口同声地说风车是个很孝顺母亲的人，母亲突然去世他就是再悲伤也不会一拍屁股跑掉。大家都认为风车是出了事了，出事的根子可能就在那一万块钱上。

"会不会风车在公墓被打劫了？"风车的二哥说。

"也许，他们知道风车身上有一万块钱，他们把风车干掉后就顺手埋在了公墓。"风车的大哥说，并且把自己的想法告诉了警察。

警察问风车的大哥"他们"是谁？"你说他们是谁？"

"也许是那些在公墓打工的工人。"风车的大哥说这完全有可能。

"是不是你听到了什么？"警察说或许，也许，会有这种可能。

"太有这种可能了。"风车的大哥说风车也许都有可能被打在水泥里边。

接下来的事是警察去了公墓，公墓在风车居住的这个城市的南边，都快挨到山根了，风车既然那天是来公墓办事，那么，他消失在这里的可能性就很大，警察们先从公墓的工作人员那里开始了调查。他们先调查了化尸炉，查看了每天的记录，但这又能说明什么？然后他们又查看了从风车消失那天开始修建的新墓。这又能说明什么？甚至，警察按着公墓的档案秘密走访了一些死者的家属，这又能说明什么？要是把一个人悄悄烧掉，或者把一个人偷偷埋在了某一个墓穴里，那怎么查？最后，那些搞侦破的警察也只好像虎园的工作人员一样把整个墓园都排查了一遍，他们希望在草丛中或小树丛中发现一些蛛丝马迹，比如说风车的衣物，一只袜子或一只鞋子，或者是那副墨镜，哪怕是碎片也好，或者干脆就是墨镜的一个腿子，一个小螺丝，但整个公墓都被收拾得干干净净，到处都还种着花花草草，只不过那些花花草草现在都已经枯萎了。

"风车——"风车的大哥忽然站在那里大声喊了起来，对着一个又一个大同小异的墓碑大喊了一声，风车的大哥忽然眼睛一亮，他想到了风车的手机。

"应该去移动公司查一下风车的手机。"风车的大哥激动地说。

随后，风车的大哥跟着警察去了移动公司，在那里他们得知风车的手机一直关着，从打出的通话单子上看，警察也没发现什么可疑点。风车在出事前一共打过八十三个电话，打入的电话是一百多条，但是在出事这天却只打出过两个，一个是给他的大哥，一个是给他的二哥。

搞侦破的警察提出了一个问题要风车的大哥回答，那就是："你们的母亲是火葬还是土葬，她现在葬在哪里？"似乎是对风车的大哥有什么怀疑了。

风车的大哥几乎要哭出来了，他说：

"我妈现在还在太平房的冰柜里，我妈……"

"别哭、别哭，别太难过。"

警察马上对风车的大哥说就当我没问这个问题。

"都一个多月了还不能下葬……"

风车的大哥已经哭了起来。

"在太平房的冰柜里不会有事，不会有事。"

警察也不知道该怎么说了，这个警察是风车大哥的熟人，他给自己点了一支烟，眯着眼抽了一口，还是忍不住把脸掉过一边笑了起来，他妈的，在太平房的冰柜里会出什么事？这个警察在心里说。

"我妈受的是什么罪呀——"

风车的大哥开始他的哭诉，他一边哭一边说，我妈死了还要受那个罪，在冰柜里手和脚都冻得跟冻猪肉一样，眼睛和耳朵也肯定是冻得硬邦邦的，还有脑子，还有鼻子，还有心啊肺啊，浑身上下现在都冻得硬邦邦的像一根冰棍儿。

"妈——"

风车的大哥大声地哭。

"风车——"

风车的大哥大声地喊。

"哎呀、哎呀——"

风车的大哥哭得好像已经喘不过气来了。

男人的哭声一般来讲没多少艺术性，一般来讲都会哭得有那么点怕人，风车的大哥在一个又一个的"哎呀、哎呀"的叹息里结束了他的男声哭泣。他站起来，给自己点了一支烟，抽了两口，擤了一下鼻子，摇摇头对旁边的警察说：

"唉，哭哭舒服多了。"

7

　　风车这天做了一件出格的事，所以精神病院的人们都说他的病情加重了。风车把走廊尽头窗子的玻璃砸破了，他用那个喝水的小铁皮杯子，把玻璃一砸碎，马上就把半个脸从破玻璃中探了出去，他对着下边大声喊："我叫风车，我叫风车，我没有神经病，你们快叫人把我放出去，我妈死了，我妈死了，我妈还等我回去打发呢！"这时下边马上就聚集了一些人，因为下边的街道两边都是卖菜的，人本来就很多。下边的人大多都知道这是个什么单位，他们常常能看到这里的神经病排着队脸红红地集体去洗澡，这些神经病要不一言不发，要不就是一边走一边嘻嘻哈哈笑个不停，他们一到澡堂，澡堂里别的客人就得马上撤退，那些神经病总是嘻嘻哈哈取笑那些神经正常的客人，而且有时候还会动手，对客人身上的某个小部件动手，比如，猛地摸一下，吓得人一跳一跳。风车在上边一喊，下边的人马上有了回应，他们笑着冲上边喊："你没神经病你在这地方做什么？"风车说，我家的电话号码是2499……这句话只说了一半，他已经被那两个力大无穷的年轻男护士从窗台上拖了下来。马上有人惊叫了起来，风车的那张脸上出了血，给玻璃划出了两道血口子。紧接着，那个经常"猫、猫、猫"的病友尖叫了起来，这个病友把手激动地从被风车打破的玻璃中探了出去，一边尖叫着：

　　"看、看、看，人要是只猫就好了！"

　　这个病友从窗台上一下子跳下来，往这边跑，把一个病友往窗台那边拉，又激动地把手从破玻璃中探出去，一边尖叫着：

"看、看、看，人要是猫就好了！"

这个病友又从窗台上跳下来，往这边跑，又把另一个病友往窗台那边拉，又激动地把手从破玻璃中探了出去，一边尖叫着：

"看、看、看，人要是猫就好了！"

抓着风车的男护士对这个总是"猫、猫、猫"的病友大喝一声："操你妈！郑小东！刮你的胡子去，你看你那胡子都长成个什么样了，刮胡子去！你一天到晚不刮胡子！"

这两个身高体壮的男护士费了好大的力气才把风车弄进了十五号病房，其中的一个男护士用手点着风车的鼻子说："刘院长还准备把墨镜还给你，这下可好，你要是有了墨镜还不出人命，你也许都敢用眼镜片杀人，杀自己、杀别人，也许见人就杀。"

这两个身高体壮的男护士把风车死死按在床上，另一个男护士马上举着针管进来了，他一手举着针管，一手麻利地把风车的裤子拉了下来，刚好露出半个屁股，针一下子就扎到了风车的屁股上。

"我让你疯！我让你疯！"这个男护士一边给风车注射药物一边说。

风车这一觉睡得真是漫长，好像不能再长了，这一次是睡觉睡得头都疼了起来，而且是恶心。风车醒来了，但他动不了，他给绑在了猴儿车上，病友们都把这种可以把人死死绑在那里的车叫猴儿车，猴儿车上有四根带子可以把人的手和脚死死绑住，让人动弹不得，要大便的时候可以就那么躺在那里拉，猴儿车在人屁股那地方有个洞，下边有个便盆，要小便也可以躺在那里解决，猴儿车上有一根很粗的胶皮管子，可以让躺在那里的病人撒尿。风车其实是给人抚摩醒的，有人在他身上从上到下一下一下地抚摩，风车睁开眼了，是那个总是"猫、猫、猫"的病友，这个病友一边抚摩风车一边说："人要是猫就好了，哧溜一下就能从那个洞跑出去了。"他看到风车醒了，停止了抚摩。

"你那天要是猫就好了，哧溜一下就能从那个玻璃洞里跑了。"

"你在我这儿做什么？"风车说。

"院长罚我看护你。"总是"猫、猫、猫"的病友说。

"看我？我又跑不了。"风车说你有没有钥匙，给我打开。

"你想不想拉屎？你要是猫就好了，可以跳出去把屎拉了。"这个病友说。

"我不拉。"风车说我不是病人，他们这么做是要负责的。

"你难道也不想撒尿？"这个总是"猫、猫、猫"的病友说。

风车忽然有了尿意，他想撒尿了，他要这个病友去喊护士，风车还没见识过猴儿车，猴儿车让他十分地愤怒。"我要撒尿！"风车大声说你让他们给我打开，把手上和脚上的这玩意儿都打开，都打开！风车大声说。但他马上就大吃一惊，因为总是"猫、猫、猫"的病友开始伸手给他解裤子，也不是解裤子，是把他的裤子往下褪，褪前边，褪了一下，并且已经把手伸进去了，已经摸着风车的那家伙儿了，看样子是想把那家伙从裤子里拉出来。风车叫了起来，大叫了起来："你要做什么？"风车的叫声把这个病友吓了一跳，他停了一下，说，你不是说撒尿？你要是猫就好了，可以"哧溜"一声从那个玻璃洞跳出去撒尿。

"你摸我的下边干吗？"风车说。

"我帮你撒尿呀。"这个病友说。

"你帮我撒尿？"风车更不解了。

"你要是猫就不用这个了。"这个病友把那个很粗的胶皮管子对风车晃了晃。

"我用这个？我怎么用这个？"风车说。

"把你的东西塞到这里撒尿。"这个病友说。

"我宁肯让尿憋死！"风车大声说，但他一点都动不了。

风车忽然不想憋了，他特别地想尿，想报复，想把尿尿到这个猴儿车上，他努了努劲儿，他还真不习惯躺着撒尿，但他成功了，躺在那里尿开了，这是一种全新的感觉，他闭着眼睛感觉到一股尿很欢乐地射了出来，从裤子里一射一射，一射一射，一泡尿都射到了裤子里，然后又从裤子里流到地上，又从地上流到了门口。总是"猫、猫、猫"的病友看着风车的尿液从猴儿车上稀里哗啦流下来。这个病友长叹了一口气，说你要是猫就好了：

"猫会'哧溜'一下跳出去把尿撒了。"

"别说你的猫儿啦！"风车说我又不是猫，我是正常人。

"我也是正常人。"这个病友很害羞地说。

"你总是猫、猫、猫，你要是猫你就从门缝跑出去给我家报个信就说我被关在神经病医院里了。"风车对这个病友说。这个总是"猫、猫、猫"的病友的两眼突发奇光。

"他们不让我留胡子，告诉你，我胡子留长了就能变成猫了。"这个病友小声对风车说。

风车发现这个病友的胡子刮得很光，人也一下子显得年轻了。

"你多大了？"风车侧着脸问这个病友。

"二十八。"这个病友说。

风车想问问这个总是"猫、猫、猫"的病友怎么得的病，但风车没问。

"你有苹果吃，有时候你还有梨吃。"这个病友说。

"你难道没有？"风车动不了，所以他不希望这个病友离开自己，所以他愿多和这个病友说说话。

"我们哪有苹果和梨吃。"这个病友说，他看看门那边，用很小的声音对风车说："人们都知道你特别有钱，所以你才有苹果和梨吃。"

"我有钱？"风车吃了一惊，"我哪有钱？"

"人们都知道了，你有一万块钱，多会儿你那一万块钱花完了他们才会让你们家人把你给接出去。所以说你要是猫就好了，'哧溜'一下子。"

风车不说话了，瞪大了眼睛。

"知道不知道！是我妈死了，我是拿那一万块钱去给我妈买墓地的！"风车说。

"你又犯病了？"这个病友小声说，又开始用手从上到下地抚摩风车，就像在抚摩一只猫。"你要是猫就好了。"

"我快疯了——"风车的声音有些颤。

"我快疯了——"风车的声音颤抖了起来。

"我快要疯了——"风车的声音抖得像一片树叶，一片风中的树叶。

"我疯了——"风车的声音抖得更厉害了，他对这个病友说你吃苹果吧，你把那两个苹果都吃了吧，从今天开始我什么东西都不吃了，我绝食，我不想活了。

"猫从来都不吃苹果。"这个病友很害羞地说，说我要是猫我就和你一起绝食。

"我妈死了，我也疯了！"

风车想跳起来，但他一点都动弹不了，风车把身子无奈地晃了晃，他侧过脸，对这个总是"猫、猫、猫"的病友说你要是想做猫的话你最好从现在不停地给我喝水，能给我喝多少就是多少，我喝了水就尿，尿了再喝，我不停地喝不停地尿，不停地喝不停地尿，我看咱们谁怕谁！反正我也疯了！

"你还说你没病，你要是猫就好了，他们就拴不住你了。"这个病友很害羞地说，又开始抚摩风车，一下一下地抚摩，就像在抚摩一只猫。

8

风车的女人这天给风车的大哥突然打来了电话，她说她这下子可知道风车在什么地方了。她夜里做了梦，梦见风车的母亲坐在一个窄长的铁皮箱子里，好像是家里来了个什么亲戚，但那个亲戚总是说不清他和风车的母亲是什么关系，这个在梦里出现的亲戚一会儿叫风车的母亲叫姑，一会儿叫姨，一会儿又叫婶子。风车的母亲说你别瞎扯了，你岁数这么小，你应该是我的孙子辈才对。风车的母亲这么一说，那个在梦里出现的亲戚就说，要是让他当孙子辈他就不把风车在什么地方的事说出来。风车的女人在梦里清清楚楚看到了风车母亲得意的样子，她笑着摆摆手说这还要你告诉我，我比你清楚风车的事，这小子从小就让人摸不着头脑，一天到晚两条腿总是不停，像风车似的。他现在在什么地方？告诉你吧，往南走一千步，过一个十字路口，再往南走六十步，到一个丁字路口，再往西走五十步就到了。风车的母亲还在梦里对那个亲戚说："告诉你吧，我儿子离我不远。"

风车的女人放下电话去了后边，风车的母亲去世后，风车的大哥就一直住在这里。这天天色有些阴，让人觉着也许要下雪了。风车的女人对风车的大哥说你怎么还不明白风车在什么地方？从咱们家往南走一千步，你想想，走一千步是什么地方？走到一千步的时候又是什么地方？还有个十字路口？你是不是还不知道，从咱们家往南走，走一千步，十字路口，那不就是四医院。风车的女人是急不可待了，她已经做好了准备，穿得严严实实，甚至连头巾都围好了。她都快要生气了。她把刚才说的话马上又重复了一遍。

"你想想看，过了十字路口再往南走六十步，就到了丁字路口，那不是四医院吗？到了丁字路口再往西走五十步。"

"再走五十步是什么地方？"风车的大哥说。

风车的女人说不出来了，她也不清楚再走五十步该是什么地方。

风车的大哥马上给风车的二哥打了电话，风车的二哥很快就来了。这时候外边已经开始下雪，很小的细雪。他们三个人出门的时候，都小心地数着脚下的每一步。

"够一千步了。"风车的女人叫了起来，抬头看，前边已经是十字路口了。

过了十字路口，风车的女人和风车的两个哥哥就看到了四医院，他们的母亲这会儿就在四医院太平房的金属柜子里躺着。风车的女人说："再往南走，再往南走。"风车的女人数着脚下的每一步，她发现她和风车的两个哥哥已经来到了四医院的后门西边那条街上，那条街很窄，是丁字街，往西去的丁字街，这条街上有些卖水果的，还有一个绿色的铁皮电话亭子，还有一个临时性小超市。"再往西走五十步，再往西走。"风车的女人说，不但是她，风车的两个哥哥也数着脚下，五十步走够了，他们忽然都大吃了一惊，他们已经站到了四医院的太平房前边，只不过他们站在太平房的院子外边，进了那个院门，就是太平房了。

"太平房！"风车的大哥吃了一惊。

"怎么会是太平房？"风车的二哥也小声说，也吃了一惊。

"妈就在里边。"风车的大哥小声说。

"风车也一定在里边。"风车的女人大声说，说风车肯定也在金属柜子里，说母亲在梦里说了，说风车离她不远。

"怎么会是太平房？"风车的大哥又说。

"真想不到。"风车的二哥说。

"风车肯定就在里边。"风车的女人说，她十分肯定。

接下来，医院里从来都没有遇到过的事情发生了，他们也不知道他们接待的人是不是脑子出了什么问题，他们从来都没有遇到过这种事，那就是风车的家人要求把太平房里全部存放尸体的冰柜都打开让他们看一看，这种事，要是在一般情况下是绝对不容许的，是必须要检察机关的证明才可以，但是，医院太平房的冰柜现在却可以让他们都看一下，院方说可以让他们随便观看。医院不怕出什么问题，比如丢失眼睛、耳朵、鼻子、生殖器还有别的器官什么的，那是以前，现在的情况是：除了风车母亲专用的那个冰柜之外，太平房里其他的冰柜现在都是空空荡荡的。这一年人们的健康状况特别好，人们都好像有信心一下子活到一百二十岁，人们现在的情况是都不肯生病，更别说死人了。如果不是风车的母亲躺在那个金属的柜子里，四医院的太平房就会更加冷清。医院里现在都在考虑是否把冰柜出租一部分给那些专门经营肉类的个体户，因为在过年之前，他们要进一大批肉类。

"周围还有什么地方？"风车的女人说。

风车的大哥小声说太平房后边是个菜市场，"风车总不会在那里吧？"

"风车——"风车的女人喊了一声。

"你最好小点儿声。"风车的大哥说。

"风车——"风车的女人又喊了。

"唉——"风车的大哥哥深深叹了一口气。

风车的大哥、二哥只好陪着风车女人去了菜市场，但他们也只看到了一些花花绿绿的蔬菜，菠菜啦、芹菜啦、花椰菜啦、萝卜啦、倭瓜啦、韭菜啦什么的。他们三个在卖肉的地方待的时间比较长一些，但那里也只有猪肉、羊肉，还有——牛肉，当然，还有——鸡，鸡是整鸡，鸡翅、鸡腿、鸡胸、鸡头、鸡脖子。快过年了，菜场里更多的是人，男人、女人、老人、小孩儿、年轻人，都在菜场里挤来挤去。

"风车——"风车的女人猛地叫了一声，前边有个戴墨镜的一晃。

9

风车现在老实多了，风车明白只有自己让别人看上去相当老实才能够放松护士对自己的看管。风车现在变得很听话，让吃药就吃药，让帮着看护一下别的病友就看护一下。风车那天躺着，忽然一下子坐了起来，他听到了什么？听到了手机的铃声，谁的手机。风车从床上跳起来，是那个清洁工，清洁工正在走廊里用手机接电话。这天刘院长又下来查房了，在走廊另一边，风车的心"怦怦"乱跳。他看着刘院长那边，刘院长进病房了，看不见他了。风车就一下子蹿了出去，是蹿，蹿到了那个清洁工的身边。风车说："能不能？求求你，让我用一下手机？求求你，能不能？让我用一下手机？"那个清洁工，已经接完了电话，已经把手机放了起来。风车跟在他后边，说："能不能，求求你，让我用一下手机，我没病，我家里的人不知道我在这里。求求你。"
走廊另一边，这时已经有了动静，刘院长已经查完了那边的病
房，要出来了。那个清洁工，头也不回地小声对风车说："我要
是给你用了手机，我这份儿工作就没有了。""求求你！求求你！"
风车又说，更急了，说我要让家里人知道我在这里。那个清洁工
又小声说："你那一万块钱不花完他们就根本不会放你出院。"

清洁工不再说话了，刘院长从那个病房出来了，后边跟着几
个医生和护士。

风车现在的表现很好，很配合护士和医生，他不再说母亲的
事。他甚至都答应了排节目的事，快过年的时候，医院里的刘院
长突然有了新鲜的想法，就是让病友们排一场节目自娱自乐。这
个想法先就让他自己兴奋了起来。他甚至都已经想出了一个节
目，就是猫捉耗子，就让那个总是"猫、猫、猫"的病友扮演一
只猫，到时候让五个病友出来扮演耗子，这五只耗子要分别站在
舞台上的一块大木板子后边，站在后边还不说，还得必须让他们
不停地走动，木板子上有十个洞，演猫的演员只要在前边的洞拉
住一个躲在后边的耗子就算完成一个片段，直到他把躲在木板子
后的耗子全部逮住。配乐的问题刘院长也已经想好了，他要求放
一支欢快而多多少少有些滑稽的歌曲，也就是卡通片《阿灰的故
事》里的主题歌。到时候，刘院长还计划请卫生部门的领导下来
观看这场节目。因为是要排练节目，女病友们也参与了，这让男
病友们的眼睛一个个闪闪发光，他们平时很少有机会和女病友接
触，有几个多情的病友甚至已经开始迷迷糊糊地眉来眼去了。但

既然要排练节目，院方又没办法把他们分开，首先是男女大合唱这个开场节目就无法把他们分开，他们要站在一起，男病友与女病友站在一起，一开始，他们总是嘻嘻哈哈，你看我我看你，后来是刘院长生了气，当即取消了几个病友参加合唱的资格，让他们回病房关禁闭，其他的病友就老实多了。

"好好儿排练！到时候上边要来人观看。"刘院长对台上的病友们说。

风车是五只耗子的扮演者之一，这个节目因为是刘院长想出来的，所以请来的那个年轻导演对这个节目特别上心，对这个节目进行了一次次的加工，加工到最后，剧情也有了进一步发展，那就是扮演五只耗子的病友从木板子后边一个一个被抓到前边来配合着音乐做种种动作。躲在木板子后边的耗子全部被抓到前边后他们还有一个合唱，一边唱一边舞，这个节目一开始是放《阿灰的故事》的主题歌，只有到了后来他们才要把这首主题歌的歌词合唱出来。而且要一边唱一边做动作。对这个改动，刘院长是满意极了。那个被请来的年轻导演姓郑，是歌舞团的，是个很有激情的人，他一次次地从下边跑到台子上来，说台子也就是用木板简单搭了那么一下，排练的时候导演就坐在下边，要是上边的哪个演员动作不合适，这个年轻导演就会一下子跳上台子做一下示范，或者是跳一个动作，或者是做一下表情，总之病友们现在是特别崇拜他，尤其是那些女病友，看他的眼神都迷迷糊糊、魂不守舍。这个节目排到后来，剧情简直是可以说更加丰富了，一开始演耗子的是五个男病友，后来却换了一个女病友，这个女病友不但要演母耗子，而且她是在演一个母亲，耗子们的母亲。另外四只耗子到了这时候便是她的孩子。这样一来，剧情就更加精彩了，表演中又加入了母爱的成分，那就是母耗子和她的小耗子给分开了，他们都要表现得十分痛苦，后来是那些小耗子在那里唱《世上只有妈妈好》这支歌，这支歌终于打动了那只猫，因为通过加工，这只猫的性别也有了变化，是一只母猫了，虽然那个演猫的病友有些不愿意，但他最后还是同意了，并且演得十分投入。这只猫后来也加入了耗子们的舞蹈，母耗子终于与小耗子们团圆了。

排练这个节目的时候，风车的表现特别好，他特别能领会导演的意思，他又特别机灵，总是最后一个被抓住，但是在唱《世上只有妈妈好》的时候，他的情绪却总是一落千丈，有一次，他甚至哭了。那个年轻导演在下边大声说了一声好。

"太投入了。"这个姓郑的导演说想不到这里还有这么好的演员。

重新再排的时候，排到唱这支歌的时候，风车不但是哭，而且是"哇哇哇哇"地大哭了起来。这个姓郑的导演在下边拍拍巴掌，要上边暂时停一下，这回他又说：

"记住，不要太投入，不要太投入，你太过了。"

排练便要求再重来一次，这一次，前边一段都排得好好儿的，但下边的人们发现风车的眼神不怎么对，他好像发现了什么，这一回，排练到五只耗子在一起唱《世上只有妈妈好》的时候风车不再哭了，但有些细节还是不能让人满意，比如四只小耗子围着那一只母耗子跳舞的时候风车的眼睛却总是看着下边，这连刘院长都看出来了，刘院长在下边拍拍手大声喊，风车你看什么呢，要看母耗子，她这时候是你的母亲，你的母亲。

"看着母耗子，她这会儿就是你的母亲。"刘院长又在下边喊。

但让谁也想不到的是，风车一下子就从台子上跳了下来，冲着那个姓郑的导演和刘院长跑了过来，刘院长现在几乎是天天陪着姓郑的导演排节目，他俩就坐在台下的那一排椅子上，他们的前边是两个茶几，茶几上是水杯和烟灰缸，茶是好茶，烟也不错。风车一下子从台子上跳了下来，这让谁都防不住，风车跳了下来，疯子一样冲到了刘院长和那个导演的面前，人们都不知道风车是怎么了，要出什么事了？是不是要发疯了？人们都看着风车，只看到风车一下子从茶几上拿起了什么。拿起了什么？风车把什么抓到了手里就开始跑，人们这时候才看清他是把那个姓郑的导演放在茶几上的手机抓到了手里，风车简直是疯了，他在前边跑，那两个力大无穷的男护士马上就在后边追，刘院长也加入了追赶的行列。

"站住！站住！"那两个护士喊。

"喂喂喂喂！喂喂喂喂！"

风车一边跑一边对着手机喊。

"抓住他！抓住他！"

刘院长不跑了，他跑不动，他把身子转来转去看着那两个力大无穷的男护士追风车。

"喂喂喂喂！喂喂喂喂！"

风车一边跑一边对着手机喊。

"站住！站住！"

那两个力大无穷的护士在后边锲而不舍地追。

风车上气不接下气了，他终于把电话打出去了，他对着电话那边喊，声音激动得真是怕人，让人感觉到好像世界末日就要到了：

"喂喂喂喂！喂喂喂喂！我是风车我是风车。"

"喂喂喂喂！喂喂喂喂！我给关到精神病院里了！"

"喂喂喂喂！喂喂喂喂！我在精神病院！"

"喂喂喂喂！喂喂喂——"

跟在风车后边的那两个力大无穷的男护士已经追上来了，他们已经把风车一下子按在了那里，他们已经把风车手里的手机硬给夺了下来，但风车的电话还是打出去了，接风车电话的是风车的大哥。台子上这时已经乱成了一锅粥，台子上的演员也都跳了下来。那个总是"猫、猫、猫"的病友跳下来，却又忽然再跳上去，他把手从那块布景，也就是那块木板子的洞里一个挨一个伸进去，一边伸，一边激动地对下边的人说：

"看、看、看，人要是猫就好了，'哧溜'一下就从这里跑了。"

"看、看、看，人要是猫就好了，'哧溜'一下就可以从这里跑了。"

"看、看、看，人要是猫就好了——！"

这个总是"猫、猫、猫"的病友不满了，因为下边已经乱作了一团，人们顾不上看他，也不听他在那里说什么，他生气了，把手挥了挥，站在台子上大声喊：

"注意了！你们看！你们看！你们看！"

他又把一只手从那个洞里伸进去。

"看、看、看，人要是猫就好了，就可以'哧溜'一下从这里跑出去了——"

10

风车终于回家了，手机和近视墨镜又回到了他的手里，但风车的大哥不许他再戴那副墨镜，而且陪他去配了一副新的近视镜。风车戴上久违的眼镜，眼前的一切又都重新清晰了起来。

风车现在是不吃睡觉药简直就没有办法入睡，他对任何人都不再说他母亲去世的事，也不再说镶牙馆台阶太高太陡的事，也不再说超市和理发馆台阶的事，不再说母亲心脏的事。即使是那个姓黄的律师问他话，风车的话也很少，风车的大哥为风车请了律师。黄律师问风车在精神病院里都做了哪些检查，风车说不知道。黄律师问风车在精神病院里都吃了些什么药，风车说不知道。黄律师在风车这边问不出什么，他只好去问那个刘院长，刘院长笑眯眯地说那还用检查，我的眼睛就是精神病这方面最好的仪器，全世界没有任何仪器能比得上我这一双眼，只看一眼就知道了，就不用看第二眼，根本就不用看第二眼！黄律师问风车在医院里都用了些什么药，都有哪些费用，也没做过什么检查，只是吃了一些药片，怎么就花销了九千八百多块钱？刘院长说他到时会出一个单子，单子上会把那些开销都打得清清楚楚。"到时候你们问风车好了。"风车现在是对一切都不感兴趣，整个人变得恍恍惚惚，迷迷糊糊，但他那一双眼却特别的清亮，清亮得都让人感到有些害怕，他坐在那里一句话也不多说，他现在考虑的是把自己女人送到哪个医院才好。因为在风车居住的这个城市里只有刘院长当院长的那么一家精神病医院。风车坐在那里忽然想到了一个问题，那就是一旦自己女人给绑在猴儿车上她该怎么撒尿？这么想的时候，风车忽然笑了起来，而且是越笑越厉害，怎么也停不住了……

"你笑什么？"风车的大哥问风车。

"猴儿车！"风车说。

"什么猴儿车？"风车的大哥说。

"猴儿车！"风车又说，笑得更厉害、更难看了。

"你不能这么笑，你这么笑别人还以为你真是得了神经病。"风车的大哥对风车说，过几天就要开庭了，你要注意。

风车却忽然哭了起来，哭得从来都没这么伤心，从来都没有这么伤心。

花样年华

1

金米是在这个小县城长大的。

也可以说，她从小是在二店里边跑来跑去长大的。

金米的母亲就是齐秀珍，在这个小县城不认识齐秀珍的人可能不多。

怎么说呢，在这个小县城，人们都把这家商店叫作"百货二店"，那么百货二店在什么地方呢？许多人都不知道。这个二店就在西门外的十字路口西北角，是这个小县城里最大的百货店。有大橱窗，六个大橱窗，这很气派，而别家就没有，那时候的大橱窗到了夜里还会被漆成绿色的折叠式木板护窗拉住，白天再"哗啦哗啦"拉开。因为百货二店是新店，所以货也全，有什么新货会先在橱窗里展出来，所以橱窗外经常站满了人在那里看，飞鸽牌自行车、凤凰牌自行车、永久牌自行车，还有蜜蜂牌缝纫机、熊猫牌十二灯收音机。这收音机可真是太牛了，也只是摆在那里让人们参观参观，一般人家的收音机有个三灯五灯就足够了，谁敢用十二个灯的收音机？恐怕市长家也没有这种十二个灯的。摆在橱窗里的货都是些抢手货，不是人人都能买到手的，需要供应证和特批。二店既是这个小县城最大的百货商店，能来这里上班的人好像是……怎么说呢，都不是一般人，都很牛。女孩子，个头要好，又要模样说得过去才可以来这里。所以，她们的眉目之间就时不时地会流露出一种优越感，看人的眼光是飘忽的，好像是又在看你又不在看你，而是看你身后的什么东西。这样一来呢，她们就好像是高人一等，但即使是这样，许多人还是很喜欢和她们套近乎，因为她们会把店里的小道消息告诉别人，"我们店"，她们动不动就会这样说，有点自豪，又像是有那么点居高临下，是"我们"而不是"你们"。她们会告诉关系好的人店里最近来了什么抢手货，还比如最近要处理什么货，快过年的时候这种消息十分诱人，再比如，店里来了连在上海都十分时髦的某种鞋子或某种布，华达呢，斜纹的那种，的确良，深灰的那种，都是时髦货，还有那种牛毛黄的宽道条绒也来了，给孩子们过年做条裤子最好不过了，耐磨，到裤子穿破了还能裁出几个鞋面。还有小碎花的上海花布，还有进口的长绒印度棉花，这些都是抢手货，去迟了就买不上，但是呢，去早了你也许还是买不上，服务员都会给自己留一手，把朋友们托她们买的会早早裁好一卷一卷放在柜台下边。店里来了新货的消息一般人不会知道，知道的人就会早早赶了去，那时候买什么东西都要排长队。收款找零都是总柜的事，也就是，你在这边卖货的柜台上交了钱，这边柜台的服务员会把你的钱通过头上边蜘蛛网一样的铁丝用夹子连发票夹好用力那么一送，"哗啦"一声送到总收款台那里，那边会很快算好，找了零，再用夹子夹好找好的零钱用力往这边一送，"哗啦"一声，又送到了柜台这边，那个总结算台要比所有的柜台都高那么些，因为高，才能把夹了零钱和发票的夹子"哗啦哗啦"地送到四面八方的柜台。就像是一张蜘蛛网，怎么说呢，坐在上边的人就像是一只大蜘蛛，上边的铁丝绷得很紧，十多根吧，每一根都通向店里各个柜台，齐秀珍就是站总台的，就这个齐秀珍，是这个小县城里出了名的人物，一是她漂亮，二是她手脚麻利。当会计容易，但当个能站这种总台的会计可不容易，那年商业系统大比武，可了不得了，什么都要比一比，比裁布，六尺八尺或几丈几丈，参加比赛的只用两只手，就像是手上有尺子，就那么要多麻利就有多麻利地一拉一拉，"刺啦"一声拉下来，量一下，是分毫不差。卖糖果的，一斤二斤糖果，或六斤八斤，就全凭手抓，一把一把地抓到秤上，一过秤，几乎是分两不差。而齐秀珍呢，是在一分钟内就把十多个收钱找零的活儿做得麻麻利利、清清爽爽。十多个柜台的服务员发一声喊，几乎是同时，一个接一个把要找的钱用发票卷了通过头顶的铁丝"哗啦"一声"哗啦"一声，又"哗啦"一声打过来，齐秀珍这边真是麻利，是两只手左右开弓，是一刻不停地在心里加减乘除，把纸卷取下来，核实钱数找零再卷在纸卷里，再把纸卷打出去，十多个收钱找零只用了一分钟。这一来，齐秀珍可就出了大名，一是快，二是一点差错都没有。那个姓白的副市长还接见了她。白副市长的鼻子奇大且红，把她的手握了好久，都握出汗了。白市长还对她说要她做好准备去北京参加比赛，这消息一下子就传遍了全县城，但是后来不知道为什么又搁了下来，齐秀珍呢，都想好了去北京穿什么衣服，头发呢，也要重新做一做，往短了剪一点，再往里卷一卷，人就会显得特别精神。齐秀珍还特意准备了全国粮票，那时候吃饭要粮票，但一般人手里只有地方粮票，地方粮票就只能在你待的那个地方吃，要是去北京，你必须得有全国粮票，齐秀珍是个有心人，她把粮票都准备好了，夹在那本红红的毛主席语录本里。但去北京的事后来黄了，没人再提去北京参加比武的事了，这多少让齐秀珍有些失望。齐秀珍长得也漂亮，白白净净，她那张脸是民间喜欢说的银盘大脸。远看是白白的，近看也是白白的，人们常说的"一白遮百丑"可能就是在说齐秀珍。齐秀珍在商业比武上拿了第一，接下来呢，劳模当然要给她，因为她做的是这种工作，去二店买东西的人没人没见过她，因为她坐在高处，人们就说，这就是齐秀珍，这就是齐秀珍。久而久之，她是这个小县城的名人了，走到哪里人们都几乎认识她。日子过得真是快，齐秀珍只有一个姑娘，不知不觉也大了，长得跟齐秀珍几乎一模一样，白白的，也是那种大脸庞，好像是要比齐秀珍更清秀一点。人们都奇怪，齐秀珍的姑娘怎么突然就大了呢，怎么就一下子长成了个大姑娘。再往后呢，不知是从什么时候开始，齐秀珍的姑娘也上班了，居然也在二店。齐秀珍的姑娘名叫金米。

"这就是齐秀珍的姑娘。"有人见着金米，会说这么一句。

"看人家那肉皮儿。"有人说，这几近于赞叹了。

金米长得可是真白净，个头也好。

"比她妈还漂亮。"有人又说了，人长得这么漂亮就应该去宾馆工作，怎么不去宾馆呢？在这个小县城里，人们都认为漂亮的女孩子就应该去宾馆工作，能住宾馆的人都不是一般人，而且，在那地方还能见到许多外国人，弄不好还会换到外汇券，所以，在这个小县城，漂亮的姑娘也都向往着宾馆。

"谁去那地方，倒马桶、刷马桶有什么好。"金米说。

金米好像是和别人不一样，那个宾馆前几天她还去过，她有个同学在那个宾馆上班，快过春节了，打来电话要金米去她那里洗澡。这好像是一种特权，在宾馆工作的那些人可以悄悄让朋友们到宾馆来洗一下澡，这时候客人不多，开个房间进去洗就行。金米去宾馆洗了澡，身上的那种宾馆专用浴液真是喷香喷香的。第二天，上班的时候，同事们闻到金米身上的香味了，说："咦，你怎么这么香啊？"金米对旁边的人说："我洗过澡了，在宾馆洗的。"快过春节的时候百货店里甭提有多忙。为了让人们有时间忙年货，下班的时间都往后推了一个钟头，店里还要抽出一些人帮助旁边的新华书店去卖年画，快过年了，买年画的人可真是多，乡下的人也都来了。店里的人们都说："这连洗个澡的时间都没有了，有钱没钱洗澡过年，总得让人们洗个澡啊。"金米在旁边马上又接了话："我洗了，刚在宾馆洗过了。"

晚上，吃过饭，金米对她母亲说："王丽华怎么就进了宾馆呢，就她那样？"

金米宾馆的那个同学叫王丽华，父亲是自来水公司的主任。

"有几个自来水公司主任？"齐秀珍说话了。

金米对着镜子正梳头，她把梳子朝镜子上使劲一摔，"砰"的一声。"我还不去呢，她带皮吃鸡蛋，从小就是个傻子。"

"你说谁，谁？"齐秀珍看着金米。

"就这个王丽华啊，带皮吃鸡蛋。"金米说。

"怎么会？带皮吃鸡蛋，那怎么吃？"齐秀珍说。

"把煮熟的鸡蛋拿过来就是一口，连皮带壳嚼了吃。"金米说。

"什么时候的事？我怎么不知道？"齐秀珍说。

"我们上小学时候的事。"金米说。

"不会吧，她爸还是自来水公司的主任呢。"齐秀珍说。

"这跟自来水公司主任有什么关系？"金米说。

"怎么回事？不会连鸡蛋都没吃过吧？"齐秀珍出神了。

"不过，二店也不是谁想来就能来得了的。"金米又自己把话说了回来。

"你明白这个就好。"齐秀珍说，"这得感谢于主任。"

就这个百货二店，在这个县城，可了不得，谁家乡下来了亲戚，买东西不买东西先不说，是一定要领着先去二店转转，谁家要办什么事，红事也好白事也好，也都要去二店。二店是一座红色的三层建筑，那时候还时兴红砖，红红的。它的北边是一家新华书店，也是红砖建筑，红红的，紧靠着书店是图书馆，图书馆是个二层老楼，通过细细的一道木楼梯上去，"咯吱咯吱、咯吱咯吱"一路响。图书馆的下边很小很窄，上去就大了，里边很安静，都是读书的人在那里看书。因为天热，看书的在看书，不看书的在那里打瞌睡，那个胖胖的图书管理员就整天坐在那里打瞌睡，他是个印尼华侨，说话有点怪，他用一本书遮着脸，猛看像是在那里读书，其实早已经睡着了。

一只苍蝇，飞过来飞过去，这就让图书馆显得更安静。过了图书馆，再往北，就是这个小县城的公园了，公园不大，里边却有两个湖，一个在西边，叫西湖，一个在东边，当然就叫了东湖。这个公园不大，动静却不小，因为里头养着一头狮子和一头狼，狮子是天天一到时间就要叫，是十分的有规律，白天叫无所谓，到了夜里它也叫，就传得很远，它的叫声像是有几分愤愤不平，一声一声地传到人们的耳朵里，人们在睡梦里听着它的叫声，同时呢，还能听到这个小县城西边铁道上驶过的火车的叫声。那头狼，当然也要叫，狼叫好像是没有什么规律，但不好听，鬼哭狼嚎这个词原是说它的难听，狮子和狼的饲养员是个女的，名叫刘桂芬。人可真是瘦，却总是说脏话，她一边把一块一块的肉扔给笼子里的狼一边在嘴里说："操你个妈的，人还吃不上呢，你倒好，上顿下顿都是肉！"她去喂狮子，把一块又一块的肉扔给狮子，嘴里也是这话："操你个妈的，人还吃不上呢，你倒天天都是肉！"就这个刘桂芬，她男人是个片警，姓吴，人们就叫他吴片警。吴片警的工作就是整天在他负责的那片地方走来走去，他几乎谁都认识，几乎和谁都相处得很好，整天笑眯眯的，从来都不见他和谁发脾气，说话总是和和气气的，又喜欢帮助人。刘桂芬和她男人吴片警，两个人长得都不怎么样，生下一子一女却长得出奇的漂亮，后来他们的女儿去了省电视台做主播。先是上了艺校，艺校老师说这可是个好苗子，个头好人样好嗓子也好，以后会是个角儿，想不到她学校毕业后去了电视台，一下子就红了。"看，我姑娘。"有时候吴片警会突然停下手里的事，比如他正在和别人打扑克，他会停一下，看那边的电视，别人也会跟上看，那时候还没有彩色电视，黑白的。他对人们说："这声音怎么会这么好听呢？"久而久之，人们都知道了著名电视主持吴继红是刘桂芬和吴片警的女儿，这在小县城也算是件大事，到了后来，县里有什么活动，总是想让吴继红回来给捧捧场，但吴继红总是回不来。吴片警的老婆刘桂芬早已经不喂狮子和狼了，人也发福了，胖胖的，坐在那里晒太阳，有时候会突然说："听，叫呢。"她在说什么，什么在叫？人们不知道，但她知道，她听到公园的狮子叫了，虽然她的家离公园有好一段距离，但她能听到。有时候晚上睡觉她会突然说："听，叫呢。"虽然退休了，她有时候还会回去看看那头狮子和狼，她站在笼子外一说话："操你个妈的，人还吃不上呢，你倒好，上顿下顿都是肉。"那狮子马上就不转圈了，停住了，直看她，她站在那里，也一动不动，也看它。狮子和人一样，也老了，但叫声还很洪亮。狮子的叫声说难听也不难听，但狮子叫的时候还是会有人说："又叫又叫，难听死了！"公园里最最难听的叫声其实是孔雀的叫声，真是难听死了，一声声大惊小怪，像是受了什么惊吓，很像是那种动辄大惊小怪的女人发出的惊叫，被强暴了吗？不至于吧，这也太难听了。那声音真是会让人想到这种事，这很让人讨厌。这是百货二店的北边。百货二店的西边呢，紧靠着二店西边的就是这个县城的红会堂，县城里有什么重要的会都会在这里召开，那时候人们特别热衷于开会，开会可以改善生活，敲锣打鼓，红旗招展，因为这种激烈的声音和一片红的色彩，就好像这个小县城真有了什么喜事，而且一有什么会议，还会把花红柳绿的标语贴得到处都是，每到这种时候文化馆的老柴就有了事，因为他的毛笔字写得特别好，所以一有什么事就让他来写，还会有两个人给他打下手，一个裁纸研墨，另一个把老柴写好的字拿到一边去晾着，再把没有写过的梅红纸拿过来，两手都是红的。老柴脸白白的，人好像是有什么病，说话一急了就喘，再急了就结巴，老柴看上去岁数不小了，其实他岁数不大。老柴在小县城里是个吃香的人物，因为他字写得好，就总是在那里写字，地上、桌子上都是写好的标语，墨是黑的，但写在彩色纸上，一大片的铺在那里，那墨看上去就是绿的，这可真是怪。文化馆离红会堂不远，写好了，被人们拿出去到处贴。红会堂是这个小县城的中心，像样的会一般都要在这里开。比如那年看杧果，市里还开了会，一开始有人主张把杧果放到人民公园里去让人们参观，正好那边在搞菊展，让菊展烘托一下子杧果气氛会更好。结果说这话的马上受到了严厉的批评，说杧果是毛主席送给工人们的，能放在公园里吗！菊花能和杧果并列吗？结果，当然是在红会堂进行，杧果就放在红会堂的舞台上，放舞台上不行啊，太远也太高了，不方便人们参观学习，为了杧果的事，上边下过通知，不许叫看杧果，只许说是参观学习。是参观学习杧果！或者是向杧果参观学习！人们一合计，就又在舞台下边摆了一张桌子，桌子低，把杧果直接放桌子上像是不隆重，便又在桌上放了一个小方桌，这下成了。为了看这个杧果，人们排了长队，从红会堂的门口一直排到了交通岗那里，没看到杧果的时候人们还有话，讨论杧果到底是个什么东西。比如是什么模样？比如有多么大？好容易排到了，也都让人们看到了，在一个玻璃盒子里放着，孤丁一个，黄黄的。几乎所有的人都一时没了话，不知说什么好了。人们真是找不出话来了。就这个小县城，那时候的热闹几乎天天都有，但几乎没有一件事能和人们有关系。是一种与人们没有什么关系的那种热闹，虽然没有关系但又不让人们讨厌。连开会也是这样，几乎是所有的会都和人们没什么关系，虽然没关系，但人们还是爱去，因为开会，一天三顿吃的就好，人们可以趁此改善一下生活，早上是炸油饼稀饭，还有两三个小菜，芥菜丝一个，拌土豆丝一个，还有一个是红腐乳，每人还会有一个鸡蛋，这就很好了。因为开会，到了晚上一般还会有演出。开会的人们又都住在红会堂西边的那幢招待所里，吃了饭，然后慢悠悠一边剔牙一边晃到礼堂去看戏，这真不是一般人能够有的待遇。礼堂里边的节目一个接着一个演着，丝竹阵阵口号声声地从里边传出来，而礼堂外边还有不少人在等着，等什么呢？在等看了半场不想再看的那种人手里的票。礼堂门口还有卖瓜子的，还有卖香烟的，虽然是晚上，还有卖五分钱一瓶的汽水的，可真够热闹。但这一切都随着时代在变，不知从什么时候开始，这一切忽然就都又没了，会也少了，演出也没有了，卖烟的没了，卖瓜子的也没了，也冷清了。齐秀珍的姑娘金米也到了该找对象的时候了。而且，二店也很重用她，比如，缺少团干部，让她去，比如，开什么会缺少个会务服务的，让她去，总之，有什么事人们都好像首先会想到她。这一天，二店的主任于花玉，这名字可真像是个女人的名字，但其实他是个男人，而且是个转业军人，而且呢，他还是个远近闻名的大比武神枪。他怎么神呢？一排五个点着的烟头，"啪、啪、啪、啪、啪"，他一连五枪，烟头就都灭了，这就是传说中的晚上用枪打烟头，一打一个准，真是太神了。就这么个五大三粗的大男人，却叫了个女人名字，于花玉于主任把齐秀珍叫了去，说有事。有什么事呢，其实也没什么事。

"你过来一下。"于主任说。

齐秀珍就放下了手里的活去了于主任的办公室。

于主任的办公室在二楼顶里边，办公室的对面和旁边都是仓库，一间挨着一间的仓库。紧挨着仓库是厕所，厕所当然是两个，一个男厕所，一个女厕所，厕所的门上都挂着门帘，那种半截子的白布门帘，门帘上是五个字"为人民服务"，红彤彤的，字下边是一颗五星，也红红的，五星旁边还有几道光芒，表示五角星在大放光芒，也红红的。

于主任对齐秀珍说："金米可是咱们二店的尖子。"

这就是于主任的话里有话了，这谁听不出来？

齐秀珍就说："是不是有什么她做得不对的地方？"

于主任就笑了，说金米找对象可是咱们全二店的事，要找就好好儿找个工农兵家庭的。接着于主任就说起剧团的弹琵琶的小郭来了。

"一个弹琵琶的，噼哩啪，噼哩啪，能弹出个什么名堂，出身也不好。"

"这事我怎么不知道？"齐秀珍吃了一惊，这事她还真不知道。虽然她跟着女儿去看过两次戏，金米对她说票是剧团里的朋友给的。

"你说他出身能好吗，要是出身好能被从西安赶出来吗？"于主任说就这个小郭，是西安人，和他妈从西安到咱们这儿有五六年了，是被赶出来的。

"像垃圾似的被从西安扫到咱们这儿了。"于主任说。

"谢谢主任关心。"齐秀珍站起身，一转身，又坐到床上去了，那是张单人床，床上铺着蓝格子布的床单，洗得干干净净，被子叠得齐齐整整，枕头放在被子上，枕头上苫着一块枕巾，也洗得干干净净，枕巾上又苫着一块方手帕，于主任是个爱干净的人，这爱干净的好习惯是他在部队养成的。

"千万不能找这种人做朋友，噼哩啪，噼哩啪，可不能。"于主任说。

"对。"齐秀珍说。

"不能找垃圾。"于主任又说，忽然笑了，他觉得自己说话还怪幽默的。

齐秀珍觉得心里真是很温暖，这说明于主任直到现在还关心着自己，这都多少年了，这让她心里很温暖，让她觉得更温暖的是紧接着于主任又告诉她一件好事，那就是白玉日化厂要在县里选一个推销员，推销他们的新产品"增白美容霜"。

"我也想过了，就让咱们金米去，对这边就说是借调，这边工资不会停，那边她还可以再领一份儿。"于主任说。

"这能行吗？"齐秀珍一下子就兴奋了起来，她一兴奋鼻子尖那地方就是汗，是汹涌而至，不一会儿脑门上也会全是。

"怎么不行？"于主任说这事是我一个人说了算。

"谢谢于主任。"齐秀珍说，"这可是大好事。"

"还可以到处走，北京上海到处走，每天还都有出差补助。"于主任说。

"谢谢于主任。"齐秀珍简直是激动了，脑门儿那地方也马上水汪汪的了。

"金米形象好，搞推销形象最重要。"于主任转过身，把门轻轻上了插销。

"还不是你事事都想着她，这要感谢你。"齐秀珍说。

"谢什么谢。"于主任转过身，"这几天晚上我真是没有一点时间。"

于主任忽然又想起了什么，他对齐秀珍说："这次户口普查，我把名字改过来了，以后叫'于化玉'，这下好听了。"

"这下是个男人的名字了。"齐秀珍忽然笑起来。

"以前也不是女人，这你知道。"于主任也笑起来。

"于化玉，于化玉。"齐秀珍还在笑，又小声说，"改得好，改得好。"

"来吧，来！"于主任挺过来了。

2

金米去了白玉日化厂，步走去的。

金米兴奋得可以，几乎是一夜都没睡。

去之前，金米还专门到大西街的晨光理发店做了回头发，给她做头发的小马师傅比金米大不了几岁，人真是聪明，手风琴拉得极好，还会写诗，冬天在冰场上滑冰也滑得十分好看。所以女孩子们都很喜欢他。理发的时候，金米把她们前几天在公园用 120 海鸥牌照相机拍的照片拿出来给小马看。小马把照片拿在手里左看看右看看，往理发的那个台子上一扔，说："你对我说这是不是你，怎么拍得这么黑，不好不好。"又说："我拍得也不好，像个犯人，不好不好。"小马又把手摆摆。金米只好把照片收起来。"昨天早上你怎么没去公园打羽毛球？"小马说。金米说这几天很忙，忙正事呢。小马又说："正事？什么正事？你不是已经入团了吗？入党又暂时轮不上你。"小马嘴很直，从来说话都是口无遮拦。金米原想说说日化厂的事，但把到了嘴边的话又咽到肚子里去了。理完发，金米步行回家。金米家离理发店不远，从书院街穿过来往西一拐就到。回到家，金米先对着镜子照了照，把身子转一下再转一下，看前边，再看后边，又找了一面小镜子，镜子对镜子看，金米对小马给理的头发很满意，然后开始找衣服，挑了几件衣服，但都不怎么满意，她对着镜子把衣服试了又试，最终挑了件上海碎花布的那种尖领衬衫，这样的领子可以让人的脖子显得修长一点，人就显得特别挺拔。裤子是一条军绿色的的确良裤，和王丽华穿的那条一模一样，那次她看见王丽化穿了这么条裤子，就在心里暗暗记住了，裤腿窄一点，而且短，穿在身上就显得特别的洋气，她就请二店的裁缝老师傅给自己做了一条。换好衣服，金米收拾好了自己，再照照镜子，然后才出门去了日化厂。

走在街上的金米真是有那么点光彩照人。

金米明白自己这是二店派去的，她一边走一边在心里一次次地问自己，二店那么多年轻人，为什么不派别人单单就派了自己，为什么呢？为什么呢？所以她在心里感到特别的自豪，自豪自己与众不同，这么一来呢，她既算是二店的人，又可以说是白玉日化厂的人。她妈齐秀珍已经告诉过她了，出去搞推销，她就是代表日化厂，说话千万要注意，不要对不认识的人说自己是百货二店的。日化厂那边，也已经向她交代过了，她的工作就是给人们示范，往脸上抹抹新产品，介绍介绍增白霜的好处多拿点订单回来。金米的皮肤特别好，又白又嫩，所以说让她来搞增白霜系列的化妆品可真是找对人了，她的皮肤、她的模样也真有说服力，如果找个皮肤又黑又糙的，那就是另一说了。日化厂对金米非常满意，还专门派人到二店对过的照相馆橱窗边看了又看，因为照相馆的大橱窗里有一张金米的大照片，那张照片不知被多少人看过。看久了，连金米自己都觉得自己有几分像明星。

金米到了白玉日化厂，厂子在一个高坡上，上了坡进了大门就是厂子。

厂子的办公楼朝南，门口两边种了两棵树，一棵是槐树，另一棵还是槐树。

日化厂的章厂长，名叫章新文，正在门口和几个人比比画画说什么事，因为大门外的那个坡，运货的车上来下去很不方便，厂里准备把大门重开一下，开到东边去，但东边是一个四合院，厂里准备把那个四合院拆了，正说着，章厂长一眼就看到金米了。

"于主任介绍的人。"章厂长对旁边的人说，他已经见过金米了，很喜欢。

"先参观一下吧，怎么样？"章厂长对金米说。

"真香。"金米说。

"这就是咱们厂。"章厂长先带着金米参观了一下。

"真香。"金米找不出别的什么话，白玉日化厂确实也香，到处是香精的味道。

章厂长又带着金米去厂子西边参观了下新车间，那是个生产香水的车间。

"虽然是香水，但也是增白产品。"章厂长对金米说。

"真香。"金米又说，忽然捂着嘴笑了，这个车间还没生产呢。

"好好儿干，你以后就是日化厂的一员了。"章厂长又对金米说。

赶上中午吃饭，章厂长没让金米走，让金米去小食堂吃饭，厂里一共有两个食堂，大食堂是工人们就餐的地方，小食堂是领导们吃饭的地方，一进门有个脸盆架，脸盆架旁边又是一个衣服架，窗台上有两盆花，红红地开着。

细看才让人明白那是假花。

"你这工作再简单不过，只往脸上涂涂化妆品就行。"章厂长一边吃一边对金米说。

"去一个地方涂一回吗？"金米知道自己这是明知故问，要不这样她也找不出话来。

"是啊，抹完就洗掉，到了下一个地方再抹，也不累。"章厂长说。

"这不难。"金米说。

"你漂亮嘛，漂亮就不难，换个丑的你试试。"章厂长笑着说。

金米忽然对章厂长很有好感，说话也就放松了。

"你回去再去照张相。"章厂长说。

金米又不懂了，她看着章厂长，不知道是什么意思。

"你想办法把脸弄黑照张相，就说你以前的皮肤很黑，现在呢，怎么说你也明白，不用我教你。"章厂长是在教她了，虽然嘴上说不教。

金米马上就明白了，是心领神会，知道是怎么回事了。

"不管谁问，你只说你使用增白霜已经有半年多了，别说太长，也别说太短。"章厂长又说，不知道想起了什么，忽然捂着嘴笑了起来，旁边那两个办公室的干事也跟上笑。

"别说太长也别说太短。"章厂长又嘱咐一句，又笑起来。

临走，章厂长给了金米一张表，让她回去看看，表格刚打出来，一摸一手蓝印油，蓝汪汪的印油，不小心就沾一手。

金米是走回家的，她从日化厂出来，往右手一拐，走不远就到了西门外那条大街，再往右拐，就上了新建路，风吹的路边的树"哗啦哗啦"的，像是要下雨。一直走下去，就是互助里，再过去就是团结里，听听这名字，多少有点土，过了团结里就到了花园里，花园里旁边就是县医院，院子里晾了不少洗衣房洗出来的被单，白花花的。金米家就住在县医院旁边的花园里。金米是慢慢走回的家，她把章厂长给她的那张表格看了，一边走一边看，为了打开销路，日化厂已经给金米做了个计划，那就是要金米把上海、北京、天津、南京的市场给拿下来，让他们厂的增白系列化妆品铺天盖地地把市场都给占领了。这对金米来说并不难，她只要随身带好厂里的产品就行，那产品也一共三种：白玉增白霜，白玉增白乳，白玉增白雪花膏。关于怎么做推销，金米也清楚了，每到一个地方，只要简单做一下示范就行，这示范也太简单了，其实是不用学的。就是往脸上一遍一遍地涂抹增白乳，说自己以前很黑现在很白就行，这个谁不会？

"资本就是你这张脸，太有说服力了。"连琵琶郭这天对金米说。

"我才知道我有资本。"金米很喜欢琵琶郭这么说，摸摸自己的脸。

"我要是厂长我也会第一个用你，你的脸太有说服力了。"琵琵郭又说。

"我把你说服了吗？"金米对琵琶郭说。

"来来来，来来来。"琵琶郭张开两只胳膊，过来了。

"干什么，你想干什么？"金米跳起来。

"我给你爆炸个原子弹看看。"琵琶郭说。

金米不知道说什么好了，她现在已经知道了原子弹是什么。

"来人了，来人了。"金米说。

琵琶郭看看左边再看看右边，他们是坐在公园的小道上的长条椅子上，这地方哪会有什么人。"我就亲一下，原子弹就算了。"琵琶郭说。

金米假装不让亲，推几推，还是让了，琵琶郭的舌头很硬，不知怎么搞的，他会把舌头硬成一根棍，在金米的嘴里搅来搅去。

亲完金米，琵琶郭说："我可是太不放心了，你又白又漂亮，哪个男人看了都会动心的。"

金米说："那得我动心才行。"

金米一边往回走一边想起这事了，说心里话，她心里还是喜欢琵琶郭的，但让她嫁给他，她好像又不是那么太愿意。金米已经见过琵琶郭的母亲了，烟不离嘴的那么一个老太婆。虽然这样，金米只要是一想起琵琶郭，脑子里满满都是他，鼻子，嘴，上唇的小胡子，眉毛，细眼睛，都那么好看，好像谁也不能和他相比。让她心跳不只是这些，他那天，啊呀，他胆子可真大，还把他的那件东西掏出来让她看，颜色是深紫色的，闪烁着。金米当下就心乱了。她对自己说别想、别想、别想，可越这么对自己说心里就越乱。

"我恨死你了。"金米对琵琶郭说。

"你恨，你过来恨，你好好把我恨上一恨。"琵琶郭又张着两手过来了。

金米现在是什么事都要想到琵琶郭，她想好了，明天去照相馆照相要让他陪着。她现在倒是有点不放心他，总在想他，他现在在做什么？是不是在跟哪个女孩子说话？这么一想，金米心里真是很痛苦。

晚上吃饭，在灯下，金米咬一口饼子，夹一筷子炒山药丝，喝一口小米粥，突然忍不住笑了起来。齐秀珍看一眼金米，说你笑什么笑，是不是又去见那个弹琵琶的了？

"什么琵琶？什么琵琶？"金米马上装着不高兴了，说，"你这几天怎么老说琵琶？"

"那你笑什么？"齐秀珍说。

金米就又笑起来，说好笑死人了，日化厂要我去拍张照片，我得把自己化装成个黑人。

齐秀珍是什么人，马上就明白了，并不需要金米说明。

齐秀珍又夹一筷子小咸菜喝一口粥。

"去吧，拍个快照，别误了事。"齐秀珍说。

"以前黑，现在白，是最好的说明。"齐秀珍又说。

"这是不是有点骗人？"金米说。

"现在做什么事不骗人？"齐秀珍说上次店里卖的那批罐头过期都五年了。

金米不知道说什么好了，喝口小米粥，夹一筷子咸菜丝。

"无论什么事，骗人不怕，只要对你自己有好处就行。"齐秀珍说。

金米不说话了，心里像是很不好受，为了母亲的这句话。

"看什么看，就怕你骗了人对自己也没什么好处。"齐秀珍又说。

灯下，齐秀珍的鼻子显得特别尖，金米摸了一下自己的鼻子。

"换个灯泡吧，这灯泡也太暗了。"金米说。

"平时二十瓦，过年换个四十瓦的就够了，要那么亮干什么？"齐秀珍说。

"别人家早都换日光灯了。"金米说。

"过些时候再说。"齐秀珍说。

"二十瓦，什么也看不清。"金米把前几天在公园拍的照片取出来放在灯下。

"谁拍的？"齐秀珍说。

"其实拍得挺好，小马非说不好。"金米说。

照片是琵琶郭拍的，所以金米看哪张哪张好。

"小马那孩子不错，但一个理发的有什么出息。"齐秀珍说。

"我也没说他有出息。"金米马上说。

"男人有两种，一种是真铁真钢，另一种是垃圾！"齐秀珍说。

"谁是真铁真钢？谁是垃圾？"金米说。

齐秀珍很想说于主任就是真铁真钢，你爸就是垃圾，但她没说。

第二天，金米去拍了照。

二店的对面就是全市最好的"红卫照相馆"。

金米和照相馆的人很熟，照相馆的大橱窗里金米的那张大照片摆了都有好几年了，因为拍得好，彩也上得好，是技师张师傅上的，张师傅是全照相馆上彩上得最好的师傅。所以几次更换橱窗照相馆都没舍得把它给换下来。虽然金米和照相馆的人很熟，但金米还是让弹琵琶的小郭陪着她一起去，因为琵琶郭和照相馆的小王师傅关系很好，他们几乎每天早上都要一起去公园的湖里游泳。游完泳还要脱个精光用自己带去的水把身上冲一冲，这么一来呢，两个人的关系是越来越好。小王师傅也知道金米和琵琶郭的关系，知道他俩正在火候上，虽然还没上床正式开过火，但别的都差不多已经完成了程序。琵琶郭还经常去照相馆小王师傅家里去玩，因为他们住得不远，晚了就不走了，和小王师傅挤在一个被窝里，他有什么话都会对小王师傅说。他对小王师傅说他其实不喜欢弹琵琶，他喜欢画油画儿，他想做个画家。

琵琶郭陪着金米去了照相馆，因为刚开门，照相馆里没什么人。在楼下先开票，琵琶郭掏的钱，也没几个钱，一份儿三寸的也就两块多钱，琵琶郭已经和小王师傅说好了，开一份三寸的票，照四个底版，哪张好用哪张。

金米和琵琶郭两个人笑着，不停地笑。一边上楼一边笑。

"不化妆是白牡丹，化了妆是黑牡丹。"琵琶郭对金米说。

"那你喜欢什么牡丹？"金米说。

"我是既喜欢黑牡丹又喜欢白牡丹，问题必须是牡丹。"琵琶郭说。

　　上楼拐弯的时候，琵琶郭一把就把金米搂住了，小王师傅早在楼梯口等着了，他看到了，拍了一下手。

　　琵琶郭和金米就分开了，金米有点不好意思了。

　　上了楼，金米先去了一下洗手间。

　　小王师傅趁机小声问琵琶郭："原子弹试验成功了吗？"

　　琵琶郭朝那边做了个鬼脸，说上午十点还要彩排，你快点。

　　"我先化一下妆。"金米洗了一下手，已经过来了，她探头看了一下化妆间，里边没人："这真跟演戏一样。"

　　"推销产品可不就跟演戏一样？"琵琶郭说。

　　"找了个需要化妆的工作，真了不起。"小王师傅笑着对金米说。

　　"好在只化一次，要张照片就行。"琵琶郭说。

　　金米进了化妆间，里边镜子梳子什么都有，但金米还是用自己的梳子。

　　"我以为昨天你原子弹爆炸成功了呢。"小王师傅又小声对琵琶郭说。

　　"小心我晚上弹你个轮指。"琵琶郭说，张开手，握住，又张开，手指一个一个弹开："就怕到时你受不了，我这手指不是一般手指。"

　　"去吧去吧，看你什么都说。"小王师傅对琵琶郭说。

　　琵琶郭去了化妆间。琵琶郭在剧团工作，找一点化妆油彩是小事。那一段剧团正在上演一个话剧叫作《非洲战鼓》，小郭给金米找好了黑人化妆的油彩。摄影室旁边的化妆室很小，只放了一张小桌子，桌子右手是个小窗子，可以从窗子里看到下边街上的人来人往。金米把那油彩用凡士林兑淡了，对着镜子慢慢往脸上涂，然后用粉定了妆，停停，再用刷子把脸上的粉扫干净。金米在里边化妆，琵琶郭时不时地进去看一下。琵琶郭皮肤很黑，他把脸贴在金米脸上一起照镜子，说你这下可比我都黑了，一边说一边把手放在了金米身上，那手一放在金米身上就马上不老实了，开始游行，游到某个地方就停了下来。

"这是在照相馆，你干什么？"金米小声说。

琵琶郭的手不游行了，要钻探了，要往一个地方钻探，虽然他前不久已经钻探过了。

"你干什么？"金米又小声说。

"我看看什么地方可以试验原子弹。"琵琶郭笑着说。

"不行。"金米说。

"就找一下。"琵琶郭说。

"不行不行。"金米说。

"就找一下嘛，又不用别的什么，就用手。"琵琶郭说。

金米站起来了，被琵琶郭抱紧了。

琵琶郭抱着金米退退退，退到门上了，身子把门顶住了。

金米用力又挣开了琵琶郭，说："你别误了彩排。"

琵琶郭不闹了，从化妆间出来了，去和小王师傅说话。

金米化完了妆，一下子就变成了半个黑人，不能不说金米在化妆方面真有一下子，她化的那个妆啊，不但黑，而且还化出了青春痘。

"你都可以到电影制片厂去当化妆师了。"小王师傅说，这么看看金米，又那么看看金米，再在照相机取景器里看看金米，取景器里的金米是倒着的，头朝下，但不影响看。小王师傅把灯光布了又布，挪了又挪，后边又加了一个灯，布了好一阵灯光，最后满意了。他用那块外边是黑的里子是红的遮头布把自己遮了起来，把焦距调了又调，小王师傅的眼睛有点近视，但他又不戴眼镜。这时候琵琶郭把头也钻进来了，这样一来呢，他的脸就紧贴着小王师傅的脸，两个人忽然都不动了，那块大遮光布遮着他们两个。

"你们干什么呢，还不赶紧照。"金米坐在那里不耐烦了，灯很热。

"好了好了。"小王师傅把蒙头布撩开了。

"完了完了。"琵琶郭也不看了。

也不知道是遮光布捂的还是怎么的，小王师傅和琵琶郭的脸都红红的。

"准备照了啊。"小王师傅对金米说。

小王师傅要让金米用舌头把嘴唇湿一湿。

金米用舌头把嘴唇湿了湿。

"要不我来吧，我给你湿。"琵琶郭又来了。

"去啊，你去啊，你去给她湿一湿。"小王师傅笑着说。

这时候"哗啦哗啦"上来人了，是一群军人，够三十多个人，是来拍合影照的。这时候是新兵入伍的季节，也是老兵复员的时候，照相馆挺忙的。金米的相也照完了。"明天上午过来取。"小王师傅对金米说我多给你洗几张。小王师傅去招呼那些军人去了，拉凳子，长条凳子，摆凳子，后边的高凳子，人要站三排，然后再把人按个子大小调一下。"谁是首长？"小王师傅还要问一句，然后安排这里边职务最大的那个人坐在最中间。有时候不用他问，早有人把应该坐在最中间的人请到了中间的那个位置。

第二天，金米和琵琶郭去照相馆取照片，照片已经洗了出来，小王师傅在暗室里给金米洗了许多，十张三寸布纹纸的，二十张四寸大光纸的。有了这些照片，金米的推销就好搞了。这个不用人教，金米知道怎么做，在往后的日子里，每到一处，金米就会把这张照片拿出来让人们看，这几张照片都放在金米的一个女式皮夹子里，里边还有一张琵琶郭120胶卷拍的小照片，琵琶郭在照片里笑嘻嘻的。

金米去搞推销了，现在早上洗完脸她什么也不往脸上抹了，抹了也白抹，到了要推销产品的地方她不抹还不行。所以，她的女式皮夹子里还有一面小镜子，她对着那些人，也就是她的客户一边照镜子一边抹。"我以前是这样的，见不得人的。"把脸抹好，金米真是容光焕发，然后她会把照片从女式皮夹子里取出来给那些人看："看那时我多黑。"

金米把照片传给她们，人们看看照片再看看金米，看看金米再看看照片。

"好家伙，啧啧啧。"看的人会发出惊叹。

有人认出她来了，说："你不是二店的金米吗？"

"是啊。"金米说这些化妆品在二店卖得可好了。

然后，接下来的程序就是，金米马上会再去一个地方，去之前，她会找个地方把刚才涂在脸上的增白乳从脸上擦掉，然后她就到了下一站，会再对着那些人把化妆品从口袋里掏出来，慢慢再往脸上涂。

金米说："我就是一直用这种，用了有半年了，你们看我现在，还黑吗？"

那些人正在看金米的照片，嘴里"啧啧啧啧。"

"脖子呢？"有人问，问脖子。

金米把头朝一边歪，给那人看脖子，说："没关系，脖子也抹点。"

"真白。"这人说了。

金米又朝另一边把头歪了一下，给那人看另一边。

"这东西简直是在改变世界。"金米不知道从什么地方学到的这句话，想一想，这是章厂长的话。

"白玉日化厂就是让石头变成白玉。"金米说，这也不是她的话，还是章厂长的话。

"我这句话是不是说得太好了。"章厂长很得意自己能说出一句这样的话。

"太有文化了。"金米说。

"你信不信，再过几年，世界上的人们不会知道咱们县城，但会知道白玉日化！"章厂长两眼看着金米，眼里满满是笑意，那笑意让人分不出那是长辈的笑意还是同辈才会有的笑意。但是没过几年，这个章厂长后来忽然不见了，他和原配离了婚，卷了厂里一大笔钱，人不见了，不过这是后话，几年后的后话了。

"没有我，就没有白玉日化。"章厂长说。

"可不是？"金米说。

"可不是？"别人也说。

在这个小县城，要是说起"白玉日化厂"，就像是人们在大庆说油田，在大寨说庄稼，白玉日化厂原来主要是生产那种洗涤剂，家庭用的那种，当然这种产品用的更多的是大饭店，东西便宜又好用，所以产品销得很远，一直销到东北，一火车皮一火车皮地往那边拉。这种洗涤剂是大路货，白玉日化厂近几年的高级产品是增白洗衣粉，这种洗衣粉可以给衣服增白，白衬衣穿旧了，用这种洗衣粉洗一洗，你说怪不怪，就白了。所以人们特别喜欢这种洗衣粉，有时候市面上缺货，还得托人走后门去厂里买，厂里也是为了方便人们，在厂门口开了个销售点，所以经常可以看到人们提了各种大瓶子在那里排队。那时候，怎么说呢，好像是什么都可以零买。瓶子里的雪花膏用光了，可以拿着空瓶子去百货店买零的，卖化妆品的柜台那里就放着几个大广口瓶子，里边全是抹脸的雪花膏，粉的，淡绿的，白的，淡黄的，随你要哪一种。服务员会用一个两指宽的竹片儿指指那放雪花膏的广口瓶子，问："这个吗？这个挺香。""这个吗，这个味道是上海最时兴的。"然后给你用竹片往你的小瓶子里一下一下抹，抹满了，还会把放雪花膏的瓶子在柜台上轻轻蹾几蹾，再用竹片往里边加一点，好了，然后过秤，几两几钱，然后算钱。买酒，也是卖零，人们拿了空瓶子去，要一斤或半斤二两，或者是三斤四斤。酒都放在那种黑釉大缸里，缸上边是个红布头盖子，打开盖子就是一股子酒香，然后用提拔往上提，熟人来打酒，提拔快下快上，不停地，这样一来大家心里都清楚，提拔可以把酒带上来，一下子就带到酒瓶子里去了，要是生人来打酒，提拔下去，提上来的时候会停一停，提拔上就无法带酒了。有人拿一个碗去，就在柜台上要二两酒，再要几块豆腐干儿，就在柜台边把酒喝了。这样喝酒的人一般是给店里送货的蹬三轮车的那些人，二店的酒缸旁边总是有豆腐干儿和花生米，有时候还会有猪头肉。

"人家上海、北京就没有这种事，百货店里居然可以喝酒。"于主任这话说过好几次了，他的意思好像是这么做不雅，百货店又不是酒馆，说虽这么说，但人们照样过来喝，拿一个碗，来二两，要两块豆腐干儿或一捧花生米就那么喝，喝完了走人。天大冷的时候，于主任有时候也会下来喝几口，他照样交钱，来二两，用他的搪瓷缸子，再要两块豆腐干儿，如果有猪头肉，当然就是猪头肉，而且肯定是猪拱嘴上的肉，整个猪头，最数那地方的肉好吃。

"这就是体验生活，天既然这么冷。"于主任说。

喝完了酒，于主任还又会把那句话再说上一遍。

"人家上海、北京就没有这种事，百货店里居然可以喝二两。"

于主任去过不少次北京，去参加射击大比武。他还给首长表演，在一个很暗的场地表演用手枪射烟头，每次都会获得热烈的掌声。

"就你这枪法，早就赶超了英美！"有一个首长还这么说。

既然首长都这么说了，县城的小报能不登吗？于主任把那张报纸装在一个镜框子里挂在他的办公室。熟人去了，都会装作刚刚看到这张报纸，而且马上就会又说到打烟头的事。这是于主任的骄傲，这骄傲也许可以延续一百年！

小县城的日子其实变化不大，所以人们对新鲜事物特别能接受。白玉日化厂的增白系列一下子就吃香起来，先是那种增白洗衣粉，好家伙，盖了几年的旧被里被增白粉一洗，一下子就像是新的了，穿旧了的白衬衫，用增白洗衣粉洗洗一下子又像是新的了，这一切简直就是像在变魔术。金米是最近才知道章厂长并不像她想的那么简单只是个厂长而已，金米是听白玉日化厂办公室的人对她讲，章厂长是清华老牌大学毕业生，专业学的就是化学。这简直是吓了金米一大跳，这么一来呢，章厂长在金米心里就有那么几分神秘了。这么说也许不对，不是几分神秘，而是特别神秘，再看到章厂长的时候，金米好像是看到了一个全新的人，章厂长在金米的眼里也像是一下子年轻了几岁，他说话也像是分外好听了，包括他走路的样子，还包括他点烟的动作，他把打火机拿过来，那是个铜壳子打火机，金黄金黄的，放手里甩几甩，大拇指往上一蹁，再轻轻往下一按，"噗"的一声，蓝色的火苗就冒了出来，章厂长不是把手里的打火机抬起来送到嘴边，而是把脸凑过去，就像是很客气地对待别人给他点烟一样。这一切在金米眼里看来真是有几分迷人。还有一次，金米去章厂长的办公室，正碰到章厂长在给自己用指甲刀剪指甲，章厂长剪指甲的样子居然也很好看，他把指甲碎屑都剪到办公桌上的一张报纸上，然后，再把报纸拿到外边去，金米从窗里看到章厂长居然把报纸拿到办公室门口的那个垃圾箱边去抖。金米想笑又不敢笑。她想不到章厂长会是这么一个可爱的男人。这样一来呢，金米在心里就总是拿琵琶郭和章厂长比。怎么能比呢？金米听见心里一个声音在说，一个大学生，既发明了增白洗衣粉又发明了增白护肤品，另一个呢，现在是整天在剧团里弹琵琶。在这里，金米在心里用了"发明"这两个字。这就是金米不懂，对一个学化学的人来说，搞点增白的小玩意儿简直是太小菜了。但在一般人的眼里，起码是在金米的眼里，这简直就是一场革命，现在是这样的，几乎是家家户户都在用章厂长发明的增白洗衣粉，凡是白的东西恨不得都拿来白那么一白。这简直就是一场革命。更让金米觉得神奇的是她现在推销的增白化妆品，简直是神了，往脸上抹抹，怎么说呢，皮肤就真的白了，也更细腻了。

金米现在没事就去照镜子，发现自己真是比以前更好看了。

"还真顶用，你以前就够白了，现在更白了。"连琵琶郭那天也对金米这么说，他把一个手指轻轻放在金米的脸上，先是食指，然后是中指；然后是五个指头，然后是十个指头，金米的脸被琵琶郭捧在手里了，琵琶郭的嘴压在金米的嘴上了，琵琶郭的舌头在金米的嘴里了，这是一种多么好玩的游戏，两个人的舌头恨不得打个结。两个人越抱越紧，琵琶郭在金米的耳边说："就是不知道你身上的皮肤会不会有脸上的这么白？"

"突突突。"琵琶郭说，把舌头就硬成一根棍，在金米的嘴里。

金米的心"怦怦"乱跳，她不知道自己是想让琵琶郭续做下去还是马上停手。

"你身上有多白？"琵琶郭说哪天真给我看看。

金米的心又"怦怦"乱跳起来。

但金米现在对琵琶郭的这种话不那么感兴趣了，因为她刚刚从北京回来，是去搞推销，见过世面了。

"你就不会说点新鲜的？"金米对琵琶郭说。

琵琶郭一下子愣在那里，他不知道金米想让自己说什么新鲜的。

"北京人都很迷我们厂的增白产品。"金米现在是一口一个我们厂。

"怎么说？"琵琶郭说。

"连王府井大街的百货公司都要卖我们的产品了。"金米说到这个就很开心。

"那当然好。"琵琶郭说。

金米还想告诉琵琶郭什么，但她忍住了，因为章厂长对她说这件事先不要对外讲，无论什么事情在没办成之前都不要乱讲。金米记住了章厂长的这句话，也就是章厂长在火车上坐着的时候对她说的"下一步，日化厂最好不要叫日化厂，要改叫日化研究院"。这事章厂长想了好久了，要成立一个日化研究院，一个研究院加一个日化厂。章厂长为自己这个想法激动着，可以说激动好久了，这话他没对别人说，但他对金米说了，那天他喝了一点酒，天特别冷，下了点雪，这样的天气人们都喜欢喝那么一点。

金米在他的眼里是特别可爱，但一个人光可爱不行，金米还特别可信。章厂长看人还是可以的，关于成立研究院这件事，金米忍住了，就是没有对琵琶郭说。

金米是个容易激动、容易动感情的人，章厂长在她的眼里现在简直就是个神，这简直差点就害了她。在去北京的火车上，她和章厂长坐面对面，也是一时激动，或者是她神智出了什么问题，她突然对章厂长说："你怎么不小几岁，你怎么要比我大？"说完这句话，章厂长像是愣了愣，然后就站起身去了车厢另一边。这让金米心里好一阵打鼓，心里是七上八下，坐不住了，不知道接下去该找个地方下车还是怎么办。当时是没有镜子，要是有镜子的话金米肯定可以看到自己的脸应该是青一阵儿红一阵儿。过了好一会儿，章厂长又从车厢另一头过来了，笑眯眯的，手里拿了两个杯子，是两杯咖啡。原来章厂长是去餐车那边买了两杯咖啡。

"吓死我了，我以为我说错了什么。"金米对章厂长说。

"什么错不错。"章厂长说你说什么我都喜欢听。

金米这下更勇敢了，金米接过咖啡，先说了一句真好喝，喝一口，又喝一口，金米才把要说的话又说了一句。

金米说："章厂长，你要是比现在小十岁就好了。"

"我现在也这么想呢。"章厂长也笑着说。

"咱们想到一块儿了。"金米的胆子是太大了。

章厂长笑了，也不看金米，只看着车窗外一闪一闪远去的树，房屋，田地，还有几头牛，那些从车窗外闪过去的牛像是在飞，一下子就飞走了，花奶牛。

"人要是想让自己多大就多大就好了。"金米说。

章厂长笑出了声："再小十岁嘛，那个……"

章厂长用两只手捂住了脸，笑，下边的话没有说出来。

金米没让章厂长接着往下说，她也没问，她站了起来，把两个空杯子拿在了手里。金米又去要了两杯咖啡，慢慢走了回来，杯里的咖啡早晃出了一半儿。

"我去嘛 。"章厂长说。

"还是我去吧 。"金米说。

金米把咖啡递到章厂长的手里，又说了一句："我恨不得你是我的小弟弟。"

"我也想比你小，可我不小。"章厂长笑着说。

金米从北京回来了，人也像是一下子变了，首先是看什么都有那么点不顺眼了，做什么也都像是有那么点没意思了。这种感觉一共持续了好几天。一直到北京那边把订单发了过来。北京王府井百货公司的订单，这可不是开玩笑。

章厂长对日化厂的人说："这可全凭了金米的那张脸。"

紧接着，章厂长又马上安排了一下，要金米去上海。这一次，是那边有一个订货会，章厂长也一起去。

"你没去过上海吧？"章厂长问金米。

金米当然没去过，但她却说小时候去过，随母亲去，去看外婆。

金米的心"怦怦"跳，她哪有什么外婆，她只在照片上看到过那个老太婆。

"你没住过金门饭店吧?"章厂长又说,说那个金门饭店是上海很老的饭店,饭店后边有一家饭馆上海本帮菜做得最好。"门面不大,但菜做得非常非常好,葱油面真好,好吃,一点汤都没有。"

"你回去准备准备。"章厂长对金米说。

"没什么准备的。"金米说。

"穿的好看点儿,我喜欢你穿的好看。"章厂长说我就喜欢和你一起出差,和你一起出差我就觉得我自己一下子又小了十多岁。金米的话用到这里了。

金米捂着嘴笑起来,心里有几分甜蜜。

章厂长也笑,吸一口烟,憋好一会儿,突然大笑起来,烟也被喷出来。

金米要去上海了,这让她既兴奋又慌乱,她慌乱不是为了别的,是为了穿什么衣服才好,她把几乎所有的衣服都翻了出来,在床上堆了一大堆,但好像哪一件都不合适。那可是上海啊,那可是上海啊,那可是上海啊。金米听见一个声音在心里不停说。这个晚上,金米就不停地把衣服穿了脱脱了穿,对着镜子照过来照过去。是,没一件衣服对,是,没一双鞋子对。后来她困了,又换了件上海小碎花布做的上衣,人却忽然靠在床上的衣服堆上睡着了。对面不知道谁家在拉二胡,声音是过来一下再过去一下,过来一下再过去一下,像是很不真实,而这种声音实实在在是催眠的,金米睡着了。齐秀珍此刻正在邻居家看电视,那时候电视还不普及，是黑白电视，一吃过饭，邻居就会招呼齐秀珍过去看电视，就好像是请客，关系好的邻居都会过去看，电视屏幕不大，一闪一闪的，演的是《射雕英雄传》，齐秀珍是顶顶喜欢里边的演员黄日华，他一出来，齐秀珍的两眼就是亮的。齐秀珍连连说的一句话是："黄蓉不配他，黄蓉不配他。"说这话时，齐秀珍心里有万分的感慨。她想起了金米的父亲，那个王八蛋负心郎，抛下她和金米一走了之。

"王八蛋！王八蛋！"齐秀珍一边看，嘴里一边小声骂。

齐秀珍看完电视回来已经很晚了，她目光闪闪，激动着。

金米在床上一大堆的衣服上睡着，手脚摊成个"大"字。

齐秀珍把金米推醒："你要开估衣铺吗？"

"我要去上海，你让我穿什么？"

金米已经睡了一阵儿，此刻一下子又来了精神，又开始翻衣服。这次是翻齐秀珍的衣服，翻出一件米色派力士料子的，对着镜子穿上，颜色不错，金米又把自己的小包拿过来，衣服颜色居然跟小包很配。金米又拉开包，想把里边的一个胸针找出来戴一下试试，那胸针是琵琶郭送的，是一只粉钻石做的小鸟，亮晶晶的，很好看。

琵琶郭还对金米说："先送你一只小小鸟，然后再给你一只大大鸟。"

金米找包里的胸针，包里却一下子掉出来不少用过的卫生纸，一团一团，都掉在地上。

齐秀珍瞪大了眼睛，看着地上的卫生纸，卫生纸都用过了，一团一团的。

"怎么回事？"齐秀珍几乎是吓了一跳，想到什么上边去了。

"这东西还放在包里？"齐秀珍又说。

金米用右手手指点着左手，开始数数儿："一二三四五六七八九。"

"你好意思啊！"齐秀珍要发火了。

"我今天在脸上抹了九次增白乳，抹了擦擦了擦。"金米说。

齐秀珍忽然松了口气，心里马上明白了。

金米又对她妈说："当这个推销员让人烦死。"

"抹一次擦一次。"金米说

"抹一次擦一次。"金米说。

"抹一次擦一次。"金米说。

"抹一次擦一次。"金米说。

"抹一次擦一次。"金米说。

"我说了几次了？"金米都想不起来自己说了几次了。

"抹了九次。"齐秀珍说，"这算什么，又不累，就是浪费卫生纸，你也不应该把这种纸放在包里边啊，一个女孩子，包里都是用过的卫生纸，像什么话。"

"那也不能到处扔啊。"金米说。

"是别扔，还能当手纸用。"齐秀珍说。

齐秀珍去扫地了，把地上的纸团扫到墙角，然后把纸团放在凳子上一张一张抹平，说："还能当手纸呢。"弄完纸，齐秀珍又把那把壶提了过来。

金米已经习惯她妈这样了，也不说什么，对着镜子把胸针放在胸口看来看去。

"唉，黄蓉就不应该找郭靖，迟早会被郭靖害死的。"

齐秀珍突然说了这么一句，人整个还在那个电视剧里。

金米还在照镜子，她准备睡了，她洗了一下，在镜子里看自己的脸，金米发现自己的皮肤真的是更白了，那种又细腻又白。她转过身，对她妈说："再这么下去我也许就会变成白种人了。"

"白点好，南方人都白，白了显年轻。"齐秀珍说。

"真要谢谢于主任才好。"金米说，"不是他，我还得不到这份好差事。"

"谢他做什么。"齐秀珍说，"这是他应该做的。"

"要不是这份工作我能去北京、上海吗？"金米说，这倒是实话。

齐秀珍在擦那把壶了，她吃完饭的时候先在壶上涂了一层去污粉，然后去看的电视，这会儿壶上的去污粉估计已经起作用了，齐秀珍把壶拿到灯下擦，使劲擦，她忽然心里很气闷，壶很快被擦好了，亮闪闪的，她把它放在水龙头下冲了冲。

"唉，女人就得找个好男人，要是找不到好男人就跟死差不多。"齐秀珍说。

金米知道母亲接下来要说什么了，金米从小到大几乎都没见过父亲。

"这回章厂长也一起去。"金米对母亲说。

"北京他不是也去了吗？这有什么新鲜？"齐秀珍停下手，

看着金米。

"想不到增白产品都是他一手发明的。"金米说。

"经常跟领导在一起没错。"齐秀珍说。

金米就又说起章厂长在火车上给她买咖啡的事。

"要多个心眼，别太相信男人。"齐秀珍说。

"整天出差也不好。"金米不知道要说什么了，是没话找话。

"多出去走走好，省得整天'噼哩啪、噼哩啪。'"齐秀珍又来了。

金米不说话了，钻进了被窝，把被子一下子拉到下巴上。

"听说'噼哩啪、噼哩啪'的妈整天抽烟？"齐秀珍又说。

"你管这么多干什么，你想给她买条烟是不是？"金米把身子朝里侧了一下。

"跟你说，你还小，男人有两种……"齐秀珍又来了。

"一种是真铁真钢，一种是垃圾。"金米替她妈把这话讲出来了。

"你知道就好。"齐秀珍连自己也忍不住笑了起来。

齐秀珍不再说什么，她睡觉前也有洗脸的习惯，她把脸洗过，也坐在了那里，对着镜子把金米给她的增白护肤乳一点一点往脸上抹，她不多抹，只抹一点点。抹完脸，她去洗脚，洗脚盆里只放一点点水，连脚面都没不了，齐秀珍就是这样，也太节约了。

"我真看不上你这样，倒那么一点点热水来洗脚。"金米在床上说。

"十分就是一毛，十毛就是一块，钱都是一分一分攒起来的！"齐秀珍说。

"我迟早要把你一辈子挣的钱一天就挣回来。"金米说。

3

金米有点怯场，到了上海，觉得自己有点不适应。

在别处，金米是随随便便给人们示范，想不到到了上海就不一样了，这边是一下子来了几乎一个会场的人。章厂长当然是见过世面，事先早安排好了，先把产品，就是增白乳系列给到会的人每人发了一套，是一套三瓶，这真够大方的，其实许多人也就是冲这个才来的，大家你传我我传你，所以一下子来了那么多人。领完礼品大家就座，然后金米才上到台上做示范，这次来上海，章厂长的准备做得特别充分，他让厂办的人跟金米要了照片底版去照相馆洗了许多照片，发产品的时候金米的那张照片也发给了大家，会场的人是一边看手里的照片一边看台上的金米，会场上是一片惊叹声。那时候的人们是多么的纯朴，谁都不会不相信眼前的这个皮肤白嫩的美人儿和照片上的美人儿不一样是做了手脚，那时候的人是什么都相信，这和现在正相反，现在的人是什么也不相信。金米站在台上一边说自己使用增白乳的感受，一边往脸上慢慢涂增白乳。上海人毕竟是上海人，她们看得更仔细一些，她们过来把金米的脸细细看了又看。有的人还把金米的手拉起来看，金米的皮肤真是争气，不但白，而且好像是要从里边放出光来。但又不那么亮，如果是抹了别的什么化妆品，人的一张脸油乎乎的会像一颗油鸡蛋。

"我以前可不是这样，我以前的皮肤是又黑又粗糙。"金米对那些人说。

"你大概用了多长时间就变成这样了？"有人问，是个男的，年轻人，这人长得可真像是理发馆的小马。

"半年多了。"金米说，看着这个像小马的人，"早上抹一次，晚上睡觉前抹一次。"

"有没有什么反应？"这个像小马的人又问。

"没有啊。"金米说增白乳系列的化妆品里边有专门营养皮肤的维生素 E。

"维生素 E？"像小马的人又问。

"对，维生素 E。"金米想笑了。

"不是维生素 C 吗？"像小马的人还问。

"也有。"金米笑着说，这个人怎么那么像小马啊。

因为金米的形象和她的皮肤，白玉日化厂的产品推销几乎是每次都很成功。再加上日化厂和那些百货公司都是老关系，订货的自然不会少。这次来上海，章厂长对金米说了，有两个内容，一是推销宣传，二是产品要重新包装一下。所以上午是金米在台上做示范，下午是上海的一家玻璃制品厂要来人谈增白乳的重新包装问题。中午饭是上海百货公司这边请，去席家花园。晚饭是上海玻璃制品厂这边安排。金米和章厂长住的宾馆是早订下来的，就是章厂长说过的那家金门大饭店。章厂长一间，金米一间。金门大饭店好气派，里边光线不是多么亮，但处处显得金碧辉煌，总台上一左一右有两个大理石花瓶，里边是粉色的百合花，真香。

金米看看那瓶里的粉百合，低头再看看自己胸前别的那只粉色小鸟胸针。

金米这次来上海，衣服穿的是极其成功，居然是，怎么说呢，是章厂长给她的意见，要她上衣穿那件水红的薄玻璃绸上衣，这件衣服是在北京买的，买这件衣服的时候章厂长就在旁边，章厂长在这方面特别有耐心，一直陪着金米，给她出主意，看她试衣服。一开始，金米是没看准这件水红色的玻璃绸上衣，想不到穿在身上真是好看极了，水红色的颜色特别的娇气，正好能把金米的皮肤给衬托一下，下边的裤子呢，章厂长建议金米穿那条黑色的细纹的确良窄腿裤，黑颜色这种颜色其实是最好的颜色，最好搭配衣服，正好把水红色的上衣衬托得更加好看。如果上身是一件橘黄色的衣服呢，也照样会衬托的很好，如果上身是苹果绿的呢，黑裤子照样会把苹果绿衬托的很好。这条黑细纹的确良裤子，也是金米在章厂长的陪同下在北京买的。现在是，金米总是在心里拿琵琶郭来和章厂长比，这么一比呢，琵琶郭就被章厂长比下去了。现在是，章厂长什么都好。金米穿了这一身衣服自己照照大镜子，简直是自己也不敢相信自己会有这么漂亮。女人是什么呢，女人其实就是衣服动物，女人的勇气和自信往往是衣服给的，衣服穿对了，人的自信就有了，起码金米是这样，自信的后边紧跟着的是什么？就是勇气。金米是在进会场前跑到洗手间照了一下镜子，她发现洗手间那边有大镜子，金米的自信就是在那一刹那给大镜子照出来的。虽然刚刚上台的时候还有点慌。

金米对着大镜子这么照照那么照照，把身子转过来，再照照。

"慌什么慌？"金米坐在台上了，听见自己在心里对自己说，她看了一眼下边，把化妆品从包里慢慢取了出来，一刹那她心里已经不慌了，她从包里又取出那面小镜子，开始一边说一边往脸上涂增白乳。人总是这样子的，那就是，一个漂亮的人，她做什么都漂亮。一个漂亮的人一旦和化妆品扯在一起，人们怎么会不相信那化妆品呢。在那个年代，增白真是每一个女人的梦，不但是女人的梦，许多男人也在偷偷做这个梦。他们也希望自己能够变得白白净净。

"真有那么玄吗？"那天琵琶郭对金米说不妨我也试试。

"什么玄不玄，你不会看我的脸？"金米对琵琶郭说。

让金米想不到的是，琵琶郭真要试一下增白乳。

"我的皮肤从小就黑，我试试好不好？"琵琶郭对金米说。

"好啊。"金米说，把一瓶增白乳给了琵琶郭，反正那也不用花她的钱。

"不过男人生来就要比女人黑。"琵琶郭说他会认真试一下，从此变白也是好事，不变白呢，还是原来的他，又不会损失什么。

"抹完好好揉一揉。"金米对琵琶郭说。

"那恐怕就要揉出毛病了。"琵琶郭又坏笑了起来，金米就知道他接下来又要说什么了，那几天，琵琶郭一说话就要把话往那边引。

　　金米在台上往脸上抹增白乳的时候发现下边有人也在打开他们赠送的增白乳往脸上抹，而且不止一个，人这种动物最喜欢的就是模仿。

　　"抹完好好揉一揉。"金米对下边的人说，说这样会增强增白的效果。

　　上午的活动也就这些，到了下午，活动其实安排得更简单，就是看样品，三组一套的玻璃瓶样品一共摆了七八种在那里让章厂长和金米过目。那些玻璃样品都是按照化妆品规格设计的，为了好看，玻璃外面都起了棱角，这样一来呢，就有了水晶折光的效果，就显得珠光宝气。这样的设计是既新颖又好看，让谁都没话说。而金米却有了她的意见，在大家都没有意见和看法的情况下，金米的意见就显得她是个有脑子的人。

　　金米说："这三种款的瓶口是不是都太小了？"

　　玻璃制品厂那边的人看看章厂长，然后才又问金米："请问什么意思？"

　　章厂长也不知道金米是什么意思，看着金米。

　　金米拿起一个瓶子，又拿起一个瓶子，说："应该有那种广口的才好，不要三种都是这么小的口。"金米又说，"那种广口的瓶子其实才最实用，人们用完了里边的化妆品还可以拿上瓶子去百货公司打零。"金米就说起那种曾经在市面上特别流行的葡萄瓶，她这么一说人们就马上想起了那种放化妆品的瓶子，圆圆的一堆葡萄，有盖子，拧上盖子后这个瓶子是要倒扣着放在那里，瓶子上就是一粒一粒的葡萄，看上去就像是一件工艺品，瓶口又很大，既好往出取化妆品又好拿着它去百货公司打零。

"好的好的，这个主意好。"章厂长马上拍拍手，"瓶子也是工人们的劳动果实，用完一个扔一个也怪可惜的。"

"可以打零最好，怎么没想到这一点呢？"玻璃制品厂那边的人说，茅塞顿开的样子。

事情就这么定了下来，日化厂定制的瓶子其中两种瓶子是小口的，一种瓶子是广口的，玻璃的颜色选了那种粉紫色，如果是白色和无色的瓶子倒显不出增白乳的那种细腻白洁。定完货，大家去吃饭，原说去静安寺那边，章厂长说就到附近吧，金门大饭店后边有一家小店很好，我来请大家。这就是章厂长的客气话，怎么会让他请呢，这一顿饭一直吃到晚上十点多，金米也喝了一点酒，章厂长多一点，但思路清晰，说话一点都不乱。

玻璃制品厂的人把章厂长和金米一直送回了宾馆。

"好了好了，大家都累了，都回去歇着吧，早点睡。"章厂长对那些人说。

上海人个个聪明透顶，把人送到饭店门口他们就告辞了。

有一点点雨飘下来，像是有，又像是没有。

章厂长和金米是先各自回了一下自己的房间，没过一会儿，章厂长过来敲金米的房门。

"睡不着，喝一会儿茶再说。"章厂长在门外对金米说。

金米心"怦怦"跳，她把门打开，请章厂长进来，然后把屋里的灯也都打开。金门大饭店因为是近百年的老饭店，房间的格局都要小那么一点，但设计的真是精致高级，写字台是有的，老橡木的，上边有雕花，化妆台也有的，上边也有雕花。衣橱在靠窗子那边，打开，可以把衣服挂进去，关上，衣橱门和墙壁是一个平面，只不过衣橱门上也有古典风格的橡木雕花，让人知道那是衣橱，靠着衣橱旁边凹进去的那一块是放行李箱的地方，里边有很考究的衣服架子，可以把西服款款搭在上边，不是挂，是搭。窗子在南边，小而窄，但光线足够。窗下是一个茶几两只沙发，沙发后边是一个地灯。写字台那边又是一个绿玻璃壳子台灯，整个屋子里，灯光是这边一簇那边一簇，显得特别玲珑。床是那种老式的，床头上各有一个橡木雕的大花球，橡树籽形状的那种，结实硕大好看，特别的洋味，又特别的让人想入非非，让人想到男人的勃起物，总之有人是这样解释的，不这么解释你还不觉得有什么，一有人这么解释，你就不会再想别的，所以说老洋房老宾馆处处都有一种淫荡的暗示，你可以接受也可以不接受，但总是要你想。

章厂长抬起手，用手摸摸床头柱子上的橡树籽大花球，说："这个花球是有故事的。"

金米问："什么故事？"

章厂长又不说了，笑着说："待会儿再讲给你。"

金米说："现在就讲嘛，我要你现在讲。"

"刚分手我就又来了。"章厂长像是有点晃，转过身，在靠衣橱的那张沙发上坐下来。

"我以为你还要出去跟他们看夜景。"金米也坐下来，坐在靠这边的床上。

"咱们说话，比看什么夜景都好。"章厂长说。

"好的，好。"金米能感觉出自己的声音在抖，起码是有那么一点抖。

章厂长看着金米，两眼里满满都是笑意。

"再说外面下雨呢。"章厂长说。

"对，下雨呢。"金米说。

"我先抽支烟吧。"章厂长说，他把打火机从衣服口袋里取出来，那是个铜壳子打火机，亮闪闪的。金米看着章厂长，看他把打火机放手里甩了几甩，大拇指往上一跷再轻轻往下一按，"噗"的一声蓝色的火苗就冒了出来，章厂长抽烟从来都不是把手里的打火机抬起来送到嘴边，而是把脸凑过去，就像是很客气地对待别人给他点烟一样。这一切在金米看了真是很好看。

"灯不要这么亮，关一个吧。"章厂长抽着烟，像是随口说。

金米想了想，把自己这边的灯关了，屋子里就暗了下来，金米心里又开始"怦怦"跳，她知道要发生的一定会发生了，这么一想呢，金米觉得自己浑身软到了没一点力气，好像被施了魔法，在金米的眼里，章厂长是有魔法的男人，面对琵琶郭她可以拒绝，但面对章厂长这样的男人金米明白自己是碰到了天敌，是连一点挣扎都不会有，是连一点反抗都不会有。金米看着坐在那里的章厂长，因为她这边的灯已经关了，所以只有章厂长那边亮着，章厂长就坐在那一束亮光里，这真好像是一种陈列艺术，在这样的灯光下，章厂长显得特别有看头，那张脸是有棱有角，嘴唇的线条特别有味道。他吸一口烟，脸就会随着朦胧一下，当烟散开，章厂长那张脸便会渐次清晰。金米此刻像是已被施了魔法，她的两只眼一眨不眨地盯着章厂长，这倒让章厂长有点不好意思。

"我有点害羞了。"章厂长毕竟是过来的老手，来了这么一句。

"害羞什么？"金米其实是被章厂长引导着。

"我真有点害羞了。"章厂长笑了一下，又把这话说了一句。

金米不知道该说什么了，她在心里想自己该说什么？但嘴上的话已经说了出来。

"那你就不要害羞。"金米说。

"好的，我争取让自己别害羞。"章厂长说，他已经抽完了一支烟，他把烟头拧了，轻轻放在茶几上的玻璃烟灰缸里。做这些动作的时候章厂长的两眼一直看着金米。

金米坐在那里一动不动，其实她已经不会动了，浑身已经没了一点知觉，好像是她不知道自己的身子在哪里，又好像是一场梦魇，心里明明白白，但身子却一点都不听使唤。金米还是处女，此刻她忽然觉得自己很想要，章厂长在她的心目中是太不一般了。

金米看着那一束灯光里的章厂长，章厂长看着暗中的金米。

"关了这个灯我就可以让自己不害羞了。"章厂长来了这一句，这一句真是精彩华章，虽然只是一句，但这一句真正顶一万句，戏要开幕了。

窗帘在金米进来的时候已经拉严了，外面的光不会打进来。

"我真要关了啊。"章厂长又说了一句，像是在征求金米的意见。

金米看着章厂长把身子往旁边探过去、探过去，他找着开关了，在把开关关掉的那一瞬间，章厂长又看了一眼金米，金米还是一动不动地坐在那里，这让章厂长觉得有点奇怪，奇怪金米一直一动不动，但他根本就不会知道金米是动不了，是被他施了魔法。

"我关了啊。"章厂长又说。

"你关嘛，你关嘛。"金米说，声音是气若游丝，虽然是说话，虽然只是几个字，但她使不上劲了，说话原来也是要使劲的。金米软到没一点劲了。此刻的金米就像是一座香艳的城池，等待着章厂长的长驱直入。

"关了灯我就不害羞了。"章厂又来了一句，其实他能感觉到自己的身体已经势不可当，男人的身体里原是有洪水猛兽的，到了一定时候谁都管不住它们。章厂长把灯关掉了，"啪"的一声，很微弱。屋子里马上是黑到伸手不见五指。这种黑，是什么也看不到，章厂长在黑暗中站了起来，他开始迫不及待地脱他的衣服。手有点抖，脚也有点抖，是手忙脚乱的那个意思，屋子里实在是太黑了，章厂长想，是不是待会儿应该把卫生间的灯开一下，把卫生间的灯开了，然后再把门掩一下，让灯光出来一点，既不那么亮又什么都能看到。

灯被关掉后，金米忽然觉得魔法一下子就消失了，她马上坐了起来，她知道自己想了好久的那个就要来了，这让她又激动又有那么点害怕，是说不出的那种害怕。但她又不知道自己接下去应该做什么，脱还是不脱？还是等章厂长过来给她脱，因为屋子里一片漆黑，金米刚才从身体里飞出去的三魂七魄现在又各归各位飞了回来。金米明白自己应该做什么，明白自己应该把前期工作做好，她开始慢慢解自己的上衣扣子，解一个，停一停，解一个，停一停。而章厂长那边却忽然一下子没了一点声音，窸窸窣窣突然消失了，声音忽然又响起来却变成了"踢它踢它"，章厂长的脚步声分明不是冲着她这边过来，因为屋子里黑的什么也看不到，可以听得出章厂长是跌跌撞撞，屋子里实在是太黑了，门忽然被打开了，外边走廊里的灯光一下子照了进来。

"你歇着吧，你歇着吧。"这是章厂长的话，然后是人一闪。

章厂长已经一步迈了出去，走廊里一阵脚步声，章厂长回自己的房间里去了。

发生了什么？发生了什么？金米愣在那里，刚才她身上的每一个细胞都在焕发着活力，都在呼喊尖叫，现在，突然一下子都停了下来，这让她有点受不了，她不明白，怎么回事？金米在想：是不是刚才自己应该冲上去，是不是自己错了？

金米没开灯，整个人木在那里，是一段木头。

金米就那么一直坐着，她甚至想：自己此刻是不是应该去敲章厂长的门。

"怎么回事？"金米问自己。

"怎么回事？"金米问自己。

"怎么回事？"金米问自己。

一直到天快亮，金米才坐起来去喝了一点水，她轻轻站起来，轻轻走过去，让自己轻轻坐在章厂长坐过的那张沙发上，她摸到了烟灰缸里的那个烟头，她先是把烟头放在鼻子边闻，后来她便把烟头放在了嘴里，就那么含着，烟头可以放在嘴里吗？章厂长抽过的烟头此刻就是金米的糖果，被金米含在嘴里。

金米此刻的嘴里全都是烟的味道，全都是章厂长这个大男人的味道。

"怎么回事？"金米问自己。

"怎么回事？"金米问自己。

"怎么回事？"金米问自己。

金米摸进了卫生间，没开灯，就那么坐在马桶上。

章厂长是被吓坏了，他可真是被吓坏了，他跌跌撞撞回到了自己的房间，胸口那地方紧的厉害，心也跳的是那么厉害。他问自己，是不是真喝多了？他问自己，刚才自己看到了什么？金米的屋子那么黑，是漆黑，他确信自己看到了金米的屋子里突然浮动着一张绿色的脸。章厂长从小是在山村里长大的，山村里有许多鬼怪的传说或者是干脆有许多鬼怪在那里跟人们一起生活着，章厂长是相信这些的。章厂长知道金门大饭店是百年老店，每间屋子都不知道曾经住过多少死鬼。在章厂长脱衣服的一刹那，怎么说呢，他可真是要被吓死了，他看到金米坐的那地方突然有一张绿色的脸浮着，眼睛的地方是两个黑洞。这可把章厂长吓坏了。

章厂长回到了自己的房间，他惊魂甫定，他捂着胸口。

章厂长不信佛，但他在念："阿弥陀佛，阿弥陀佛。"

章厂长把屋子里的所有灯都打开了，他检查了一下卫生间，又检查了一下壁橱和床两边，一边检查一边在嘴里不停地念："阿弥陀佛，阿弥陀佛。"

章厂长躺在被子里念："阿弥陀佛，阿弥陀佛。"

章厂长坐了起来念："阿弥陀佛，阿弥陀佛。"

早上起来，怎么说呢，其实章厂长一直就没有睡，只不过是脱了衣服钻到了被窝里，屋子里的灯大亮着，然后再穿了衣服从被窝里爬出来，外面天已亮了。章厂长一直在想，金米在那边会不会有什么事？金米在那边会不会有什么事？这可真是老宾馆住不得！昨晚他和金米说好了的，一早要去后边的饭店吃早餐，一早就要吃上海的葱油面，他太喜欢上海的葱油面了，还要每人再加一颗茶叶蛋。但章厂长现在哪里会有胃口？他放水给自己洗了一个澡，水很热，他喜欢洗热水澡，他的身体被烫红了，洗澡的时候，章厂长的心里其实还是在想着金米。那间屋子，那个东西，怕死人了，那个东西和金米待在一个屋子里金米会不会有事？章厂长把那个浮在那里的绿脸叫那个东西。此刻天还没有大亮。上海却已经醒过来了，如果城市也会睡觉的话，上海这个城市的觉可真是睡得太少了，只睡一会儿，只一会儿，所以上海虽然看上去欣欣向荣的，但骨子里却是特别的疲惫，市声，上海的市声早早响了起来，有人走，车在响，有人说话，什么地方的卷闸门"哗啦啦啦"一路响到底，闷闷之中的那一种清亮，肯定是哪家小店要出早点了，油条呢还是豆浆呢？面条呢还是那种小笼包子或者还是那种冒着热气的茶叶蛋？这些声音一声一声都传到章厂长的耳朵里，他的心里却在想着金米。

"阿弥陀佛，阿弥陀佛。"章厂长在心里不停地念阿弥陀佛。

穿好衣服，章厂长去敲金米的门了，轻轻两下，里边马上就有了声音。

"你醒来了？"章厂长在外面低低问了一声，他很怕自己的说话声被别人听到，其实这真正是多虑，在宾馆，是不分白天黑夜的，虽然服务员看不到你在做什么，但她们可以从你的一个眼神里就知道你在做什么或者是已经做了什么。一个男人和一个女人还能做什么呢？他们对这个是太不感兴趣了，没什么意思。

金米在里边答应了一声，好像是，走过来了。

"你没事吧？你快开开门。"章厂长在外边说。

门从里边打开了，屋子里是亮的，金米已经把窗帘拉开了。

章厂长不管那么多，他一步跨进去，随手就把门关了，因为此刻是太早了，这么早，让人看到实在是不好，而实际上，谁看呢，没人认识他们，也没人会注意他们。章厂长进到金米的房间里了，他朝金米的床那边看了一眼，那边什么也没有。有的只是床单、被子，金米脱下来的衣服，还有，一本书。还有，一个小圆镜子。

让章厂长想不到的是，金米已经一下子扑到了自己的怀里。

"没事吧？"章厂长听见自己说。

"我以为你喝多了。"这是金米的话。

"我是喝多了。"章厂长说。

"现在没事了吧？"金米说。

"你没事就好。"章厂长说，又朝床那边看了一眼，那边什么也没有。

金米在章厂长的怀里，是烟味，还有别的什么味。她一夜没睡，此刻章厂长又来了，但她不知道下一步该怎么办，她毕竟还是个姑娘，她还没有经历过。她忽然觉得自己有些委屈，有些想哭，她忽然想让章厂长马上进到自己的身体里来，把自己的身子胀得满满的，让自己不要再空空落落。

金米把章厂长抱紧了，章厂长又把金米的房间环视了一下，屋子里明明亮亮，他的眼睛一亮，是那件水红的衣服，搭在床头。

"你没看到什么吗？"章厂长问了一声金米，但他没有多说，他怕把金米吓着。

金米把章厂长越抱越紧，两个人就那么紧紧抱在一起挪到了床边，是在走，又不像是在走，好像是演员在舞台上练习新舞步，然后两个人同时倒在床上。

"来吧。"章厂长说。

"来吧。"金米说。

章厂长让自己进入了金米，他迫不及待但小心翼翼，他马上就知道了金米还是个处女，所以他更加小心，那是很慢的，像是一辆车在出车库，从车库出来的时候很慢很慢，怕碰着什么，一旦出了库，马上飞快起来。金米叫了一声，又叫一声，不知道她是疼还是怎么。金米又叫了一声，章厂长停了一下，但他没看金米，他只用他的一只手捂在金米的嘴上，但马上把手又轻轻挪了一下，金米张了一下嘴，章厂长的一个手指已经被金米含在了嘴里。

章厂长马上又大动了起来。一刹那，章厂长分明觉得自己很

年轻，分明觉得自己才二十多。第一次很快，像是试车。只开
了一截短程，试车是不能开太远的，马上就结束了。紧接着章
厂长又来了一次，这一次才是正式开车行驶。两个人有了刚才的
经验，默契了一些。这一次，用行车来作比可以说是不对了，而
更像是两个人在一起唱歌，说唱歌也不对，更应该说是两个人在
一起合奏一支曲子。金米的声音，就说她的声音吧，太像是小提
琴，而且加了弱音器，而章厂长的声音，却是雄厚的大提琴，一
声一声，下足了力气，一拉一个满弓，一拉一个满弓，嗡嗡然。
就这样，在这家金门大饭店里，金米的小提琴和章厂长的大提琴
合奏着，窗外边的上海大亮了起来，多么好的阳光，是真正的真
金白银，满地的真金白银。

演奏终是要有结束的时候，他们两个都不再响了，演奏的最
后几个音符是章厂长从喉部发出的无法遏止的"嗯嗯嗯嗯"声。
然后他一翻身从金米身上下来，人马上就睡着了，他一夜没睡，
太累了，是，一从金米身上下来就马上睡着了。

睡不着的是金米，她坐起来，看着章厂长。

金米慢慢伸出手轻轻地摸章厂长。

躺在那里的章厂长是一个巨大的婴儿，肌肉婴儿。

"你已经不是了，你已经不是了。"金米听见一个声音在自己
的心里说，忽然，有眼泪从金米的眼里流出来，但不是伤心，也
不是难过，这个泪的内容相当复杂，连金米自己也说不清这泪的
内容，又好像是没一点内容。

金米坐着，章厂长躺着。

章厂长是累了，实实在在睡着了，好男人其实都是睡出来的，而他也只睡了一会儿，然后突然醒了。章厂长突然醒来了，他觉得自己的一个手指不知被插在哪里了，感觉是热热的，是这么一种感觉，这让他吓了一跳。章厂长睁开眼，自己的一根手指被金米含着。章厂长想把手指从金米的嘴里拉出来，轻轻这么一拉呢，把金米又给拉到了自己的怀里了。

"该吃饭了。"章厂长说。

是该吃早饭的时候了，金米和章厂长出了金门大饭店的门。

金门大饭店的大厅真是香，那种百合的香，花瓶里的百合在这个早上又换上了新的，粉色的百合，颜色很热烈，热烈到有几分淫荡。金门大饭店的外面，路面上刚刚洒过水，清爽得很，清爽到有几分肮脏。

吃饭的时候，章厂长没说什么，笑着，看着金米。

金米也没说什么，也笑着，看着章厂长。

章厂长是怕吓着金米，他没说昨晚的事，他吃了两颗茶叶蛋，一碗半葱油面。

金米此刻完全成为一个女人了，她把自己碗里的葱油面又给章厂长拨了一小半 ，其实她自己也能吃完，但她也不知道自己为什么非要这样做，章厂长其实已经吃不下去了，但他也不知道自己为什么会把金米给他的面条再乖乖吃掉。

吃完饭他们又都回了金米的屋子，又马上开始。

"我觉得我才二十多。"章厂长小声在金米耳朵旁边说。

"小哥哥。"金米说，"我的小哥哥。"

"小妹妹。"章厂长说，他说这三个字的时候多少有点别扭。

金米听到自己的心里有一个声音在不停地说："你已经不是了，你已经不是了。"

"我是不是很疯狂？"金米突然问了章厂长一句。

"一切都很好。"章厂长说。

"我一点都不后悔。"金米说。

"厂里缺个业务副厂长，干脆你过来好了。"

完事了，章厂长一边抬腿穿裤子一边说，不像是开玩笑。

金米看着章厂长，不知说什么好了，心"怦怦"跳。

"当业务副厂长出去也好做事。"章厂长又跳下地，把鞋子也穿好。

这天晚上，章厂长让金米住到自己的房间里来。他还是没把看到一张大绿脸的事对金米说，他怕吓着了金米。他们又接着来了几次。章厂长对金米说："住这种老宾馆，睡觉的时候一定要把灯开着。"章厂长让屋子里的灯都开着，房灯、写字台灯，还有落地灯，还有廊灯，都开着，屋子里亮堂堂的，章厂长心里才不那么紧张了。

"我什么都敢，我有时候很疯狂。"金米对章厂长说。

"这就对，我喜欢你疯狂。"章厂长说。

"哪有喜欢疯狂的？"金米笑着说。

"不过你不要乱疯狂，别对我疯狂。"章厂长也笑了起来，是话里有话。

第二天，他们离开了上海，在火车卧铺上，章厂长竟然又马上睡着了，而且睡得很死，他可是出了大力流了大汗，车窗外的光亮一闪一闪地照在他的脸上，他那张脸真是有棱有角的好看，是男人的那种好。他的手搭在那里，手也是很好看，指甲剪得干干净净。金米看看旁边没人，慢慢把章厂长的手拿起来。

"你也睡会儿，你也累了。"章厂长忽然睁开了眼说。

"我不累，我要看你睡。"金米说。

"能看到我睡觉的人并不多。"章厂长闭着眼说。

"不是我自己吧？"金米心里很甜蜜。

"只有我自己的人才能看到我睡觉的样子。"章厂长又说。

金米心花怒放了，她站起来，去给章厂长打了一杯水，想了想，又把水倒掉，去餐车那边要了两杯咖啡。这一次，她走得很稳，咖啡没有洒出来。

虽然金米不是日化厂的正式职工，但很快，日化厂宣布了一个任命，任命金米为日化厂的业务副厂长。章厂长在会上对人们说："这跟工作调动没什么关系，这跟推销咱们的产品打开更多的市场有十分重要的关系。"

章厂长让金米也讲几句话，他说："你是业务副厂长了，你讲几句话。"

金米什么时候对着这么多人讲过话？但金米必须讲，不讲不行，金米说："日化厂的产品是中国最好的，日化厂的产品会让石头变成白玉，我争取好好工作，争取让全国人民都用上咱们日化厂的增白产品，争取让中国人都变得白白净净，比美国人都白都净。"再想接着说什么，金米就想不出来了，一个字也想不出来了，金米此刻的兴奋简直是深不见底的，这让她好像是浮在了水中，上边是水下边也是水，上边，她摸不着什么，下边，她又蹬不到什么，有些舒服，更多的是不适应，飘飘忽忽的。

"想不到我现在是日化厂的业务副厂长了。"

这天晚上，金米兴冲冲地对母亲齐秀珍说。

齐秀珍像是吃了一惊，用那种眼神看着金米，说不清是什么意思，是复杂？很复杂？说不出的复杂？

"好笑不好笑？"金米对母亲齐秀珍说。

"这有什么好笑，这很正常，说明我姑娘有这个能力。"齐秀珍说。

"人们都说我像你。"金米说。

"当然你像我。"齐秀珍说。

金米对她母亲齐秀珍说日化厂的那个厂门也重新开了，南边上了坡才能进去的厂门被堵死了，新厂门开在东边，这一下子不用上坡了，一进大门是个很大的照壁，照壁上漆着红漆，正面是五个金光闪闪的大字"为人民服务"，背面是章厂长写的那篇《日化厂赋》。

"章厂长的赋是请文化馆老柴亲自过来写的。"金米对母亲说，"字写得真好。"

"你们厂长还会写文章？"齐秀珍马上就想到于主任了，于主任会打枪，一打一个准，"啪啪啪啪啪"，五枪五个烟头。

"就这个老柴，现在一般人还请不动。"金米说。

"有什么了不起，他以前是个理发的。"齐秀珍不熨衣服了，把熨斗立好。

"理发的？"金米想不到老柴会是个理发的。

"不过人家的名气可是靠自己一笔一笔写出来的。"齐秀珍说。

"是挺有才的。"金米说。

"我们年轻的时候还在一起跳过舞，在文化馆，他个子就是有点低。"齐秀珍笑起来，说那时候也就是跳跳慢三慢四，再快一点的就是"步步高"。

"什么'步步高'？"金米的眼睛瞪大了，说，"真想不到你们那时候还跳舞。"

"我们也是从年轻时候过过，想不到他现在是个书法家了。"齐秀珍说。

"写一手好字不容易。"金米说。

"现在连省里有什么事都请他去写。"齐秀珍说。

"晚上去不去看马戏？"金米问。

"我不去，到时候又是一脸土一身土。"齐秀珍说蛋厂老李给搞了一个内供票，可以去取五斤蛋黄，明天咱们吃鸡蛋韭菜馅儿包子，庆祝庆祝。

金米一直搞不清楚蛋厂怎么只要蛋清不要蛋黄，那么多的蛋清都拿去做了什么？蛋黄韭菜馅儿金米倒是很喜欢吃，颜色也好看，碧绿金黄。

"我不喜欢吃包子。"金米说。

"这还不好说，那咱们就吃饺子。"齐秀珍说。

"是庆祝我吗？"金米说。

"明天吃饺子。"齐秀珍的心情很振奋。

4

晚上，金米约了琵琶郭，其实不能说是金米约，是金米答应了琵琶郭去公园看马戏。晚上去公园是多少有那么点浪漫气息，而且也容易那个。

武汉的马戏团又来了，在公园里搭了棚子演出，很热闹，人们拖家带口去了，这时的公园牡丹开过了，芍药正在开，玫瑰也跟着开了，公园里现在可真是香。许多人去看马戏实际上只是想看看那头五条腿的牛，那牛长了五条腿，它也不表演，就站在那里让人们看。人们看这样一头牛有什么意思呢？是没一点意思，有人说了，其实人们吃饭睡觉又有什么意思？难道就别吃别睡了？日子其实就是这样很没意思地一天一天过下去，但人们还是要过。人们看那头牛，牛被牵到场子里来，从它被牵到场子上来，它就一直在那里吃草，地上有草的时候它低着头吃，地上没草的时候它把肚子里的草又从胃里吐出来在嘴里慢慢嚼着吃。它活着有草吃就是因为它长了五条腿，第五条腿是长在后边两条腿之间，不好好看还会以为那是它的巨大生殖器，其实它是头母牛。马戏团几乎每年都有一些新鲜的东西给人们看，比如那一年是生了三只眼的狗，两只眼之间又长着一只。这条三只眼的狗也不会表演什么，只是被人拉着在场子上转圈儿给人们看。人们这次是看牛，看完牛再接着看那些老节目。马戏团是每年都会来一次，哪有那么多新节目。人们都奇怪表演空中飞人的那个男的怎么牙齿会有那么大的劲，他只用牙齿就把那个女的叼着在空中打转。看马戏是没人鼓掌的，再热闹也没人鼓，人们都是吹口哨，口哨声是此起彼伏，更热闹。今年人们又来看空中飞人了，都想看看那男的牙掉了没？怎么就那么结实？怎么就不掉？

琵琶郭不知是从什么地方找的两张马戏票，马戏团每到一个地方一般都是一天演两场，白天一场晚上一场，晚上的那场要比白天的好看，因为有灯，各种的灯，大灯、小灯、彩灯、追光灯和不停旋转的灯，特别的华丽。

跑马的时候有灯，空中飞人的时候也有灯，所以晚场要比白天的那场好看。可金米和琵琶郭也没怎么看，只在里边坐了一会儿，马跑的时候尘土飞起来，真是呛人。金米就和琵琶郭忙从里边出来了，不看了。公园到了晚上，这里那里的灯也都亮了，琵琶郭忽然从衣服口袋里掏出来一颗很大的牙齿在灯下给金米看，牙齿的根部是黑褐色的，牙的牙尖是黄色的。金米不知道这是什么牙？怎么会这么大？琵琶郭告诉金米这是公园那只狮子的牙，那头狮子不叫了，前不久死了，公园想把它拿去做标本，做动物标本的说毛不行了，都脱成这样了还做什么标本，是饿的，还是太老了？总之不能做了。那头狮子死了，琵琶郭得到了一颗狮子的牙，他想把它镶一下戴在脖子上。

琵琶郭比画着，问金米怎么样。

"哪来的？"金米说。

"我姐夫给的。"琵琶郭说。

金米知道琵琶郭的姐夫在园林处当主任。

"那你怎么还不去园林处工作？"金米忽然又想起了这事，问琵琶郭，以她的主意，她想让琵琶郭去园林处工作，人们都很羡慕园林处的工作。

"不去。"琵琶郭说自己其实也不喜欢弹琵琶，是没办法，从小家里让学的。

"你还说我，那你怎么不去宾馆上班？"琵琶郭反过来问金米。

"不是倒马桶就是刷马桶！"金米说。

"漂亮女孩子都去宾馆了。"琵琶郭说。

"我不漂亮啊。"金米说。只有漂亮的女孩子敢说自己不漂亮。

"那你说谁漂亮？还有谁漂亮？"琵琶郭说。

"谁去宾馆工作谁漂亮。"金米说，"但我不想要那种漂亮。"

"宾馆其实最不干净。"琵琶郭说有人用宾馆的枕巾擦皮鞋，你说脏不脏？

琵琶郭搂了金米朝没有灯的地方走，他和金米要躲开灯，躲开亮，到黑的地方去，越黑越没人看到才好。金米被琵琶郭搂着，还是忍不住把前不久发生的那件事告诉了琵琶郭。这件事她早就想对琵琶郭说了。就是她的那个同学，过年把她叫到宾馆洗澡的王丽华，也没结婚，也没个男朋友，春节后突然生了，但让谁都想不到的是生下的小孩居然是个混血儿，白不白黄不黄那么一个，这种事是既藏不住也捂不住，为了这事，听说公安局都介入了，要让王丽华交代那个男的是哪个国家的，还要王丽华交代是不是把国家秘密都泄漏出去了。

"这是八十年代，要是在七十年代，人们说都够上枪毙了。"金米说。

"哪会那么厉害？"琵琶郭说。

"跟外国人生孩子，最起码也是流氓罪，女流氓。"金米说。

"她知道个什么？她能知道国家秘密？我就不信。"琵琶郭说。

"听说从她家里搜出了好多好多宾馆里用的那种卫生纸，还搜出了好多好多宾馆里用的那种洗浴液，听人们说那些东西多得十几年都用不完。"金米又对琵琶郭说，"听说她爸这回也当不成自来水的主任了。"

"太傻了！"琵琶郭说，"洗浴液时间长了就不能用了。"

"是偷。"金米说。

"可以这么说。"琵琶郭说。

"肚子肯定是被哪个外国人搞的。"金米说。

"我姐夫就不是什么好东西。"琵琶郭忽然想起什么了，站住。

"怎么了？"金米看着琵琶郭，借着公园散漫的灯光。

"我姐就是早早被他把肚子搞大了才嫁给他的。"琵琶郭说。

"这话你也说。"金米说小心点，这边没灯了，小心踩到什么。到了黑处，金米不知道自己该说什么了。琵琶郭和金米走到林子那边去了，那边很黑，林子里有那种漆成绿色的长条木凳子，可以坐三个人的那种，但就是不知道那椅子此刻是不是已经被人占了，到了晚上，搞对象的都特别喜人欢到这种很黑很暗谁都看不到的地方来，他们做什么没人知道，但他们会留下一团一团的卫生纸。有时候还会丢下条花手绢什么的。走到了这么暗的地方，金米却突然想起问琵琶郭："我穿的这件水红的上衣配着下边这条黑裤子好看吗？"这是傻问，是没话找话，金米觉得今天晚上也许会发生什么，她是既害怕发生什么，又渴望着发生什么。金米已经不是去上海之前的金米了。"当然好看，特别醒目。"琵琶郭是随口说，这你让他怎么说，他什么都看不着，再往里边走就更黑了，他想看看那里边的长条椅上会不会有人。"这条裤子配什么都好看。"金米说她还有一件橘黄的上衣。"这种黑裤子配什么上衣都不错。"琵琶郭的心哪会在这上边，又随口答道。"你们怎么都这么说？"金米又说，她手拉着琵琶郭。"还有谁？"琵琶郭说。"章厂长也这么说。"金米说。"你怎么总说这个章厂长？"琵琶郭看清了，虽然很黑，可他还是看清了，树下边的那个长条椅子上好像没有人。金米还在说，说章厂长去德国了，是瓶厂请他一起去的。瓶厂知道了上海玻璃瓶厂那边的事，想把生意搞过来，他们趁着去德国的机会把章厂长也请去了。

金米不道章厂长会不会答应，上海那边的合同已经签了，再跟这边怎么签？金米在这边说，琵琶郭那边是有一句没一句地答，其实他们的心现在都不在这上边。也是琵琶郭的眼神不好，走近了，那个椅子上居然有人，两个在一起摞着，还在动，那男的喘息声都让人能听到了，琵琶郭马上拉了金米又退了回来，再去另一个地方，琵琶郭和金米知道公园哪里有那种可以躺人的长条椅子。琵琶郭拉着金米又去了另一个地方，一边摸着走，琵琶郭一边说："你知道不知道就那个刘桂芬，人都昏迷了，你说她躺在那里还在说什么？"琵琶郭说。"说什么？"金米问，手拉着琵琶郭，"她能说什么？她躺在那里不停地说'操你个妈的，人还吃不上呢，你倒好，上顿下顿都是肉。操你个妈的，人还吃不上呢，你倒好，上顿下顿时都是肉'。"琵琶郭说就这个刘桂芬都谁也认不出来了，嘴里还会说这句话，是一遍一遍不停地说。琵琶郭又问金米，你相信不相信真是有鬼？人们说那头狮子一咽气，刘桂芬就大叫了一声，说狮子死了。

"你说奇怪不奇怪，她怎么知道的，她又不在公园。"琵琶郭说。

金米紧紧拉着琵琶郭，他们走到另一个地方的长条木椅边上了，这里可真黑，太黑了，干什么人们都会看不到，他们就是希望这里这么黑。如果说有光，也只有依稀的星光，从遥远的天际上照下来，是似有似无，你眼睛再好，在这地方也需要停上好半天才会看到一点什么。

他们站住了，这真是个好地方，谁也看不到。

琵琶郭把身子转过来，他要抱住金米。

而金米，我们的金米，却忽然听到了琵琶郭的一声大叫。

琵琶郭的这声大叫真是太怕人了。

琵琶郭一屁股坐在了那黑暗之中的长条椅子上。

金米不知道发生了什么事，不知道琵琶郭看到了什么，琵琶郭的叫声让她害怕。金米想抱住琵琶郭。

琵琶郭却一下子跳起来，从树丛里跑了出去。

琵琶郭跑了两步，停下，朝这边看了一下，他看到了什么？他看到了一张绿脸，一张大绿脸，在那里一动不动浮着，上边是两个黑洞。琵琶郭什么都不顾地跑起来,从树林这边跑到了有灯光的地方才停下来,他用手摸自己的胸口,那里在狂跳,像是有什么东西要跳出来。

琵琶郭又跑了起来,因为那张大绿脸正朝这边浮动过来,只一张脸,在空中浮着,直到此刻,琵琶郭还没有回过神来,不知道那张浮动的大绿脸正是金米。

"郭胜利!"金米喊。

琵琶郭跑得更远了。

"郭胜利!"金米又喊了一声,在后边。

琵琶郭这才知道那张大绿脸是谁了,是金米。

"郭胜利!"金米又喊。

"你别过来,别跟着我!"琵琶郭大声说,他是吓坏了。

那些日子,电影院里正在上映香港电影《画皮》。

这好像是第一次,也是最后一次,琵琶郭把金米远远甩在了后边,一个人不管不顾地跑了,他一直跑出了公园,马戏团那边的洋号吹得真是响,"嘀嘀嗒,嘀嘀嗒,嘀嘀嘀嘀嘀嘀嗒",还有洋鼓,打得"嗵嗵嗵嗵,嗵嗵嗵嗵,嗵嗵嗵嗵嗵嗵嗵"。琵琶郭跑出了公园,往左拐,再一直朝北跑,他一直在跑。如果一直跑下去的话就到了火车站了,琵琶郭的家就在那边,照相馆的小王师傅的家也在那边。过了医院就是。

"吓死我了。"琵琶郭对小王师傅说。

小王师傅说出什么事了?琵琶郭又不说。

"真吓死我了。"琵琶郭说。

小王师傅说你还有个怕？"你怕什么？"

这天晚上，琵琶郭住在小王师傅家，他和小王师傅钻在一个被窝里，他什么也没对小王师傅说。小王师傅的屋子里是两张床，这边是小王师傅的床，床头是个很小的写字台，上边都是书，床的另一头靠着窗子那边的墙。另一边是小王师傅弟弟的床，小王师傅的弟弟是个残废，不会走路，床边放着一个黑漆马桶，还有一个很高很高的细钢管焊的下大上小的高凳子，小王师傅的弟弟靠着这个凳子走路。和小王师傅睡在一个被子里，琵琶郭才不那么害怕了，拉灭灯后，他紧紧抱着小王师傅。

后半夜，他听到对面屋子小王师傅的母亲去洗手间，窸窸窣窣。

小王师傅睡着了，琵琶郭却一夜没睡，他一直在想金米。

"金米是个什么？是人吗？"琵琶郭问自己。

此刻天在一点一点亮了起来，外面的公鸡叫了起来。

小王师傅的母亲在笼子里养了一只公鸡，这只公鸡都六年了，两只鸡爪后边的距趾都快有两寸多长了，据说要是那两个距趾长到三寸，这鸡就成仙了。

金米一个人从公园回到了自己的家，她不知道出了什么事，不知道琵琶郭是怎么了。齐秀珍又去邻居家看电视去了，《射雕英雄传》还没演完。金米早早睡了，一开始睡不着，她翻来覆去地想到底出了什么事，后来她不再想，因为她把自己给想累了，也困极了，很快就睡着了。晚上，是后半夜，金米起来了，去洗手间。金米的家是一进走廊门就是一个细长的走廊，依次是厨房，厨房过去是洗手间，洗手间过去是一南一北的两间房。从洗手间出来往屋里走，迎面就是一面挂在走廊尽头的长方形大镜子，这面镜子还是金米的母亲和父亲结婚的时候朋友们送的，镜子上有艘大轮船，上边是一行字：大海航行靠舵手，下边是海波，很汹涌。金米的那间屋就在镜子旁边，朝北的那间，她母亲齐秀珍的屋子在南边，能多晒到点太阳。因为是半夜，屋里都黑着，金米从洗手间出来往屋里走的时候，突然在镜子里看到了什么，是一张绿脸。这可把她自己吓了一大跳，一下子就把她吓醒了。她站住，那张绿脸就也停下来不动，她往前走，那张脸也开始动，她一步一步走向镜子，那张绿脸也一点一点变大，靠近了，靠近了，金米终于在镜子里看清楚了那张大绿脸，再离近，她明白了，那两个洞其实就是自己的眼睛，这回是轮到金米叫了，一声尖叫，这声尖叫怕人极了，齐秀珍一下子就被惊醒了，她一下子从床上爬了起来，她慌忙从她那屋里出来，她已经睡了一会儿了，迷迷糊糊的，头发上上着发卷，她总是晚上在头发上把发卷上好，到了早上再取下去，头发就做好了。七七四十九，齐秀珍今年整整四十九岁了，她穿着一条红短裤，上身是一件黄色的半截袖背心，背心上印着一颗很大的红五角星，这件背心还是当年她在宣传队里排演《颗颗红心向太阳》这个节目时穿的，都多少年了，她还留着它。因为今年逢九，她又把这件背心找了出来。她这个样子，真是怪怪的，红短裤，红五角星，头发上打着卷儿。她被金米的尖叫惊醒了，她屋里的灯已经打开了，灯光从她的身后漫过来，她站在说亮不亮说暗不暗的灯光里，她问金米出什么事了。

　　"什么事？"齐秀珍说。

金米的一只手哆哆嗦嗦抬起来，让她母亲看她的脸。

因为齐秀珍屋里的灯亮着，正好照在金米的脸上，齐秀珍看不出什么。

"怎么啦？"齐秀珍说半夜三更的，你要吓死人。

金米的手在自己的脸上哆哆嗦嗦指点着，说不明白话了。

"快睡觉，半夜三更的。"齐秀珍又说。

金米突然冲进了母亲的那间屋把灯关了，这下子，屋子里一下全黑了，齐秀珍这才像是看清楚了，朦朦胧胧的一张绿脸，在她眼前渐渐浮现出来，过了一会儿，她看得更清楚了，是一张大绿脸，从暗中浮现出来的是一张大绿脸，太怕人了，但这个害怕是有前提的，因为她知道眼前这张大绿脸就是她的女儿金米，因为屋子里没有光亮，别的什么也看不清，齐秀珍只看到这一张脸，半空浮着一张绿脸，脸上有两个黑洞。

"金米。"齐秀珍的声音颤抖了。

"怎么了金米？"齐秀珍把手伸过去，放在金米的大绿脸上了。

"我怎么办？"金米说，"这是怎么回事？"

"是不是跟上什么鬼了？"这句话，齐秀珍只是在心里说，这句话她还不敢说出来。夜真是很静，远处的火车叫声此刻又传了过来，一声一声像是在喘气，喘过来，再喘过去，越传越远了。

齐秀珍用手掐了一下自己的腿，啊呀，分明不是梦。

5

金米几乎是失踪了，人们现在很难看到金米。

齐秀珍说金米现在很忙，以至于一年、两年、三年，时光过得真是快，三年很快就过去了，金米几乎连一面都没露，人们说她一直在外边搞业务。一直在外边跑。白玉日化厂的业务也真是一年比一年好，用日化厂的产品的人也越来越多，人们说这功劳与金米的努力分不开。日化厂这边的人见不到金米，都说她又出差了，搞回了多少订单。二店那边呢，更是见不到金米，金米给二店这边也带来了很好的效益。日化厂给别的地方的利润是八点，但给二店的利润是十一点。人们只知道这些。但没人知道二店的劳模齐秀珍有一阵子也忽然不见了，她是陪她的女儿金米去了北京，她们去北京做什么呢？去看病，这当然没人知道。金米去北京了，找遍了北京的各大医院，金米只要一出现在医院的皮肤科里，马上就会引起一阵不小的兴奋，那些医生们还从来没见过这样的病症，一张会闪闪发光的大绿脸。把诊室门关上，再把窗帘拉严，灯当然不能开，简直是像看电影一样。金米的脸便从暗处慢慢清晰起来，那么大一张脸，脸上有两个黑洞，绿闪闪的，说朦胧不那么朦胧，说不朦胧又很朦胧，这样的脸，别说是一般的大夫，老专家都没见过。医生们认真询问金米，他们面对这样的美人儿，心里真是有说不尽的兴奋和惋惜，他们知道了金米绿脸的来龙去脉，但医生们也没什么办法，因为他们没见过，也从来都没听说过，更没治疗过这种病症，不知道怎么下手。只好建议金米不要再用那种增白乳和增白霜，看看过几年能不能自己恢复。金米早就不用增白乳了。但她那张脸，一到了晚上，一到了没有亮光的地方照样是一团绿两个黑洞。齐秀珍又陪着女儿去了上海，那几天上海在下雨，是不停地下，娘俩儿打着伞在上海跑来跑去。章厂长给她们早早订好了房间，还是那家金门大饭店。章厂长现在明白了，那天晚上自己看到的既不是鬼也不是怪，而是金米。金门大饭店还是那样好气派，里边光线不是多么亮，但处处显得金碧辉煌，总台上一左一右两个大理石花瓶，里边还是插着粉色的百合花，而且天天换，真是香。这次来，金米没有戴那个胸针，那个好看的粉粉的钻石小鸟胸针。金米把它放了起来，琵琶郭和他的母亲已经回了西安，金米和琵琶郭这一生也许再也见不到了，但金米的心里一点也不恨琵琶郭，甚至还觉得自己有点对不起他，怎么就没把自己给了他？你怎么就没把自己给了他？有时候，金米会这样问自己，也恨自己。

齐秀珍陪着女儿金米跑上海医院，上海那么多医院，金米抱着多么大的期望，几乎是一家一家都去过了。但是每一家医院都是既吃惊又没有办法，因为他们一是没见过这种病例，二是不知道应该怎么下手。上海医院给金米做了一个切片检查，结果发现那切片像活了一样在显微镜下闪闪发光。医院建议金米再做一下深层切片检查，被金米拒绝了。

金米现在是白天不愿意出去，齐秀珍对人们说金米出去搞推销去了，忙着呢。

金米晚上就更不能出去，什么地方都不能去，晚上睡觉，金米怕把自己吓着，屋里的灯总是彻夜地亮着。齐秀珍现在买了一台黑白电视机，她不用去邻居家看电视了，但她也不请邻居们到她家来看。到了晚上，无论是什么人，都敲不开金米家的门。其实金米有时候也会露面的，那仅限于白天，她还是那么漂亮，她的皮肤显得更加白嫩细腻。在穿衣服上，金米像是给自己定了格，总是穿着那条挺短的黑色窄腿裤，上衣是水红色的玻璃绸，这种玻璃绸料面是特别的薄，也特别的松软，特别好看。这一身打扮是说不出的醒目而又打眼。有时候金米会换一下上衣，裤子当然还是那种黑色的窄腿，上衣却换了橘黄色的，但还是玻璃绸。这颜色也够醒目，也够漂亮。只要她一出现，人们的眼前就一亮。

金米现在很少露面，金米有时候还会去小马那里做头发，因为是白天，金米没有什么顾忌。但到了晚上，金米是绝对不会再露面。

日化厂那边，章厂长给金米的工作又重新做了安排，除了让她继续做业务副厂长，又让她兼了几个地方的代理站站长。

"牌子既然打出去了，咱们就不能收回来，是不是？"章厂长对金米说。

金米看着章厂长，不知道他是什么意思。

"这是咱们的秘密，不能对任何人说。"章厂长伸出手指摸了摸金米的脸。

金米也摸了一下自己，然后放下。

"知名度就是金钱。"章厂长说你的名字现在还不知道值多少钱呢。

"继续做吧。"章厂长对金米说，"疯狂地去做，白石头才会变成白玉。"

金米看着章厂长，还是没说话。

"疯狂地去做，白石头才能变成白玉。"章厂长又说了一句。

章厂长让金米继续做她的业务副厂长，继续做她的推销，因为金米是太漂亮了，除了她还找不到别人。只不过章厂长给金米用来示范的化妆品换了内容，金米用的化妆品现在是普通的那种润肤露，里边没有了增白的成分。

"这个你放心用，只是瓶子是一样的，别的都不一样。"章厂长说。

"你知道和我知道就行。"章厂长对金米说。

"这些你可以放心用，里边什么也没有。"章厂长又对金米说。

"这件事，谁也不知道。"章厂长说。

"这是害人。"金米突然开了口。

"不怕害人，就怕你害了人自己也得不到什么好处。"章厂长说。

"那会有多少人和我一样。"金米说。

"让她们陪着你。"章厂长笑了起来，这天他刚刚刮过胡子，人显得特别年轻。但章厂长马上不笑了，看着金米，说："再过几年，你的脸就会好了，里边的增白物质退光了就好了。"

这天，金米是步行回的家，回家之前金米又去小马那里做了一次头发。小马说："咦，你不是前几天才做的吗？怎么又做？"金米家离理发店不远，从书院街穿过来往西一拐就到，书院街之所以叫书院街是因为师范小学就在这条街上，金米从书院街走过的时候听到了学校里的读书声，声音真是清亮好听。金米是慢慢走回的家。回到家，金米先对着镜子照了照，把身子转一下再转一下，看前边，再看后边，又找了一面小镜子，镜子对着镜子看，金米对小马给理的头发真是很满意，然后金米把身上的衣服脱了下来，黑色的窄腿裤子和水红色的玻璃绸上衣都脱了下来。她开始给自己找衣服，挑了几件衣服，但都不怎么满意，她对着镜子把衣服试了又试，最终还是挑了那件上海碎花布的那种尖领衬衫，这样的领子可以让人的脖子显得修长一点，人就显得特别挺拔。裤子还是那条军绿色的的确良裤，和王丽华穿的那条一模一样。金米想起了王丽华，现在人们谁都不知道王丽华在什么地方，有人说她嫁到了河南，有人说她嫁到了陕西，到底在哪里，是谁也不知道。据人们说，王丽华抱走了那个黄不黄白不白的孩子，据人们说，王丽华说不管孩子是什么颜色，那都是她的孩子。还是那次，她看见王丽华穿了这么条裤子，就在心里暗暗记住了，裤腿窄一点，而且短，穿在身上就显得特别的洋气，她就请二店的裁缝老师傅给自己做了一条，这条裤子和那件上衣金米有好长时间没穿了。

换好衣服，金米收拾好了自己，再照照镜子，左照照，右照照，前照照，后照照，然后金米把自己挂在了那里，金米的屋子里有一根横着的暖气管，金米就把自己挂在了暖气管上。

挂在那里的金米依然是光彩照人。

金米的胸前，是一只闪闪发光的粉色钻石小鸟。

驴肉球

1

　　王嫂真是走运，杀那头叫驴的时候，谁也没想到会有运气降临到王嫂的头上。

　　王嫂最早是雇人杀牛，后来她在县城里租了房子，说城里也不对，是靠近城里的地方，那房子就在城墙下，院子很大，一进院子左手是一间小房，里边放乱七八糟的东西。往里走是三间破破烂烂的正房，王嫂就和王连民住中间那间，儿子出外打工有五年多了，而且还想着要出国打工，所以除了过年很少有时间回来。王连民病了两年，现在是什么活儿都不能做，只能隔着窗子看别人做这做那，只能看自己女人忙进来忙出去，只能闭着眼想象自己一次次去苏州和杭州旅游。王嫂进城后就不再雇人杀牛而是改了杀驴，城里人现在好像忽然都喜欢上了吃驴肉，再说杀牛的时候牛总是哭，让王嫂心里越来越怕。所以王嫂现在改杀驴了。离王嫂家不远的地方，就在美力宾馆旁边就有一家驴肉烧饼铺，离美力宾馆不远的五中那块儿，还有一家，除了这两家驴肉烧饼铺天天要向王嫂订驴肉外，还有好几家饭店也天天向王嫂订驴肉。那些牲口贩子，都是王连民家的老主顾，会定期给王嫂往来送注定要去另一个世界里去旅行的牲口。那头驴，说来也没什么特殊处，只是老了，太老了。牲口老了的结果就是难免挨一刀，那头驴给牲口贩子刘明学牵了来，由于长年干活儿，驴身上有的地方连毛都没了，肩胛那地方，驴大腿靠胯那地方，驴脖子那地方，都没毛了。王嫂看着它可怜，还给它抖了些黑豆，这头老叫驴像是有心思，嘴慢慢地嚼，眼睛却不知道在斜视什么，等到这头老叫驴给俊生放倒剥皮开膛的时候，旁边的人都吃惊地叫起来，一个圆滚滚的什么东西，像个足球，一下子从热气腾腾的驴肚子里滚了出来。天刚刚下了点儿小雪，那东西在雪地上简直是黑乎乎的，好像还在跳，还在冒汽，有人以为是驴心，在旁边叫了起来：

"驴心蹦出来啦？好大的驴心！"

"什么鸡巴眼！看好了再说！"俊生说。

人们都看清楚了，那不是驴心，但人们不知道那是什么东西。

"保不准，王嫂你这回要发了！"

俊生慢慢蹲下来，伸出手指触触这个圆滚滚的肉球，说这也许是个正经东西，说自己杀了无数牲口，见过牛黄也见过狗宝，就是还没见过驴肚子里滚出这么个玩意儿。俊生用手指按按那个肉球，那肉球发出"咯吱咯吱"的声音。

俊生抬起头来："要不，切开？咱们看看里边是什么东西？"

这时候，王连民在屋里急着"砰砰砰砰"敲玻璃，他要自己女人马上把那东西抱进屋里，说："那还敢切，切了也许就坏了，不能切！"

王嫂取了个塑料盆子，肉球的味道可真冲，腥里巴叽的让王嫂一阵一阵想作呕。王嫂把大肉球用盆端进家，放在了炕上。

"好家伙。"王连民也被那大肉球吓了一跳，说驴身上怎么会长出这种东西？

"开膛的时候它自个儿就蹦出来了。"王嫂说会不会是个胎？

"那是头叫驴。"俊生在后边跟了进这来，说叫驴就他妈一根鞭！

"牛黄是啥样？"王连民说这会不会是驴黄？

"牛黄哪有这么大，要这么大牛黄那可发老了！"俊生说这么一大块儿牛黄要比这么一大块金子都值钱，俊生说他只听过牛黄，没听过驴黄。

"会是个啥呢？"王嫂说这玩意儿好像是在驴肚里谁跟谁都不挨，一下子就滚了出来。

"可不是，它在驴肚子里边跟谁都不挨。心啊、肝啊什么的你想把它摘出来还得用刀子分来分去，这家伙可好，自己做主一滚就出来了。"俊生说这真是个怪事。

"它在驴肚里跟谁都不挨？"王连民说。

"要连着还得用刀分它，它自个儿就滚出来了。"俊生说。

"这到底是个啥东西？"王嫂说味儿可不怎么好闻，是不是比鱼都腥？

"反正不是个胎。"俊生说，说这大肉球也许剁巴剁巴能包饺子。

"我看像是肉。"王连民说。

"当然是肉，连骨头都没有，纯肉。"俊生说这下子一正月的饺子馅儿都够了。

"不会是个癌吧，驴长癌了？"王连民又用手指触触大肉球，对王嫂说。

"不是吧？"王嫂说。

这天晚上，王连民和王嫂睡得很晚，从驴肚里滚出来的那个大肉球让他们兴奋得了不得，屋子里，那股子血腥气是越来越浓，到后来，王嫂不得不把它放在了外边，用一个大黑塑料袋子把这个肉球挂在了拴牲口的柱子上。外边下着雪，城墙上白花花的，天是暗红的。

"千万挂好了。"王连民说可别让老赵的猫叼了去。

"你放心，已经挂好了。"王嫂说。

"我想我应该吃了它。"王连民对自己女人说。

"你吃什么不好，家里还有块儿驴板肠。"王嫂说。

"我吃了它，也许我的病就能好了呢？"王连民说。

"要是吃坏了呢？"王嫂说你怎么只往好处想，一下子吃完蛋了呢？我给你儿子再从哪儿找你这么个爹！爹可是个好东西，爹是花钱买不来的好东西！

"爹？他妈的！我觉得这肉球才是个好东西，谁跟谁都不挨，自己一下子滚出来，这是个宝贝，老天送给我的宝贝。"王连民说。

"但愿它是个好东西。"王嫂说，"我看它像是个好东西。"

这天夜里因为外边下着雪，远远近近一片宁静，只有檐头上的积雪时不时往下掉的时候发出"噗"的一声，"噗"的一声，又"噗"的一声。王连民和他女人不知道什么时候才睡着，天就这么慢慢亮了，隔壁做豆腐脑的老赵起来了，去挑水了，不停地咳嗽着，桶"吱呀、吱呀"叫着，还有就是脚踩在雪上的"咯吱、咯吱"声。

"雪下得肯定不浅。"王连民醒来了，和每天醒来时的感觉一样，他觉得浑身都在疼，他捶捶自己的腰，这边，那边，那边，这边，一边捶一边又小声说："雪肯定够半尺深。"王连民估计自己女人这时也已经醒了，他摸摸那边，想不到那边被窝早空了。王嫂早已经出去了，到院子里去看那个肉球，那肉球有些上冻了，有些硬，用手指按上去"咯吱、咯吱"响，感觉里边是沙沙的，像是放了不少细沙子在里边。她怕它给冻坏了，她要把它摘下来拿进家。

"别往下摘它，也许有人知道那是个啥东西。"王连民隔着窗在屋里说话了，说多让人们看看，多让人们看看有好处，不让人们看咱们也许一辈子也不知道它是个啥怪东西。

"冻不坏吧？"王嫂在外边说，说挂在外边可别让它冻坏了。

"肉这种东西只有捂坏的，你多会儿听说还有冻坏的？"王连民在屋里说，说要坏就让它坏在我肚里好了，我迟早要吃了它，我看到它第一眼就想吃它了，我迟早要吃了它，要不就把它切开看看到底是啥东西？是不是一块大肥肉？

"你天天有驴板肠吃你该知足了。"王嫂跺着脚从外边进来了，说一头驴身上也就那么一副驴板肠，多金贵的东西，要不你吃颗药再睡会儿，今天收驴皮的说好要来。

"不睡了，外边雪下得不浅吧？"王连民说路不好走收驴皮的也许不会来了。

"驴皮又涨价了。"王嫂说现在有不少人拿马皮当驴皮卖。

上午九点多的时候，收驴皮的没来，俊生却顶着雪兴冲冲地来了，俊生进了屋，把狗皮领子放下来，上边的雪已经化成了点点水珠儿，他又把皮帽子摘下来，把上边的雪打了打。王连民和王嫂都看着俊生，他们觉着俊生和往常不一样，像是有什么好事。但愿那好事与那个大肉球有关。王连民不敢问，他看着俊生。

"有好事了！"俊生果然说。

"什么好事？"王连民说俊生你说说有什么好事。

"我打听清了。"俊生一脸的神神秘秘，他说他已经打听清了。

"打听清什么？"王连民是明知故问。

"你和嫂子的好事！"俊生说。

"我和你嫂子天天都在等好事，可好事就是不来。"王连民说。

"你猜那大肉球是啥东西？"俊生说。

"啥东西？"王连民说。

"你猜？"俊生说。

"我他妈咋能猜得出？"王连民说俊生你别装神弄鬼，你快说。

"那肉球要比牛黄还贵，比狗宝还贵。"俊生小声说。

"什么东西还能比过牛黄？"王嫂吃了一惊，马上不灌水了，把水壶放到一边去，过去宰牛的时候，她一直都巴望能碰到牛黄，有一次她在一头牛的肝儿里发现了一些黄黄的硬块儿，她可高兴坏了，后来一打听，她又失望了，那些黄黄的硬块儿只不过是牛肚子里最最常见的结石。

"是驴沙，驴沙可比牛黄少见得多！"俊生小声说。

"驴沙，驴——沙？"王嫂说她没听说过。

"嫂子你们这下子要发了，那东西就是驴沙！"俊生小声说，朝外看看，说那东西怎么能挂在外边，快把它收起来，把院子门关好，从今天开始什么也别干了，也别让人们乱进来，那可是值钱的正经东西。

王连民朝外看了看，说驴沙是治什么病的？保不准就是治我这病的："我他妈先切一块儿吃吃看，这可是老天送给我的礼物！"

"可千万别乱动，那是个正经东西，一千头驴里边也出不了一个！"俊生伸出一个指头，"也许一万头驴里边都出不了一个！一万头！"

"你说这东西叫什么？——驴沙？"王连民说。

"对，驴沙。"俊生说。

"哪个'沙'？"王连民说。

"管它是哪个沙，反正要比金沙都贵——！"俊生说恐怕花两三万块钱在市上都不可能买到这种东西。

"两三万？你说两三万？你说两三万在市上都买不到？"王连民大吃了一惊，"这么说我能去苏州和杭州看看了？上有天堂下有苏杭，有钱可是个好事！有钱你就可以去你想去的地方，钱是个让人高兴的东西，钱他妈比爹妈都亲。"

"弄好了，连给你儿子娶媳妇的钱都有了。"俊生说，想想，又小声说，"弄不好，也许会出大事！"

"你什么意思？"王连民问俊生。

"什么意思还用我说，就看你们的福气伏住伏不住。"俊生说小心别人打它的主意，它可太珍贵了，是宝贝中的宝贝，这下可了不得啦。

"想不到还真是个宝贝。"王连民看着王嫂。

"我一眼就看出是个宝贝！"王嫂说那头老驴也许就是咱们家的财神，杀驴那天，灶火里的火比哪天都旺，财神来了。

"快把它取进来！"王连民说可不能再挂在外边了。

"取进来咱们再好好儿看看。"俊生也说。

2

风声不知道是怎么传出去的，这天中午，有两个年轻人"咯吱、咯吱"踩着雪顺着小胡同找到了王嫂家，小胡同里的雪可真深，一脚下去一个洞，一脚下去一个洞。外边一敲门，王嫂和王连民就吓了一跳，他们两口子正在研究那个大肉球。外边一敲门，他们就赶紧把那大肉球收了起来。这两个年轻人一个矮一点一个高一点，矮一点的那个嘴瘪瘪的，笑起来挺好看，高一点的那个眼睛总是眯眯的不怎么爱说话，总是在抽烟。这两个年轻人说他们是报社记者，他们开门见山，他们说他们来是想看看从驴肚子里滚出来的那个大肉球。

"听说一下子从驴肚里滚出那么个大家伙？"

"是啊——"王嫂说。

"听说是千年难遇！"

"是啊——"

"听说要比牛黄都贵重？"

"嗯——"王嫂不知道该怎么说了。

王嫂一开始是跟他们站在院子里说话，院子里的雪晃得让人睁不开眼。后来才把他们带到屋里来。王嫂拿不准给不给他们看那个从驴肚里滚出来的肉球，她拿不准这两个年轻人到底是不是记者。"要真是记者呢？"王连民说，"要真是记者那可是好事，人家可以把这个肉球宣传出去，比如拍个照片登在报上。"王嫂要王连民拿个主意，要是假记者呢？是让他们进来还是不让他们进来？王连民说："他们装假不装假又拿不走咱们的驴沙，他们要拍照片就让他们拍，这事知道的人越多越好，只要你把肉球放好，放在谁也不知道的地方，让谁也找不到它。"

"那就让他们进来？"王嫂说。

"进来进来。"王连民说。

"进来吧，进来吧。"王嫂把那两个自称是记者的年轻人让到了屋里。

这两个年轻人在屋外"砰砰砰砰、砰砰砰砰"跺了好一阵鞋上的雪。

王嫂把那两个记者让进屋里的真实想法是不想让这两个年轻记者知道驴沙在什么地方放着。她对这两个年轻记者说你们在家里等等，我去取那个肉球回来，"肉球不在家，在别处放着。"王嫂特别强调了这一点。王嫂还真把头巾围好出去了一趟，她去找俊生，她对俊生说："有人来家里了，差不多的时候你就过去一下，我也拿不准他们是好人坏人，要是坏人我怕王连民一个人对付不了。"王嫂从俊生那里拿了一个空塑料袋子，又往空塑料袋子里塞了一个去年秋天的圆白菜，猛地一看，就好像里边放了个大肉球。王嫂从外边回来的时候先去了一下一进院子左手的那间小房，那个肉球在小房里的一个缸里放着，上边还压着张臭烂了的牛皮，她一颗心"怦怦"乱跳，她把肉球拿了出来，肉球冰凉冰凉的，这让她心里很不安，她把肉球放在了塑料袋子里边，顺手又从地上抄了一铲子煤块儿。

"取回来了，取回来了。"

王嫂跺跺脚从外边进来了，她先把煤块儿加在炉子里。

"我顺手从小南房取一铲子煤，你待会儿就不用再出去了。"

王嫂这话其实是对这两个记者说的，让他们相信她顺便去小南房只不过是去取了一铲煤块儿，让他们相信那个大肉球真是在外边放着。

"这东西怎么叫'驴沙'？"

矮一点的记者看着王嫂一层一层地往开解那个塑料袋子，说自己当记者这么多年来是第一次听说"驴沙"这个名词，这可太新鲜了，这种新鲜事现在可不多。

"这东西多见不多见？"矮一点的记者问王连民。

"多见就是工地的黄沙了。"王连民说。

王嫂把最后一层塑料袋子解开了，那肉球的腥气猛地冲了出来，然后才慢慢在屋子里弥漫开。总是眯着眼的记者这时也凑过来，用手指小心翼翼地触了触这个肉球，还把手指放在矮个子记者鼻子下让他闻了闻。

"真腥！"

"还不就是个血团子？"矮个子记者说。

"这是驴沙！"王连民有点不高兴了。

"想不到驴沙是这样？"矮个子记者对总是眯着眼的记者说。

总是眯着眼的记者说他以前也没听过有这种东西，他也以为是一堆沙子样的东西，不过在想象中是金光闪闪，即使不是金光闪闪也会银光闪闪。

"想不到原来是个大肉球！"总是眯着眼的记者说。

矮个子记者把手凑近那个大肉团的时候王连民一直看着他，王连民很怕这个记者从口袋里猛然掏出把小刀来，然后再在肉球上割一下子。所以王连民有些紧张。总是眯着眼的记者伸出手指触肉球的时候也引起了王连民好一阵子的紧张，自从俊生告诉他驴沙要比牛黄都金贵之后，王连民的心里一直紧张着，大白天躺在那里甚至都睡不着觉，总觉着南边的那个小房里有动静，这让王嫂很担心，这才仅仅一两天，要是时间长了，王嫂担心王连民会把身体搞得更坏。那个矮个子记者准备拍照的时候王连民心里就更紧张了，因为矮个子记者提出了一个要求，那就是为了拍的照片更好看一些，他要求把肉球放在案板上，他要求把塑料袋子都取开。王嫂把塑料袋子都取开后这个矮个子记者又说这间屋的光线太暗，虽然开了灯，但光线还是太暗：

"外边光线好，可不可以放到外边去拍？"

"不行！"王连民大声说，突然有些气喘吁吁。

"外边光线好，屋里太暗。"矮个子记者又说。

"不行。"王连民又说，说不行就不行，这东西怕见光。

矮个子记者好像被王连民吓了一跳，就不再提出院子拍照的话，但他提出来要王连民和王嫂每人手里给拿一张白纸板，好给这个肉球增一点点光线。王连民想不到记者的提包里居然还会有白纸板，左一拉右一拉白纸板就变大了。这么一来，王连民的疑心就更大了，他盯着那个总是眯着眼的记者，王连民的眼神传达了一个意思：他怎么不拿白纸板？矮个子记者马上看出了王连民的意思，他笑了笑，说："小李还要打灯呢。"

"他姓李。我姓王。"矮个子记者又对王连民说。

好在什么事都没有发生，两个年轻记者拍完照片然后就走了，他们甚至都好像有些失望，他们的期望值太高了，他们希望看到金光闪闪的东西，或者是什么稀奇古怪会发出响声的东西，他们想不到看到的只是一个腥乎乎的大肉球。但让他们吃惊的是这个肉球真大，他们问了王嫂一句话，问这个大肉球有多重。这可把王嫂给问住了。

"不知道也没关系。"矮个子记者说。

"我看就写八九斤吧。"总是眯着眼的记者说，"这家伙我看够。"

"八九斤的大肉球也不算小了。"矮个子记者说。

这两个年轻记者前脚一走，王嫂就马上给这个大肉球秤分量。王连民家的院子里放着一台台秤，王嫂把台秤上的雪扫了扫。

"好家伙，你猜猜。"王嫂在外边小声对屋里说。

王连民隔窗子伸出了一只手。

"比这重。"王嫂小声说。

王连民又伸出了一只手，是两只手。

"比这还重。"王嫂又小声说。

王连民兴奋了起来，下了地。说："多少？"

"十三斤！"王嫂小声说。

"里边会不会真是有金子？"

王连民这回要亲自看看秤，说要是里边没金子怎么会这么重？他让自己女人把那台秤推进了屋，那个大肉球现在好像有了某种变化，有点玲珑剔透的意思，好像是比刚从驴肚子里滚出来的时候好看多了，已经变透亮了，看上去像一块奇大的紫红色玛瑙。这个大肉球给放在了台秤上，王连民把台秤上的砣拨了拨，王连民相信了，王连民相信了还不说，他还想亲自用手抱抱这个大肉球。结果是沾了两手的血。王嫂转身取手巾，再转过身的时候吃了一惊，她看到王连民在大口大口舔手上肉球的血，舔了这只手再舔那只手。

"你干啥？你干啥？"王嫂说你也不嫌它腥！

"我迟早要把它吃了。"王连民说，"我感觉我吃了它病也许就会好了，因为这是个宝贝！"

这时候又有人在外边敲门了，敲得很急，不是一个人敲，像是有许多人在敲。

"快去看看是谁？"王连民说。

王嫂把大肉球包好放在了柜子下边，上边又扣了一个盆子，然后出了屋，她站在院子里问了一声，外边敲门的原来是俊生，还有另外一些熟人，是那些小贩，卖肉的小贩，驴沙的消息已经在他们之间传开了，他们都想来看看那个叫"驴沙"的大肉球，想开开眼。这让王嫂很为难，她既不能说那肉球不在，又不能说不让他们看，她又有些怪俊生，怪他不是一个人来，怪他带那么多人来。她忙返身又进了屋，她让王连民拿个主意。王连民的意思现在已经改变了，他的意思是这肉球不能让再人们随便看了：

"这件事，知道的人越少越好，那宝贝，看到的人越少越好。"

"人都在外边呢。"王嫂说。

"开门吧，你就说大肉球给记者拿走研究去了。"王连民对王嫂说。

王嫂去开了门，她对俊生和那些小贩们说那肉球已经被记者们拿走了："刚拿走，他们要研究研究这个宝贝，据说一千年也出不了这么一个，所以他们拿走了，还打了条子。"但是这些上门要求看一眼肉球的小贩们都好像对王嫂的话不怎么相信，他们已经知道了那肉球就是"驴沙"，他们知道"驴沙"有多么宝贵。他们还是拥拥挤挤进了屋，进了屋他们的眼睛又不老实，东看看西看看，他们觉得这屋子已经不再是以前的屋子了，这屋子马上就要放出光芒来了，不知是谁说的，说驴沙会闪闪发光，但他们注定是什么也看不到，但他们已经感觉王嫂的屋子已经跟以前不一样了。

小贩哈小毕的话让王连民一下子眉飞色舞起来，哈小毕说：

"听说驴沙到了晚上都会放光，像夜明珠一样，会把屋子照得亮堂堂的。"

"那好，今后连灯都不用点了。"王连民说。

"我们都还没见过驴沙呢。"哈小毕说牛黄他倒是见过。

"拿回来再说，拿回来再说，到时候还能不让你们看？"王嫂在旁边说，说大肉球很快就会拿回来，记者们还拍了照片，说要登在报纸上，一般的人可以在报纸上看看，但你们大伙儿都可以亲眼看看真东西。王嫂嘴里这么说，但她的眼睛时不时要往一进门的柜子下边溜一下，她还来不及把那个大肉球严严实实放起来，屋子里，那股子腥味是越来越重。老赵家的那只猫又出现了，在窗台外边把尾巴竖起老高，浓重的腥味让它感到了无比的心烦。猫的样子挺吓人，尾巴不但竖起老高，而且憋得老粗。

"这一回，我们再跟王嫂你接肉你可要照顾照顾我们。"哈小毕又转过脸对王嫂说。他的话马上被另一个小贩打断了，另一个小贩说："你脑子里是不是有豆腐，王嫂发了还会再杀驴？就那个驴沙，你就天天坐在那里吃吧喝吧、喝吧吃吧，缺钱花就弄一小块儿下来卖卖，然后就再吃吧喝吧、喝吧吃吧，钱花光了你就再弄下一小块儿卖卖，那可是宝贝，一万头驴的肚子里也许都不会出这么一个。"

"好家伙，旺哥王嫂熬出头了，以后就吃吧喝吧！"不知谁把这句话重复了一遍。

俊生一直不说话，一直笑嘻嘻站在那里听别人说话。

"旺哥王嫂以后就直管吃吧喝吧，缺钱花就从驴沙上弄那么一小块儿，弄一小块儿我看就够吃他妈一两年。"不知谁又把这话重复了一遍。

小贩们的话让王连民和王嫂的心"怦怦"乱跳，他们互相看看，他们的目光是复杂的，兴奋和害怕已经紧紧交织在一起，想解也解不开。他们现在是既想让人们知道这个驴肉球，又怕让人们知道这个驴肉球，他们的心里简直是火烧火燎。

"别人只能看报纸上的照片，但你们大伙儿都可以亲眼看看真东西。"王嫂把这些人送出去了，"只要东西一拿回来就保证让大伙儿看个够。"

"知道的人多了也不是什么好事。"俊生走在最后，他在院子门口小声对王嫂说，说他可能要带人过来，因为已经有人问过他了，想买这东西，如果价钱合适就出手吧，你看看一传十，十传百有多快，好事有时候就是坏事。

"好事有时候就是坏事。"俊生又说。

俊生的话让王嫂的心好一阵乱跳。

"可别让好事变成了坏事。"俊生又说。

3

第二天天快黑的时候，俊生果真在外边敲门了，门敲得很轻，轻轻地敲，轻轻地敲。王嫂去开了门。俊生身后跟着两个人，其中的一个人还提着一个黑提包。打头的是个大眼睛男人，穿着灰色的中山装，笑眯眯的；看样子不太像个好人，他身后边的另外一个人脸儿红红的，红红的脸上有一个很尖锐的鼻子，这红脸儿还梳了个油光光的小分头，现在梳这种发式的人很少了，黑提包就提在他的手里。这两个人的出现还是让王连民和王嫂都吓了一跳，这两个人要王嫂把院门关好，然后就把话直接说了出来，那就是他们要买那个大肉球，而且一开口就是三万。

"这个数。"俊生背着那两个人悄悄对着王嫂伸出四个指头。

"我们要收购那个大肉球。"大眼睛男人说。

这两个人都绝口不说"驴沙"，而是一口一个"大肉球"。

"三万，怎么样，那个大肉球？"大眼睛男人说。

"不少啦，一个肉球三万块钱。"小分头跟上说。

"这个数。"俊生又背着那两个人悄悄对着王连民伸出四个指头。

王连民看看王嫂，王嫂看看王连民，他们的兴奋是一下子就达到了高峰，这让他们自己都感到有些害怕，他们不太相信，觉得有些像梦，因为他们从来都没想过自己果真有可能一下子挣到三万，而且俊生还暗示他们要四个数。王连民忽然挥挥手让王嫂去倒水，王嫂到外屋去倒水了，王嫂兴奋得手脚有些不听使唤，把水壶弄得"砰砰砰砰"响，又差点儿让地上的烂塑料绊个跟头。

"你说几万？"王连民对那个大眼睛男人说。

"三万。"大眼睛男人说。

"他想出三万？"王连民对俊生说。

"是三万。"俊生说。

王连民的眼球转了转："可肉球不在家，已经让记者拿走研究去了。"王连民说这事俊生你又不是不知道，明天报纸就登出来了。

"不信你们问问俊生。"王连民对那两个人说。

站在一旁的俊生忙对王连民说这两个人都是自己人："不行让他们再加一点。"

"三万可也太少了吧？"王连民的口气是试探，"太少了吧？"

"价钱是不是还可以搞？"俊生看着那两个人，说都是自己人，不是自己人他也不会带他们来，这种东西到了美国也许都找不到。

"对对对。"这两个人说是不太好找。

王连民心里有数了，他对俊生说："再说东西也不在呀。"

"都是自己人。"俊生说既然进这屋就没外人。

王连民说上午记者来了你又不是不知道。

"旺哥你看你。"俊生说那东西还能随便给记者拿走？那又不是个土豆？

"什么话？"王连民说咱们是啥关系？我还能对你说瞎话？记者打的条儿还在呢，记者正儿八经打了条儿了。

"还打了条儿？"俊生说。

"当然得打条儿。"王连民说不信让王嫂拿给你看。

王连民的意思很明确，既不说卖，又不说不卖。这就是王连民的聪明，王连民虽然肾脏坏了，可脑子还挺好使。王连民对俊生说：

"我又不懂这东西的行情，要真卖也要靠你张罗。"

"我这不是已经把人带来了吗？"俊生说。

"东西送回来再说。"王连民说有你俊生做中人，价钱也好说。

"那两个记者可靠不可靠？"俊生说现在的骗子要比正经人多，一有机会，正经人也马上会变成骗子，只要一有机会。

"记者说照片今天就登报了。"王连民说。

就在这天晚上，有人想出三万买那个驴肉球的事很快就传了出去，把这话传出去的不是俊生而是王嫂自己，一是她兴奋得了不得，不说憋得不行，弄不好也许会憋出病。二是王连民想了又想要她把这个价说出去，既然有人肯出三万，既然下午随俊生来的那两个人一开口就是三万，那这个驴肉球肯定不仅仅值三万，也许要值几十个三万，也许几百个三万也不止。这天天黑以后王嫂做了一件很重要的事，那就是她假装上房够劈柴把那个驴肉球用绳子吊在了另一间空屋的烟囱里，再精的人也想不到那驴肉球会被人放在那个黑咕隆咚的地方。王嫂经常把贵重的东西吊在那间空屋的烟囱里，那间空屋早就不生火了。

"你晚上就好好儿睡觉吧，这一下子万无一失。"王嫂对王连民说。

"耗子会不会上去？"王连民还是不放心。

"耗子去那地方做什么？"王嫂让王连民不要胡思乱想。

"老赵家的猫会不会下去？"王连民又说。

"不会吧，烟囱直上直下的。"王嫂说除非那猫会飞檐走壁。

这一晚上，王连民两口子还是没睡好。他们既然睡不着，就合计卖了驴沙该做些什么。一是给儿子把媳妇娶了，这是天经地义；二是再给他们自己买一套房子，这也是天经地义，说到后来王连民不说话了，王连民有王连民的心思，他忽然觉得很伤心！王连民知道自己就这身体也活不了多少年，眼瞅着从天上掉下这么个宝贝，自己又不可能享受它，这让人要多难受有多难受。

"操他妈的大肉球，怎么这会儿才来？"王连民说。

"什么事情都有个定数。"王嫂说。

"我太难受了。"王连民说。

"你哪儿难受？"王嫂说。

"我心里难受。"王连民说。

"你怎么心里难受了，这么好的事都朝咱们来了。"王嫂说。

"我要把它劈两份儿，我和你一人分一份儿！"王连民说，想想又说，"劈两份儿不对，要劈成三份儿，你儿子也必须有一份儿，你们怎么卖、怎么花我不管，我要去苏州和杭州旅游！我不能白活一辈子"

"我看你是在村里教书教出魔来了。"王嫂说。

"苏州杭州！"王连民说。

"苏州杭州怎么啦，我看不如吃了喝了好。"王嫂说。

"我想了一辈子了。"王连民说。

"你听，什么动静？"王嫂忽然推了一把王连民，房顶上好像有动静，仔细听听，这动静又在墙头那边，旁边院子里老赵家的那条狗叫了起来，狗一叫，那动静又没了。外头没了动静，王连民又说话了："操他妈，要不，那一份儿驴沙我就一口一口拌砂糖吃了它！把钱送给医院也是个死，我吃了它也许还能把病治了，这是上天给我的礼物！上天让我去苏州杭州了！要是不去一趟，我就白在村里教了一辈子地理。"

"你听。"王嫂又说。

房顶上真的好像有动静，但仔细听又没了。

"哪有动静？明天打电话叫你儿子回来吧，这么大的事恐怕你我两个人抵挡不了。"王连民说既然人们都知道了，说不定这会儿有多少人惦着它呢。

"你听。"王嫂又说。

"动静？哪有动静，我怎么听不到动静？"王连民说。

"我看还是把它卖了好好儿买两间房子吧。"王嫂说没动静最好。

"买两套，挨着，你儿子一套咱们一套。"王连民说。

"到时候咱们就不杀驴了，开个小饭店卖面条儿。"王嫂说她已经想好了，就去宋庄那边开个小面馆，宋庄在县城的最北边。

4

这一晚上，王嫂是一晚上没睡好，脑子是越来越亮，又好像是越来越糊涂，房顶上总好像有动静，到了后来，是脑子里总好像是有动静。天快亮的时候，王嫂迷迷糊糊听到了自己身边有动静，她摸了摸旁边，王连民已经不在了。王嫂赶忙穿衣下地出了院子。一晚上的北风，外边地上的雪冻得又硬又脆，"咯吱，咯吱。"每走一步都"咯吱、咯吱"王嫂不知道王连民去了什么地方，小南房里也不在，院门还插着，另外两间空房里也没有人，王嫂急了，她又进了屋里，她居然还拉开那个旧衣柜朝里边看了看，柜子里怎么可能有人，王嫂就又到了院子里。

"王连民——"王嫂急了，小声喊。

王连民竟然站在房子上，像个贼。

"你怎么在房上？快下来！"王嫂吓了一跳。

"小菊，东西不在了。"王连民在房顶上小声说。

"瞎说！"王嫂已经爬上了梯子。

"不在啦——"王连民的声音都变了。

"别开玩笑！"王嫂说。

"你看。"王连民说。

"你不许瞎说！"王嫂声音都变了。

"你看！"王连民又说。

王嫂这才看清了王连民手里拿着那根木棍，木棍上有半截绳子，那是系装驴沙的那个塑料袋子的。木棍上只有半截绳子，装驴沙的塑料袋子却不见了。

"你看你看。"王连民说。

"别开玩笑。"王嫂说。

"谁开玩笑！"王连民说。

"怎么会不见啦？"王嫂已经爬到了房顶上，这时天还没全亮，周围静悄悄的，做豆腐脑的老赵家已经生起了火，烟囱里冒着烟，因为没风，那烟直直的像根白棍子。

住在这一带的人猛然听到了王嫂尖锐的哭声，王嫂的哭声好像是从天上散布了下来，但她只哭了一声，忽然又停了。王嫂不敢哭了，因为这时候实在是太早了，人们还都没起呢，也没人发现王嫂和她男人王连民都站在房顶上，这时候天还不怎么亮，灰蒙蒙的天边青蓝青蓝的，像一块深色的蓝玻璃，只不过被后边的光慢慢照亮了。

"坏了，你说对了，晚上有人上房了。"王连民说。

"会是谁呢？"王嫂的两只手抖着，她看着手里的那根木棍，木棍上的半截绳子像是给刀子割断的。

天还没有大亮的时候，王嫂出现在了俊生的家里。

俊生还在花被窝儿里。王嫂的两眼红红的。俊生觉得王嫂是不是出了什么事，他睡得正好，瞌睡虫还没离开他，王嫂一敲门，他就跳下地开了门，然后又跳上炕钻进了被窝儿，他影影绰绰感觉是不是那个大肉球有了什么事，要不就是王连民出了什么事。

"是不是王连民出事了？"俊生说人就是不能太兴奋，尤其像他那种病人。

"俊生？你说，那东西是不是你拿了？"王嫂站在那里问。

"一大早，地上冷，快脱了衣服进来。"俊生把花被子撩开了。

"是不是你？"王嫂又说。

"我怎么知道那东西在哪儿搁着，你不是说记者拿走去研究啦？"俊生说，脑子在一点一点变得清醒了。

王嫂说："俊生，我闻也能把它闻出来！"

"那你就闻吧，要不，你就先闻闻这里。"

俊生笑嘻嘻地把花被子再一次撩开，说你闻闻这里边有什么味道？这味道最好闻了。俊生看看王嫂的脸，王嫂的脸色比刚才还难看，俊生不敢再开玩笑了，俊生说王嫂你别说闻不闻的，那大肉球要是放在密封的瓮里或放在地窖里你就闻不到了。这话让王嫂忽然变得很可怜，她问俊生："你这里不会有地窖吧？"

俊生说他准备挖一个："但还没挖呢，有了老婆再说，或者，等王连民到了另一个世界再说。"

王嫂说："俊生你不会埋怨我吧，我要看看你这里的缸？"

"你脱了衣服进来吧，还早呢。"俊生说。

"我闻也要把它给闻出来。"王嫂再次说。

俊生对王嫂说："看你的样子那肉球不像是假丢了。"

王嫂在屋里转了一圈儿，把屋角那口缸看了看，缸里是两双俊生的旧鞋。

"不是开玩笑吧？真丢了？"俊生说。

"我一大早，我疯了？"王嫂说。

"不过这种事，最好是说丢了，让人们不再在心里打它的主意。"

因为什么呢？俊生说因为那是个宝贝，比牛黄贵一百倍的宝贝，所以必须要说谎。

"你是不是以为我瞎说？"

王嫂坐了下来，她头有些晕，她不明白是谁在夜里上了房顶儿。又是怎么找着了放肉球的地方？肉球现在在什么地方？那么大个肉球，是老天给自己降下来的宝贝，一下子从驴肚里滚了出来。儿子的婚事，房子，还有王连民看病的钱都要靠这个大肉球。王嫂要哭了。

"看你这样，还好像是真丢了？"

俊生坐了起来，他把王嫂拉过来，想要她坐下来，想要她把衣服脱了，他想做事，他身上，那地方已经顶得像根铁杵，都有点疼了，是硬得发疼。他想让王嫂给他解解疼。

"我想来想去就你能猜出那个地方。"王嫂把俊生的手一下子打开。

"我咋猜得出？"俊生停下了手。

"我对你说过,这地方,房顶儿上。"王嫂小声说,用手指指指上边。

"烟囱?"俊生张大了嘴,说你把那大肉球放烟囱里了?

"可现在不见了。"王嫂说那地方我放钱也没丢过,三千两千都放过,从来都没丢过。

"我看根本就不会丢,你把我当外人了吧?"

俊生开始穿衣服,把腿伸到棉裤裤筒里去,一蹬一蹬,伸进一只,再伸进一只,再一蹬一蹬,然后站起来把棉裤一提,然后再坐下来,下了地,把裤子提着,说:

"要是有条狼狗就好了,那肉球的味道可真太冲了,狼狗一到,谁也说不了假话。"

"狼狗?"王嫂说。

"你是不是哄我?你是不是把我当外人啦?"

俊生说要是真来条狼狗的话这假话就没法儿说了。

"我还能骗你,真丢了。"王嫂说。

"我看不像。"俊生说。

俊生叉开了腿,裤子还没系,"哗哗哗哗"往地上的塑料桶里撒尿。

5

俊生说的警犬没出现,倒是有两个警察这天下午出现在了王嫂的家里,这让谁都想不到。这两个警察一进院子就东看西看,其中的一个警察对王嫂一连提了好几个问题:

"驴就是在这院杀的？"

"是。"王嫂说。

"最近一共杀了几头驴？"

"就一头。"王嫂说。

"都是谁杀的驴？"

"俊生。"王嫂说。

"花多少钱买的驴？"

"一千多吧。"王嫂说。

"一千多是多少，多九百也是一千多，多五十也是一千多。"这个警察说。

王嫂的心里忽然慌了起来，她不知道是出了什么事，不知道自己杀驴杀的怎么连警察都上了门。她觉得这也许和那个大肉球有关，大肉球的丢失已经让她伤心极了，想不到警察又来了，警察到哪儿哪儿就没好事。

"就在这地儿杀驴？"问话的警察看到了杀驴的架子，架子上有黑色的血，还有毛，他把一根驴毛捏在了两个指头间，然后一吹。

"对。"王嫂说。

"那头驴也是在这地方杀的？"这个警察又问，看着别处。

"驴都在这儿杀。"王嫂不知道警察说的"那头驴"是什么意思。

这两个警察忽然提出来要看看驴皮，那几张驴皮还没被收皮子的收走，都在一进院子的小南房搁着。王嫂就领这两个警察去

"哗啦哗啦"看驴皮，也不知道他们要看哪张驴皮，为什么要看驴皮，但王嫂更明确地觉着警察的出现可能和那个大肉球有关系，更明确地知道他们要看的是那张老驴皮，这就让王嫂心里更慌。

"让偷驴的来认一下。"其中的一个警察说。

"让他妈刘明眼这小子来看，这驴皮可真腥！"另一个警察说。

警察说的这个刘明眼很快就被带来了，他在外边的车上，王嫂认识这个刘明眼，王嫂跟他买过两头七老八十的牛。那两个警察要刘明眼把驴皮好好认一认，其中的一个警察对王嫂说："你别看刘明眼这家伙像个好人，其实是他偷了人家的驴，然后又把驴卖给了刘明学，刘明学又把驴卖给了你，把贼赃卖给了你。"

"你买了贼赃了。"这个警察对王嫂说，说贼赃现在是不是就剩下一张皮了？

"就这张。"刘明眼已经认出了那张好多地方连毛都快要掉光了的驴皮。

警察还有些不放心，又让刘明学也认一认，刘明学看了看说："就是这头驴，这地方，这地方，还有这地方，都老得没毛了。"这两个警察还有些不放心，又让刘明眼和刘明学把另外几张皮子"哗啦哗啦"翻过来调过去地看了看。到了后来，俊生也让给叫了来，警察让他也帮着认一认，再后来，这两个警察进了屋和王嫂说话。

"驴肉卖到哪儿了？"

"驴肉铺，还有两家饭店。"王嫂说。

"驴下水呢？"

"也给五中那边卖下水的收走了。"王嫂说。

"驴头呢？"

"也给收下水的拿走了。"王嫂说。

"一共卖了多少钱？"

王嫂在心里合计了一下，说："皮还没卖呢，一头驴也就挣七八百吧！"

"还有呢？"

"还有就没有了，就这些。"王嫂说。

"驴肉是多少钱一斤？"

"三块钱。"王嫂说。

"那驴下水呢？"

"两块五毛。"王嫂说。

"驴皮呢？"

"驴皮贵一点，药厂里收给一百五。"王嫂说。

"你想想，就这些？"

"没别的。"王嫂小声说驴鞭也卖不了几个钱，给大肚子女人买了保胎去了，这个世界上大肚子女人太多了，王嫂说她根本就想不出是哪个大肚子女人买的。

"那个'大又球'呢？"这个警察忽然提到了那个大肉球，这个警察的口音很怪。

王嫂的心里就"怦怦"乱跳开了，脸马上也跟上红了，她还没说那大肉球已经给人偷了心里就已经怕警察不相信她这话，这么一想脸就更红了，这么一想她就更在心里生自己的气。

"那个'大又球'呢？"警察又问，这个警察把"大肉球"叫作"大又球"。

"丢了。"王嫂小声说。

警察说那不是太凑巧了："怎么会丢了？"

"真丢了。"王嫂说。

"你放在什么地方就能丢了？"警察说谁都知道那是个宝贝，宝贝这东西也许会长翅膀？长翅膀飞了？它长几个翅膀？翅膀上长了几根毛？

王嫂不知道该怎么说了，看看坐在炕上的王连民，王连民不说话，在看他自己的指甲，显得很平静。

"丢了。"王连民说，说这里的治安不好，比宋庄那边还乱。

"你们两口子知道不知道凡是那头驴身上的东西都是贼赃？"这个警察说，停停又说，"你们知道不知道凡是贼赃就得都追回来？"停停又说，这回口气更硬了：

"不但是你们，饭店和驴肉铺子卖驴肉的钱都得追回来！"

"追吧，追吧。"王嫂嘴里说。

"对，是应该追回来。"王连民也说。

王嫂带着那两个警察上了房，房顶上的积雪给太阳晒得软软的，踩上去连一点声音都没有。上了房顶儿，王嫂哈手，她看到下边有不少人都在朝这边张望，人们一般很少看到警察上房顶儿上。下边的人们不知道出了什么事，但王嫂买了贼赃的事已经被不少人知道了。这些人不但知道了王嫂买上了贼赃，而且知道了那个从驴身上滚出来的大肉球也要被警察当作贼赃没收，这让不少人感到幸灾乐祸。下边的人越围越多，说围也不对，是停下脚步在那里仰着下巴朝上看，看王嫂和那两个警察在房顶上做什么。王嫂看到了做豆腐脑的老赵，围着脏里巴叽的那么一条白布围裙，也在下边仰着脸朝这边看，半张着嘴。

王嫂把那两个警察带到了那个烟囱旁，指了指，说那个驴肉球就放在这个烟囱里。

"放在这儿？"这两个警察中的一个甚至把头还探到烟囱里朝里边看了看，里边黑乎乎的："这里边怎么放东西？怎么会把东西放在这地方？不可能吧？是做熏肉，还是做腊肠？"

"就放在这儿。"王嫂又说。

"放在这儿干啥？"

"怕丢呗。"王嫂小声说。

"那怎么还丢了？不可能吧？"这个警察的口气相当严厉了。

王嫂答不上来了，她忽然想哭，她忽然有些恨那个从驴肚子里滚出来的大肉球，谁让它在驴肚子里不好好儿待着，从驴肚子里滚出来给自己找这个麻烦，那大肉球，虽说是腥臭腥臭的，却让人想不到它要比牛黄都贵重，虽说是个肉球，却又有个"驴沙"的好名字，虽说是个肉球，但看上去却像个大玛瑙。

"唉——"王嫂忍不住长长叹了口气。

"你说你到底把那个'大又球'放在了什么地方？"警察又

问了。

王嫂已经坐在了房顶上的劈柴上，一股扎人的凉意已经从下边传了上来。

"问题那是贼赃！"警察说。

"问题是它丢了。"王嫂说，谁知道它怎么就丢了？它丢了。

"你是怎么放的？"警察说。

"一根棍儿，一根绳儿，用绳子把塑料袋子绑好了，把木棍儿横在烟囱口上。"王嫂说。

"你比画比画。"警察说。

王嫂走到了烟囱跟前："这么，这么，就这么，把棍儿别在这里，把袋子吊下去。"

"你就把贼赃放在了这里？"警察说。

"我不知道那是贼赃。"王嫂说。

"先下去，咱们到地方再说。"警察说。

"到地方"这三个字让王嫂吓了一跳。

"到什么地方？"王嫂说。

"到了你就知道了。"警察说。

从房顶上下来，王嫂跟着这两个警察去了一个地方，这地方是一个小旅馆，县城东边的小旅馆，小旅馆门口的白墙上写了很大一个红"茶"字，另一边写了一个很大的红"烟"字。那两个警察说这是一个大案件，所以为了办这个案子特别在小旅馆开了房间。那两个警察又说这是一个大案件，要是报纸不登那张照片，要是人们不知道那个大肉球就是"驴沙"这事还好解决。"现在几乎是全世界的人们都知道了咱们鸡东县出了这么个宝，所以事情就没那么简单了，闹大了。"

"整个鸡东县都跟它出名了。"警察说这件事想捂都捂不住，闹大了。

王嫂的心跳得"怦怦"的，她用一只手捂着自己胸口。

"我看那个'大又球'对你来说实际上是个大麻烦。"这个警察说。

"可它真丢了！"王嫂说谁放着好好儿的日子不过想惹麻烦。

"也许你能想起来它在什么地方？"这两个警察说你就好好儿想想吧，这里也饿不着你，也不是你一个人，刘明眼、刘明学都在，让他们陪着你想，想够了再说，想起了再说，那么大个驴肉球，谁会相信它一下子就丢了？问题那是贼赃，问题那又不是一个小鸡蛋。

"我可不知道那是贼赃。"王嫂说那驴身上又没写这两个字。

"我问你，你买这头驴是不是要比一般的驴便宜得多？"警察说。

"没呀。"王嫂说都是一样的价，一分也不少，要是便宜了我还不敢买呢。

"无论你怎么说都是贼赃！"警察说起码要判你个销赃罪，要想戴罪立功你就把那个大肉球放在什么地方说出来。你说那大肉球给放在烟囱里，你怎么不说那大肉球给放在了澡堂子里？你以为警察都是三岁小孩儿？你干脆把我们警察用根绳儿拴着都放烟囱里吧！

"妈的！"

王嫂张张嘴，眼泪终于从眼里流了出来，但她马上用两个手指把眼泪抹了。她现在简直是痛恨那头老叫驴了，她想起了那头老叫驴吃东西时的样子了，一边嚼一边斜视着什么地方。王嫂甚至觉得自己是做了一个噩梦，什么驴？什么驴沙？什么三万块钱？都是一个梦！好事对老百姓来说从来都只能是一个梦，真正降临在老百姓身上的只有倒霉事。

这天晚上，王嫂在小旅馆里睡着睡着忽然醒了，她听见旁边的房间里有人在喝酒，在说说笑笑，听声音很熟，像是那两个警察，好像还有俊生，她影影绰绰听见旁边是在说大肉球的事，说要是真丢了谁也没有办法。再听听，说话的声音又不太像是俊生，再听呢，又是俊生。

"俊生怎么和他们在一起？"王嫂在心里想。

"俊生——"王嫂试探着小声喊了一声。

王嫂心想是不是俊生给自己找到关系了，是不是来说情来了。

"俊生——"王嫂又小声喊了一声。

"俊——生——"王嫂小声喊。

这时外边突然有人小声说话了，说你喊俊生做什么，你把"大又球"赶快交出来！交出来你就可以回家了！

"丢了！丢了！丢了！"王嫂大声叫了起来。

"喊什么喊！喊什么喊！喊什么喊！小点儿声，现在是半夜！"这个警察说。

"我你个大肉球的妈呀——"王嫂忍不住了。

外边的警察倒笑了起来，说大肉球的妈就是那头驴，操！宝贝怎么到了你这种人手里！

6

王嫂给放回来是第五天的事，王连民到做豆腐脑的老赵那里借了两千块钱才交了罚款。王连民病了这么多年，能借钱的地方都给他借遍了，好一阵子，他无论跟谁张口都借不到，想不到这一次他没遭到拒绝。做豆腐脑的老赵还问他"够不够？""还要不要？""谁都有个暂时手紧的时候。"人们对王连民的态度变了，好像不再怕他还不了。交罚款的时候，那两个警察把王连民也审了一下，问过王嫂的话又再拿过来问了王连民一次。那个警察说这罚款没把那个大肉球算在里边，如果把那个大肉球折价也罚你一下，你想想？你想想该罚你多少，够你受的！也许是几十万，或者是几百万！

"因为那是个宝贝！"

"不知道。"王连民小声说我只知道我活不多久了，我快完了。

"一千年也许都出不了一个的宝贝！"

"不知道。"王连民小声说我也许只有几年了，你最好活上一千年。

"你敢说你不知道？你还当教员呢。"

"真不知道，我是农村教员。"王连民小声说农村教员知道个鸡巴。

　　从那小旅馆出来，王嫂的心情是灰溜溜的，她的心情是给那个大肉球弄得灰溜溜的。雪已经化得差不多了，小胡同里现在到处都是泥泥水水，王嫂往回走的时候碰到了不少熟人，有些熟人还不知道那大肉球已经不见了，还一个劲儿地追着问大肉球的事，问那个大肉球到了晚上闪闪发光的事，说要是那样的话，晚上连灯泡子都不用点了，那要省多少电钱？挂在县城广场里算了！有些人已经知道大肉球丢失的事，但还是拦住王嫂问大肉球的事，问大肉球是怎么丢的？怎么可能放在烟囱里？是不是给烟熏一熏好保存？

　　王嫂不知道应该怎样回答这些熟人的问话，她用头巾把脸包得严严实实，她加快了脚步，把王连民放在了后边，一到家，她才忍不住放声大哭。好一会儿，王连民才跟在她后边气喘吁吁进了家，对她说：

　　"对，你哭吧，让人们都听到你的哭声才对。"

　　王嫂用婆娑的泪眼看着王连民，不知道王连民是什么意思。

　　"要不人们怎么会相信那大肉球已经丢了。"王连民说。

　　王嫂倒不哭了，她看着王连民："没人知道大肉球放在那地方啊，怎么就会没了呢？谁会知道？连俊生也不知道，俊生肯定不知道。"

　　"你敢说你上房的时候就没人看到？"王连民说如果正好有人在下边看见了呢？

　　"看见我上房也不见得会看见我往烟囱里放东西。"王嫂说一般人根本就想不到那地方，那时候天已经黑了，谁没事往房上看，没事往房上看作什么？

　　"不好说。"王连民说光你知道上房，怎么就敢说没人往房上看。

　　"祸害！钱没挣上倒贴进去两千，祸害！"王嫂说。

　　"算了，就算没这回事。"王连民说。

　　王嫂在里边的这几天，王连民的身体和精神倒好像是一下子好多了，王嫂不在家的这五天里王连民自己给自己做饭吃，他还出去给自己买了药，甚至还出去到宋庄那边走了一趟，到那边看了看房子。

　　"祸害！"王嫂又说。

　　"对，那是个祸害！"

　　王连民说咱们就别想它了，忘了它算了，我也不再想去苏州杭州的事了，我没事躺在家里闭着眼什么地方都去了，人只要闭着眼瞎想，想去什么地方就是什么地方，这是穷人的法子，穷人闭着眼睛连美国都能去。

　　"唉——"王嫂叹了口气，这口气叹得很深，是五脏六腑。

　　"就当是做了场噩梦。"王连民说。

　　"祸害！"王嫂又说。

　　这天晚上，王连民和王嫂已经睡下了，没了大肉球，他们两口子倒好像能睡个安稳觉了，王连民也不再翻过来调过去地睡不着，王嫂"唉、唉、唉、唉"地叹了好一阵子气，终于也很快睡着了，她虽然满脑子都是大肉球，但她不再想外边有什么动静了，外边有什么动静也跟她无关了，外面的世界太大了，跟她又有什么关系？五天了，她没好好睡过觉了，没了大肉球她睡得倒很香甜。王连民没王嫂睡得那么香，他在睡梦中不停地捶他的腰，这里，那里，那里，这里。睡下后不久他还又起来喝了一回药，然后再躺下。再不停地捶腰，这里，那里，那里，这里。

后半夜的时候，院子里突然有了动静，"嗵"的一声，真是让人害怕。有人从墙头上跳进了院子，不是一个人，又"嗵"的一声，又"嗵"的一声，好像是好几个人。

王连民和王嫂几乎是同时被惊醒了。

王嫂一下子坐了起来，推推王连民，小声说：

"听，有人。"

王连民小声说我听见了："院子里进人了。"

"要出事。"王嫂说。

"小点儿声。"王连民说看看他们想干什么？

"肯定又是为了大肉球。"王嫂说。

"妈的！"王连民说。

从墙头上跳进来的人这时已经跑了过来在外边敲门了。

"把门开开，把门开开。"外边的人用很小的声音说，"快开！，他妈的快开！"

王嫂租的这处院子虽然破烂了，但门窗上都安着铁条，外边的人只能敲门。

"开门、开门。"外边的人又说，他们的声音很低。

"你们想干什么？"王连民在屋里说话了。

"把那个大肉球交出来，交出来。"外边的人说。

"东西不在了。"王连民对外边说。

"谁信你的话，你痛痛快快地给我们拿出来。"外边的人说。这时有人已经摸到了窗户这边，用手摇了摇窗上的铁条。门那边，也有人摇了摇门上的铁条，王嫂听到了铁条上的"咯吱、咯吱"声。外边的人开始用改锥拧铁条上的螺丝，螺丝已经锈住了，怎么也拧不动。

"给 110 打电话，快给 110 打电话。"

王嫂还是有主意，她飞快地穿好了衣服，下了地，用很大的声音对王连民说，实际是说给外边的人听，王嫂的家里根本就没有电话，因为她没有闲钱交电话费。

"别喊！把东西交出来，把那个大肉球交出来！"外边的人又说。

王嫂把屋里的灯打开了，不但打开了屋里的灯，而且还打开了外屋的灯，她一边开灯一边说："再打，再给 110 打电话。"

"别喊，把东西交出来，把灯关了！"外边的人又恶狠狠地说，听声音有些胆怯。

"打啊，快打。"王嫂说。

"打通了，打通了。"王连民说。

"快说，快说。"王嫂说。

"120！ 120！"王连民说。

　　王嫂在窗台上摸到了手电，她把手电从窗子里朝外照了出去，把手电朝外照出去的时候外边的一个人又说了一句话，王嫂突然愣住了，外边的声音怎么那么熟，是熟人的声音，起码是她听过这个人说话，这个人的声音她听着太熟了，这个人把"大肉球"叫作"大又球。"王嫂突然想起来了，外边说话的这个人会不会是那个警察？那个警察就把"大肉球"说成是"大又球"，警察怎么突然变成了劫贼呢？

　　王嫂大喊了起来，王嫂大喊的时候老赵那边的狗也开始叫。

　　"110马上就到，我知道你是谁了。"

　　"小点儿声，别喊！小心我放一把火！"外边的人说。

　　"我知道你是谁了。"王嫂又说。

　　外边的人不敢久留了，但他们毕竟不敢放火，只是"砰砰啪啪"把王嫂的窗玻璃和门玻璃砸碎了几块，有一个人甚至想从外边伸进手来从里边把门打开，但里边的门插从外边够不着，外边的人又把门上和窗子上的铁条摇了摇，又朝屋里扔了几块砖头，然后才从墙头上跳出去了，脚步声一路远去了。

　　"走了。"王连民说。

　　"吓死人啦。"王嫂一屁股坐了下来，心已经跳到了嗓子那地方。

　　"赶快安个电话吧。"王连民喘得蹲了下来，王连民说咱们再没钱也该安个电话了。

　　"我听出来了。"王嫂捂着胸口说刚才外边那个把"大肉球"叫作"大又球"的人，肯定就是那个警察，我听出来了。

"哪个警察？"王连民说。

"就那个警察，上房顶儿的那个警察，'大又球'。"王嫂说。

"'大又球'？"王连民说。

"那个警察就是这个口音，肯定是那个警察。"王嫂说。

"你是说他们串通了？"王连民说。

"是不是还有俊生？"王嫂说。

"这么说，大肉球不可能是俊生偷的。"王连民说要是俊生偷了大肉球他们就不会来了。

"咱们买的那头驴根本就不是贼赃！他们肯定是串通了！"王嫂说想不到那两个警察是假的，是骗子，说咱们买了贼赃，骗了咱们两千，咱们告他！

"我问你到什么地方告？"王连民说。

王嫂不说话了。

"咱们赶快把窗子堵堵吧。"王连民说。

王嫂和王连民忽然又都屏住了气。这时候又有人在院子外边敲门了，一边敲一边小声对院子里喊。听声音是做豆腐脑的老赵："没事吧王连民，没事吧王嫂，你们没事吧？"老赵在外边说。除了老赵，外边好像还有一个人，那个人是哈小毕，哈小毕也在外边问："没事吧？没事吧？啊，没事吧？"

王嫂突然感到心里热乎乎的，这已经是后半夜了，她出去开了院门，把老赵和和哈小毕让进来，她打着冷激灵，不停地打着冷激灵，牙齿也开始互相敲打，她捂着脸好不容易让牙齿停下来，身子又抖了起来，她对老赵和哈小毕说："咝咝咝咝、咝咝咝咝，刚才有人跳墙进来了，咝咝咝咝、咝咝咝咝，看看玻璃都打碎了，还往屋里扔砖头。咝咝咝咝、咝咝咝咝，真是吓死人啦，全是因为那个大肉球。咝咝咝咝、咝咝咝咝，我敢肯定刚才是那天的那个警察。咝咝咝咝，那是个假警察，咝咝咝咝，他一说话我就听出来了，咝咝咝咝，他们肯定是串通好了，咝咝咝咝，还有刘明学和刘明眼，咝咝咝咝，他们在谋算大肉球，他们不相信大肉球已经丢了，咝咝咝咝，他们还不死心。

老赵给王嫂倒了一杯开水要她喝。

"那个大肉球，那个大肉球，看看，都是那个大肉球招的祸……"老赵说。

"都是那个大肉球招的祸……"哈小毕也说。

"那个，是不是真丢了？"老赵忽然又小声说。

"丢了。"王连民说。

"要是没丢就赶快出手吧，放在手里是祸害。"老赵说。

王嫂忍不住小声叫了起来："还有五张驴皮呢！他们还骗了我五张驴皮！"

"那大肉球要是没丢就赶紧出手吧，要不可真要出事了。"老赵又说。

王嫂的嘴张得老大，她不知道该怎么说了，她明白无论自己怎么说，人们都不会相信那个大肉球已经丢了。"咝咝咝咝——"

"老赵说得对，赶快出手吧，出事就不好了。"哈小毕也说。

王嫂的嘴张得更大了，她不"咝咝咝咝"了。

"丢了，真丢了——"

"我们没别的意思，我们是好意，赶快出手吧……"老赵小声说那是个祸害。

"丢啦——"王嫂忍不住了。

许多人都被王嫂这边的动静惊醒了，不少人从家里走了出来，围了过来，这时都已经是后半夜了。老赵的老婆哆哆嗦嗦弄来了糨子，帮着王嫂往窗子上七糊八糊糊了一阵子报纸。夜里的气温太低了，报纸一糊上去很快就又掉了下来。后来人们又拿来了一些破麻袋，总算是钉在了窗子和门上。天快亮的时候外边起风了，风把窗子上的麻袋吹得"呼——呼——"直响，像是有人在往屋里吹气。

"大肉球！"

天快亮的时候，王嫂忽然被王连民惊醒了，她不知道王连民是在说梦话还是醒着。

"你怎么啦？"王嫂说。

"大肉球！"王连民攥住了王嫂的手。

因为屋子里冷，王连民和王嫂是在一个被子里，多少年了，他们很少在一个被子里睡觉了，这让他们觉得彼此很亲切。

"那是个祸害，别想它了。"王嫂说。

7

这天，报社的那两个年轻人又来了，他们想做一个深层次的报道，那个大肉球产生的新闻效果连他们自己都想不到。胡同里的雪已经消化了，到处是泥泞一片。这两个年轻记者在胡同里一跳一跳地走。他们是东一跳，西一跳，西一跳，东一跳，跳过一个一个泥水坑，他们终于跳到了王嫂的院门前。但是他们没有见到王嫂和王连民，周围的人们谁也不知道王嫂和王连民是什么时候搬走的。王连民的院子里很乱，塑料袋、乱纸片、破瓶子，还有点心盒子。还有一个瘪了的塑料皮球。还有破麻袋。还有立在那里杀驴的架子，架子上的那根铁的横杠已经给人抽走了，立杠上还有一截绳子头。

　　住在周围的人们都没听到什么动静。人们也不知道那天晚上王连民的儿子回来了，人们也没听到搬动东西的动静，但人们在早上的时候看到了车辙，两道车辙。人们如果跟着这两道车辙，也跟不出什么名堂，因为这两道车辙一上路就和许多车辙混在了一起，到处是春天的烂泥。王连民和王嫂其实也没多少家具可搬，两个柜子，一张桌子，还有几口锅，还有那台秤，还有两个小缸，还有就是几个烂木头箱子。王连民和王嫂没回他们的村子，他们的村子现在已经不是村子了，地都卖给了房地产开发商，是村子里集体卖的。王嫂和王连民既然回不了村子，他们又在县城的最北边租了房子，那地方就是"宋庄"，那地方聚集了众多收破烂的，那是破烂的世界，破烂一旦成了规模让人看了也无法不激动，烂塑料堆得像山，玻璃瓶堆得像山，各种废铁堆得像山。在这个破烂世界的东边，就是这个县城的花园，里边种了些杏树。

　　王连民这次租的屋子比杀驴那边的屋子还小，东西都搬进来后屋子就显得更小了。王连民对王嫂说这只是暂时性的，也许很快就又要搬家了，再搬家，情况就和现在不一样了。屋子虽小，但王嫂还是把屋子收拾了收拾，很快就收拾停当了。那架缝纫机没地方放，就只好放在了炕上。那几个木头箱子没地方放，只好摞了起来。

　　"你过来。"王连民对王嫂说。

　　王嫂正在"砰砰砰砰"砸那个小灶台，她准备重新把它泥一下。

　　"你也过来。"王连民对儿子说。

　　王连民的儿子正在蹬着凳子安灯泡，安好了，正在用抹布往干净了擦。

　　"你俩都过来。"王连民又对王嫂和儿子说。

　　王连民把一个木头箱子放在了炕上，打开了。

　　王嫂不知道王连民要她过去做什么，她提着锤子过去了，她看到木头箱子里放着一个缸，王嫂认识这个小缸，夏天到来的时候她总是用这个小缸腌一些泡菜。王嫂看着王连民把绑在缸口上的塑料布慢慢解开，解了又解，终于解开了。塑料布解开的时候王嫂闻到了一股腥臭。但王嫂还是没想到那会是什么。王连民又把盖在里边的一个塑料盘子也取了出来，那腥臭的味道就更浓了。王连民又从里边取出了一些干菜叶子。王嫂这才看到了，里边居然是，居然是那个大肉球，是那个大肉球！是那个红红的大肉球！那个自己做主一下子从驴肚子里滚出来的大肉球，这个大肉球曾经漂亮得像一颗红彤彤的大玛瑙！但这个大肉球现在已经变了形，变瘪了，颜色也变了，黑乎乎的，而且发出了让人无法忍受的恶臭，上边密密麻麻白白的是什么？是虫子，那些虫子不知道是从里边爬出来的，还是正准备要从外边爬进去。反正是有的想要爬出来，有的想再次爬进去。

大肉球实际上已经变成了一个空壳，里边是数也数不清的虫子，那些白色的虫子开始从大肉球里爬出来，像水一样慢慢在木头箱子里漫开了，然后又慢慢从木头箱子里漫了出来，然后又慢慢慢到了炕上。

"连民！连民！"王嫂惊叫了起来。

王连民的声音却小得不能再小，几乎是微弱，他觉得自己已经喘不过气来了：

"小菊、小菊、小菊……"

更加吃惊的是王连民的儿子，看着那个大肉球的空壳，看着那些爬得到处都是的白色虫子，他觉得自己浑身都已经痒了起来，然后是恶心，但他怎么都吐不出来，他还没有吃饭。而且从那之后，他好长时间都吃不下饭。

老黄的幸福生活

1

怎么说呢，老黄现在的日子过得很幸福。

老黄的老婆李晶虽说早早退了休，却又去了老黄学生那里打工，每天的工作也就是坐在那里看看报喝喝茶，接接电话处理一下客户们的投诉。老黄的姑娘小竹大学毕业也已经安排了工作，在大学里教旅游管理，月工资可拿到一千五左右。老黄的日子现在过得要多舒心有多舒心，在秋天到来的时候，老黄决定把家重新再小规模改装一下，也就是要在卫生间里重做一个可以挂衣服的两层吊柜，紧挨着吊柜再做一个可以让他老婆和女儿化妆用的洗漱台面，台面已经选好了，是玉米白的合成材料，既防火又防水，厚墩墩的，柜子和台子的立面是黑胡桃，颜色搭配是大方好看。做了这还不行，老黄还想请人来把阳台上的大窗子和前边正室的两个窗子再换一下，换成白色的塑钢窗，换了窗子老黄还不肯罢休，还要索性把护窗也换一下，住在这套房里还没有五年，那空心方钢的护窗却已经锈坏了。老黄这几天就一直在兴致勃勃地忙着家里的这些事。还是夏天的时候，老黄的女儿小竹谈上了对象，男朋友黄金在政府部门工作，这让老黄心里就更加高兴，如果说以前的日子过得多少有些纷乱，那么现在是达到了大治，一切的一切都那么令人满意，或者可以说是朝着令人满意的方向发展。国庆节前，老黄的姑娘和男朋友去五台山玩了两天，这说明他们的关系已经相当稳定了。国庆节终于来了，老黄洗出两个腌菜的小缸准备腌菜，日子过得再好，老黄还是离不了腌菜，收拾完这一切，老黄去洗了一下澡，洗了澡还不行，还搓了一下澡，搓了澡还不行，还修了一下脚。修脚的瘦老头儿认识老黄，一边抚摩着老黄的脚一边说老黄真是个有福之人，说只有有福之人才每洗一次澡就修一次脚，只有有福之人的脚才柔软得像你这样。修脚的瘦老头儿说了这话还不行，还又说起老黄的父亲，修脚的瘦老头儿说老黄的父亲活着的时候一年才肯修一次脚，这说明什么，说明老黄比他的父亲幸福，比他的父亲活得好，一代更比一代强。

从澡堂慢慢走出来，老黄觉得自己浑身真是清爽多了，每次洗完澡他都是这种感觉。街上来来往往的人很多，都在兴奋地过国庆节，这样一来，那些鸡啦、鸭啦就倒霉了。现在的人们对过节都很上心，无论什么节日都要热闹一下子，都要大吃一下子。老黄洗澡一般都去离家不远的鸿都浴城，因为离家不远，老黄总是步走着去，出了小区的院子往南走，那是一条很热闹的窄街，穿过窄街，走到电力宾馆再往东转一个弯子就到。在鸿都浴城洗澡有个好处，就是回来的时候他可以顺便转转那个菜市场，说是菜市场，实际上就是一条街，毕竟是秋天了，芥菜和各种可以腌一腌的蔬菜都已经上了市。那两个小缸，老黄准备用来腌芥菜和心里美萝卜，芥菜他准备买那种花叶芥菜，芥菜头和叶子都切得碎碎的，这种菜要腌得酸酸的才好吃，老黄去年去韩国，天天吃那边的泡菜，简直把人给吃腻了，心里就想念家里的腌芥菜，韩国的泡菜动不动就放辣椒，那味道怎么说也比不上中国的芥菜。老黄还准备再腌一些心里美萝卜，腌这种萝卜先要把萝卜一切两半儿，要和尖椒放在一起腌，这菜腌出来要辣有辣，要色有色，切几片放在那里粉红粉红的惹人食欲。老黄这几年真是有福之人，有发胖的趋势，老黄现在最怕自己发胖，所以早上晚上坚持只吃泡饭，吃泡饭就离不开这泡菜。从澡堂出来，老黄一共做了两件事，一是买了一小捆碧绿的芥菜，二是又去包子铺买了十个芹菜牛肉馅儿的包子，老黄想好了，回家再煮一锅小米粥，晚饭就有了。他是一手提着一个包往回走。从电力宾馆那边转过来，远远就看见小区门口坐着一堆人在那里打扑克。老黄很讨厌人们打扑克，而小区的院门口几乎天天都要围着一大堆人在那里兴高采烈地打扑克。快到小区院门口的时候，老黄和离小区院门口不远的那家小诊疗所的丘大夫打了一个招呼，瘦瘦的丘大夫现在已经当了爷爷，正抱着孙子在那里指指画画看对面的汽车，丘大夫一次又一次地对孙子说："高级小车，高级小车，高级小车。"说得周围的人都忍不住笑了。老黄总是到丘大夫这里量量血压，所以见了面总是打招呼。事情就是在这时候发生的，有人，怎么说呢，忽然从后边轻轻拍了一下老黄的肩膀，老黄回过头来，站在他身后的是两个警察。两个年轻警察，说年轻也不怎么年轻，都有三十多了。其中的一个长得很精神，瘦瘦的，鼻子眼睛都很受看，另一个有点胖。老黄不知道这两个警察要做什么。在这种地方被两个警察拦住是要引起人们的注意的，老黄环视了一下周围，果真已经有人注意这边了，小卖铺那边的人和洗染店那边的人都朝这边看，警察一般是不会在街上随便拍市民的肩膀的。老黄的脸，怎么说，一下子就红了，好像已经干了什么坏事。

"什么事？我又不认识你们。"老黄对这两个警察小声说。

"不认识？你当然不会认识我们。"

瘦一点的警察对老黄说不过你马上就要跟我们认识了，但我们知道你叫黄作声。

"什么事？"

老黄说你们有什么事？老黄心里想是不是谁出了什么事？谁？谁可能出了事？所以才让警察找到了自己的头上。是谁？谁有这种可能？比如，可能不可能是生意上的事？谁的生意上出了事，卷了资金跑了？或者是谁打了架？会不会是自己的外甥？老黄很担心自己的外甥，担心他在外边打群架，或者是开出租车出了什么事。

"什么事？"

老黄又对这个瘦瘦的长得很精神的警察说你们有什么事？老黄觉得自己根本就不应该和两个素不相识的警察站在街上说话，自己最好想办法马上走开。老黄又环顾了一下周围，觉着至少也应该找个地方说话，比如到小卖铺旁边张老师开的书法教室里去说话，或者到小区东边的银行里去说话。

老黄环顾周围的时候，那个胖一点的警察开口说话了：

"你是不是刚才在澡堂找小姐了？"

"你说什么？"

老黄张大了嘴，吃了一惊，忙看看左右。

"我问你是不是找小姐了？"

那胖警察又说。

"你怎么这么大嗓门儿？"

老黄觉得这个警察的说话声音也太大了，老黄又看看周围，肯定有人已经把警察的话听到耳朵里去了。

"你现在怕了，你要是怕就别找小姐。"

胖警察也看了看周围，声音并不放低：

"你既然在澡堂里找了小姐你就不要害怕。"

"谁说我找小姐了？"

老黄忍不住就火儿了起来，但他火儿了也不敢大声说话，倒有几分像是求饶，声音很低，但很火儿，这就产生了一种效果，像是在那里求饶。

"当然你找了，你不找我们会跟你到这儿？"

胖警察说他们一般都是掌握了真实情况才会动作的，手里没有真实情况他们怎么会动作。

老黄直眨巴眼，不明白胖警察说的"动作"是什么意思？

"什么动作？"

老黄说你在说什么？

"动作就是找你，请你跟我们马上走一趟。"

瘦一点儿的警察说，好像要笑了。

"为什么跟你们走？"

老黄又看了看周围，周围有几个人也看着这边，他们好像还有走过来的意思，那些人都认识老黄，那几个人里边有一个人也住在这个小区。

"当然你得跟我们走。"

瘦一点的警察说你还不明白为什么跟我们走，因为你嫖娼，因为你叫小姐，因为你自己让自己舒服了一下，所以你要为此付出代价，所以你必须跟我们走一趟。

老黄这时候才感觉到自己开始冒汗，他把手里的包子和芥菜都倒在一个手里，那些包子热烘烘的有些烫手，他明白自己这一回肯定是碰到麻烦了，这两个警察也许是看错了人，他们肯定是看错人了，是不是有人长得和自己太一样了？老黄笑了一下，笑得很难看，老黄说从澡堂里出来的人太多了，有老的、有小的、有胖的、有瘦的，你们是不是看错了人？老黄这么一说，那两个警察也跟着笑了起来，声音并没放低，胖警察说他们怎么会看错人，而且，我们都注意到你连毛巾和搓澡巾都忘了拿。

"你们肯……肯定是看错人了。"

老黄变得有点结巴了。

"问题是，浴城里的小姐又不是不长嘴巴。"

胖警察很严厉地说。

"什么小姐？"

老黄用最小的声音说。

"你还不知道是什么小姐，你不知道？我看你是不是兴奋过头了？"

胖警察笑着说。

"你们小点声行不行？"

老黄说，又看了看银行台阶上坐的人，在那里坐着说话的人大多数都是和老黄一个小区的老头儿老太太，那些人大多都是坐在那里等死，他们甚至连那些整天打扑克的人都不如，他们都是老黄的熟人，老黄很难看地朝那边笑了笑，那两个警察也忙朝那边看了一下。

"那些人是你的熟人？

瘦一点的警察问老黄。

"我们是一个小区的。"

老黄说。

"所以我们也不希望把事情弄大，是不是？"

那个胖警察说。

"你们肯定是弄错了。"

老黄把手里的包子和芥菜又倒了一下手，手心里全是汗。

"我们弄错了，你找小姐倒是我们的错？"

胖警察的声音忽然大了起来。

"到一边说话好不好？"

老黄慌了，用手摸了摸头发，头发还没有干。这时候他才想起自己确实是出澡堂的时候忘了什么。是忘了拿那条毛巾和搓澡巾。一块毛巾是五元，搓澡巾是三元，还可以用很多次。

"你跟我们走还是不走？"

那个胖警察把声音放低了一些。

"我没做那种事，所以我就不能跟你们走。"

老黄用很小的声音说，一边说一边慌慌张张地往加油站那边走，因为他不走不行了，已经有几个熟人朝这边快步走了过来，老黄一朝加油站那边走，那两个警察也忙跟上朝那边走，好像是怕他跑了，他们一走，那几个要过来的老黄的熟人就停了下来。站在那里朝这边看，他们觉得莫名其妙，甚至感到了失望。

"你不跟我们走也行。"

那两个警察又站住了，看样子他们也不愿随着老黄继续走，他们看到了加油站外边墙根儿那边种的常青藤，那是些倒霉的常青藤，加油站粉刷墙壁，把它们的枝枝叶叶都淋白了，这几天，它们开始打蔫，恐怕活不了几天了。

"这是节日期间，你知道不知道这几天正抓得很严？在这种时候你还敢找小姐，你这是现行，以前有现行反革命，你这是现行流氓。"

那个瘦一点的警察对老黄说因为怕影响不好他们才跟着他一直到这里来。不过，这种事情，因为是节日期间，而且是举国欢庆的节日，一是影响不好，二是这种事也是要给你们这种人一个教训，所以处理的方法也可以通融一下，这也只是在节日期间，但是你必须交一下罚款。瘦警察看了一下胖警察，说人民警察也通情达理，为了这一点儿事让家里人和院子里的人都知道了也不好。那胖警察这时候插了一句话，说他们警察现在处理这种现行也人性化，再说看你的样子也是个要脸面的人，如果处理得重一些还要劳教十五天。

"像你这种情况我们也可以酌情人性化处理。"

胖警察对老黄说。

老黄看着这两个警察，不知道他们说的人性化是什么意思。

"那就是你把罚款交了，再给我们签个字。"

胖警察说。

老黄看看左右，他现在是一点儿主意也没有，但心里很明白的一点就是这种事永远是说不清，而且警察在这里说你找小姐了，家里人知道了能不信？小区里的邻居知道了会越说越难听，面对这种事，老黄明白首先是不要让任何人知道，知道的人越少越好，一个不知道更好，这种事无论有还是没有，到时候人人都会相信它有，人人都会把事情说得更加不堪。

"而且，你的手巾和搓澡巾都不要了，一般嫖客都这样，因为那手巾和搓澡巾都不干净了，你最知道它都擦过什么。"

那个胖警察说，侧过脸看了看加油站里边，从加油站里，一辆出红色夏利租车正慢慢从坡上开了下来。出租车司机认识老黄，从车里朝老黄笑了笑，探出头来，这是个小伙子，瘦瘦的小伙子，人长得很精神，头发总是很亮。老黄常坐他的车，知道他刚刚结婚，所以开车的时候总是打瞌睡。

"嘿！黄老师。"

这个年轻出租车司机探出头来和老黄打招呼。

老黄忙朝年轻司机摆摆手，说自己并不需要车。

"你认识的人真多，所以你更应该多注意一下。"

那个胖警察说。

"肯定是你们错了。"

老黄小声说。

"好吧，那你就跟我们走一趟吧。"

胖警察说先到局里录一下口供，然后再让你们家人送罚款过来就行。这种事，总得有个交代，主要是对上级。

"我真没做。"

老黄又说。

"那更好，你精神还很文明，走吧。"

胖一点儿的警察说。

"我要是不走呢？"

老黄说。

"你总有单位吧。"

那个胖警察不耐烦了，说他们其实也不难知道老黄在什么单位工作，因为这个小区里住的人大多数都在教育部门工作，所以他们不难知道老黄的一切。

这时候又过来人了，是住在老黄楼上那个弹钢琴的小周，穿着一件红棕二色的尖领格子衬衫，下边是条树皮黄牛仔裤，由于歌舞团现在演出任务不多，他在家里带了一些学生，整天家里琴声不断。他朝老黄笑了笑，他想知道老黄和两个警察站在这里做什么？或者是这边出了什么事？小周马上就要走过来了，这时候那个胖警察声音很大地说：

"你怎么回事！我们可没那么多时间，你……"

老黄吓得脸色都变了，小声说：

"我交钱还不行，你能不能小点声？"

老黄已经把身子转过去，这么一来，住在老黄楼上的小周就不再好和他打招呼了，他从老黄身边过去了，快活地吹着口哨，胳膊弯儿里夹了个白塑料饭盒儿。老黄闻到了一阵劣质香水味儿。这个弹钢琴的小周总是在身上喷劣质的香水。老黄不知道小周为什么总在自己身上喷香水，因为在这个世界上肯往自己身上喷香水的男人并不多。

2

老黄心慌意乱地回了家，厅子里的光线现在已经暗了下来。这时候家里还没有人，窗外邻居家养的鸽子这几天正在发情，在不停地"咕咕"叫，它们要在天凉之前再孵一窝小雏鸽。老黄的老婆李晶和女儿小竹都还没回来，但她们马上就要回来了。老黄把热烘烘的牛肉包子和那捆芥菜扔在了厅子里茶几上的那只漂亮的大钧瓷碗里，人一屁股在沙发上坐下来，他觉得胸口有些难受，简直是太难受了。开门的时候，老黄心里想要是躲在家里不出去呢？那两个警察会拿自己有什么办法，他们会不会找到家里？肯定是这两个警察错了，怎么会认定是自己嫖妓，他们又怎么会跟着自己到自己住的地方来。外边，这时有"嚓嚓嚓嚓"的合灰声，老黄的邻居正在动工，老黄住一层，他阳台外的空地上现在是堆了许多沙子和许多水泥，老黄原先的那个邻居要去北京发展，就把房子卖了，买他房子的这个年轻人看上去真是有钱，把原来的橡木地板全雇人刨了，好像生下来就和橡木地板有仇，那橡木地板其实铺上去还没三四年，真是让人可惜。刨了地板还不行，又把门和窗都换了，阳台的厨具和卫生间的洁具也都换了，这个马上就要住到这里来的年轻人是越换越来劲，几乎是把所有能够重新做的都重新做了一遍。整个院子现在被弄得乱得不能再乱，靠城墙那边的花池也给弄得一塌糊涂，工人们把乱七八糟的东西都往里边扔，有时候连人也要跳进去，跳进去就往大丽菊上没头没脑地撒尿。老黄最喜欢的二月兰这会儿给踩得乱七八糟，叶子都披头散发地摊在地上，看来明年可能不会再开花了，看来恐怕连今年冬天也过不去了。好几次老黄忍不住想过去说说，但老黄还是没敢说，老黄最不愿做的事就是得罪人，得罪人就是打破自己生活的宁静。在这个世界上得罪人简直是最可怕的事，得罪一个人等于是在给自己挖一个陷阱。

　　老黄在厅子里的沙发上坐了一小会儿，耳朵听着外边的动静，老黄家的厅子里很暗，老黄在这昏暗中喘着粗气，他想给自己拿一个主意，比如，给不给那两个警察钱？给了钱签不签字？要是不给钱，那两个警察会采取什么手段？问题是，自己怎么证明自己没有在浴城里干那种事？找谁证明？问题是你也许永远也找不到证明，而且还会说不清，可警察却能找出许多证明的人来，还有小姐，小姐能记清楚吗？小姐接待的人可是太多了，大多数的情况是她们的注意力一般都不在客人的脸上，她们怎么会记得清，到时候也许还会乱咬一气。老黄不敢再想了，老黄平时无论碰到什么事情总是要老婆李晶拿主意，可这件事能对她说吗？老黄站了起来，望望窗子那边，老黄奇怪窗玻璃上怎么会是红红的，好一会儿才明白过来那是外边的太阳花，虽然时已深秋，可那些太阳花还在拼命地开花，好像不开白不开。给钱就给吧！三千块钱就算丢了。老黄对自己说，而且长长地叹了口气，问题是老黄长这么大还没有白白给人这么多的钱。老黄丢钱是有数的，有一次，他是穿了那条大白西式短裤在菜市场让人把口袋里的四百多掏走了，还有一次是十多块，都不能算太多。他妈的！跟了什么鬼！老黄骂了一声，进了里屋，打开了在这个家里属于他自己的靠北边那个柜橱，那个柜橱里都是他的衣服，总是乱糟糟的，有时候李晶看不下眼会帮他收拾一下，但他不希望任何人帮他收拾自己的柜橱，因为里边有朋友小叶送他的那种蓝色药片，小叶下岗没事做开了个专卖性用品的小店，一有什么好玩儿的药就送给老黄。老黄为了怕家里人发现，总是把那些暧昧的蓝色的药片放在一个药瓶里，他也只是想想，却从来都不敢去做那种事，他的抽屉里还有一个自慰器，是那种十分柔软的硅胶制品，是粉红色的，摸上去手感很好，老黄把这些东西还有十多个杜蕾丝避孕套一古脑都放在衣柜的抽屉里，这些东西只能说是老黄的收藏品，因为他根本就没胆子去用它们，他是有机会而不敢，从来都不敢，有几次朋友们拉他去洗澡，洗完澡把小姐叫过来，吓得他一颗心"怦怦"乱跳，穿了衣服就往外跑。老黄的这个柜橱之所以总是锁着，还因为里边的抽屉放着一万多块钱，钱是他自己悄悄存起来的，他不希望任何人知道自己的这桩秘密。老黄心跳着把那个压在裤衩下的牛皮信封取了出来，牛皮信封里还有一个白纸信封，老黄从里边数了三千块，忽然就想起书架的小抽屉里有一张一百的假币，是那次领工资的时候不小心收下的，这时候他想起这张假币了，便打开书架的小抽屉把这张假币取出来，换了一张真币出来。这让老黄在心里高兴了一下。老黄又把那个放钱的纸袋儿放回到抽屉里边去，放进去前用手揣了揣，那纸袋明显薄了许多，这让老黄在心里一下子又哀伤起来。

"操他妈！

老黄骂了一句。

老黄从屋里出来，院子里的人明显多了起来，是下班的时候了，很多人手里都拿着菜，

芹菜了，茄子苦瓜了什么的，还有不少人是用塑料袋提着水豆腐，最近小区门口在人们下班的时候总是有人在那里处理水豆腐。老黄一路跟人们打着招呼，出了小区的院子，老黄看到那两个警察了，都站在银行的门口，脸都朝着这边，看样子他们已经

不耐烦了，四条腿在那里不停地踱来踱去。

老黄站在这两个警察旁边了，老黄朝西边指了一下，小声对这两个警察说：

"能不能往那边走走？"

"为什么？"

那个瘦警察警觉地说。

"我老婆马上就要下班了。"

老黄说。

"如果是这样，可以。"

瘦警察说。

老黄要这两个警察跟着自己朝西走，因为李晶下班一般都从东边华严寺那边过来。那两个警察跟着老黄往西走了走，小区的西边是一家小服装店，专卖豪门内衣，老黄总是在这家店里买那种三角短裤，而且总是那一种牌子。过了这家小服装店，那边是一家小饼店，饼店里白天卖饼子，晚上就专卖那种红彤彤的油饼。老黄在饼店旁边停了下来，看看左右，把放在信封里的钱给了那个胖警察。这时候正好有个人在买油饼，油饼的味道真是很香，那些刚刚炸好的油饼是放在一个黑乎乎的铁盘子里。胖警察从老黄手里接过了钱，好像是打不定主意数还是不数，但他还是数了，先在手指上吐了一点唾沫，这说明他数钱的态度将会很认真，他把钱从信封里抽了出来，看了一眼老黄，然后才开始数，数的中间还又在手指上吐了几回唾沫。老黄看着这个胖警察数钱，心里简直不是滋味，那三千块钱很快被这胖一点的警察数完了，这胖警察数完钱还不行，还把钱轻轻拍了一下，然后才又把它递给了瘦警察，让瘦警察也数一数，老黄的钱就又被瘦警察很快数了一遍。老黄一直看着瘦警察数钱的手，这是两张白白的手，很灵活的手。老黄很怕那张假币给这一双手数出来，但这两个警察都没发现那张假币。接下来，是签字，老黄的手忽然有点颤，他看了看这两个警察，还是把要他签字的那张纸片放在身旁橱窗的窗台上签了。老黄的字签得很不好，有些歪歪扭扭，他有意让字歪歪扭扭。

"让人认不出来才好。"

老黄在心里想。

"你这是什么字？"

胖警察看看那张纸，又看看老黄。

老黄一时不知道该怎么回答了，脸憋得通红。

"你的身份证呢，我们还要把你的身份证号码记一下。"

胖警察又对老黄说。

"还要身份证？"

老黄再次紧张了起来，不知道身份证会不会给自己带来更大的麻烦。

"快，拿身份证。"

胖警察又说，向老黄要身份证。

老黄的手在自己身上摸摸，从上边摸到下边，然后脸红红地告诉这两个警察他没带身份证，问题是一般人不会随时都把身份证放在身上的。这时候，那个瘦警察不知为什么又把钱数了一遍。

"要不就这么吧，有什么事咱们以后找他再说。"

瘦警察对那个胖警察说。

"这种事你以后最好少做。"

胖警察好像同意瘦警察的意见了，他对老黄说你岁数也不小了，这种事让家里人知道了更不好，要是年轻人做这种事还有个说道，你呢，已经是有岁数的人，我们也不让你回去取户口了，按说没有身份证你还要把户口拿过来登记一下。

"你这字也写得太差。"

胖警察又看了看那张纸，拍拍说。

胖警察对老黄说话的时候老黄一直面朝东站着，他的嘴忽然一下子张大了，他看见李晶已经蹬着那辆粉色的车子过来了，上边穿着那件在这个秋天她一直穿的有棕黄道子和淡绿道子的上衣，这件衣服后边有一个很大的口袋，他不知道一旦在衣服后边的口袋里放上东西是什么样子，或者是怎么能够把东西取出来。总而言之这是一件很怪的衣服，和这件衣服相配的是条淡米色裤子，老黄一直认为他老婆现在穿的这件衣服最好能配条黑色的裤子才协调好看，老黄已经看到了，看到自己老婆的车筐子里买了不少东西，他想里边肯定是晚上的菜，中午的时候，老婆对他说要买一只鼓楼的酱肘子回来吃。那个卖酱肘子的老头儿的肘子做得十分好吃，每天只做那么一桶，卖完就完，所以每天等着买肘子的人很多。老黄心里有些紧张，他看见他老婆下了车子，在一个水果摊子前下了车，他拿不准她想买什么。买什么？买香蕉，他欠起脚朝那边看，看到李晶已经拿起了一把儿香蕉，黄黄的，她也许会看到自己和两个警察在这里站着，她也许会冲过来，她也许会问这两个警察出了什么事，她也许会把事情弄大，弄得全世界都知道。

"你们还有什么事？"

老黄对这两个警察说，心开始"怦怦"乱跳。

胖警察掉头也往东边看了看，对老黄说：

"好了，你把你的电话再留一下就可以走了，有什么事我们再找你。"

老黄松了一口气，马上把自己家里的电话说了出来。

"再说一遍。"

瘦警察说。

"2499999。"

老黄说。

"怎么这么多九？"

瘦警察要老黄再重复一遍。

"就这样吧，不过我们也许还会找你。"

那个胖警察在手机上把老黄说的电话号码记了下来，"嘀嘀嘀"地按按钮，按完，还又看了一下，然后才和那个瘦警察一前一后开始过街，他们一扭身，又一扭身让过一辆车又一辆车，很快就已经过到了街对过，那边有一个牛奶摊子，胖胖的摊主是和老黄一个院子的人，每天都会把一车各种品牌的牛奶推出来，晚上卖一阵子，早上再推出来卖一阵子。老黄发现卖牛奶的老头在朝这边看，好像是卖牛奶的老头已经发现了这边存在的问题。

老黄马上把脸转了一下，觉得自己还是应该马上回家去，趁自己老婆没有看到自己，这种时候，最好是别再节外生枝。

老黄再次回到家里，他想让自己好好儿静一静，他打消了去厨房给老婆和女儿做晚饭的念头。他心慌意乱，到里屋用一根手指把电视开了，电视里正在演白先勇青春版的昆曲《牡丹亭》，那年轻美貌的杜丽娘正在屏幕里且歌且舞，每唱一句都要做一套繁复的动作，已经唱到了"一丝丝垂杨线，一丢丢榆荚钱"。老黄坐在那里根本看不进去。这时候门响了，当然是老婆李晶回来了。老黄赶忙从沙发上跳起来，一下子，慌慌地坐到电脑旁边并且把电脑快速打开了。电脑放在一进门那边，放电脑的桌子总是被小竹弄得乱糟糟的，小竹虽然已经上了班，却还像个小孩儿，从来都不知道把桌子和屋子收拾一下，电脑桌上总是放满了乱七八糟的东西。老黄这时候忽然火儿了，把女儿小竹放在电脑桌上的东西一下子扫到地上去，那是几本《时尚》杂志，几支笔和一个很好看的红漆手镯，镯子上边雕满了牡丹花，镯子旁边还有一个小竹上大学时用的放笔的金属筒，金属筒上画满了可笑的动画。老黄差点儿把自己从韩国带回来的那个茶杯从电脑桌上也扫下去，这只杯子很别致，老黄去韩国没买什么东西，那边的东西太贵，比国内几乎要贵到三四倍，但为了纪念他特意在济州岛带回这么一个杯子，这只杯子的盖子可以做杯托，杯里还有一个篦子，但因为太小，喝茶的时候要不停在倒水。老黄在韩国的时候，别人都去找了韩国小姐，唯有他不敢，在屋子里待着看电视，看腻了电视就下楼去走走，那天下着雨。

老黄的老婆听到屋里的动静了，问了一声：

"啥东西掉地上了？"

老黄在屋里没说话，喘口气，又弯下腰来，把地上的书和本子都一一捡了起来，他总是这样，在家里想认真生一下气，但又不敢。老黄的老婆这两天正为老黄执意要修卫生间而有些不高兴，她始终认为这是白花钱，更重要的是她认为小竹已经找上了对象，小竹结婚要花一大笔钱，所以这时候不应该花这些不必要花的钱。用她的话说就是"没一点点用"。老黄是一听她这话就来气，就说人活在世上未必做什么非要考虑有用没用，花有用没用，花没用你插它做什么？暖气罩子有用没用？没用你还打罩子做什么？一个人有没有品位主要是要看这个人有没有闲情逸致，问题是所有世界上的闲情逸致都没有用，连丘吉尔那样的伟人还养鹦鹉呢。老黄的话再说下去就有些伤人了，老黄说自己老婆李晶压根就不懂这些，因为李晶她们家压根儿就没有懂艺术的，老黄又说古话说得好，三辈子才懂得吃饭，五辈子才懂得穿衣。老黄这边这么一说，老黄的老婆李晶那边就急了，说你们，你们不过是臭斯文。凡是人，谁生下来不懂穿衣吃饭。

老黄的老婆李晶照例是一回家就先上厕所，为了节省电，她照例是不开灯，她不像老黄和他们的女儿小竹，一坐到抽水马桶上就要看书，老黄是看菜谱，小竹是看关于美容的书。李晶就那么黑乎乎地在厕所里蹲了好一会儿，老黄才听到卫生间里终于传出来的"哗啦哗啦"的放水声。李晶从卫生间里出来直接去了阳台，装潢家的时候老黄把厨房放到了阳台上。老黄听到李晶在阳台上对自己说要自己给小竹打个电话，问问她回来吃饭还是在外边吃。李晶的意思是小竹要是不回来吃，那她就做面疙瘩汤吃，放一个山药在里边煮煮，再放一个西红柿，再打两颗鸡蛋。她总是这样安排晚饭。老黄只好打了电话，女儿小竹在电话里显得很烦，说已经在车上了，马上就要到家，说手机已经没多少钱了，就这么吧。老黄打完电话也没去阳台，他去了卫生间，想在手上擦点护肤霜，每次洗完澡，他都会发现自己的手很干燥，秋季是个干燥的季节，指甲那里总是在掉皮，他站在卫生间里往手上擦油的时候，通过卫生间和阳台之间的小窗口对阳台上的李晶说："你宝贝姑娘回来吃饭，你看着做。"

老黄把手在鼻子前闻闻，又说：

"我晚上不吃了，我觉着头晕，可能血压又高了。"

"你说什么？你到阳台上来说，我听不见。"

李晶在阳台说。

老黄去了阳台，李晶已经围上了围裙在那里剥葱，那是一根很粗的葱。

老黄家里的阳台是个细长条儿，收拾得很干净，白瓷砖的窗台上放着五个朱红色的倭瓜，倭瓜旁边是一排西红柿，窗下是一摞整箱的饮料，老黄自己从不喝这种饮料，也建议李晶和女儿也不要喝，原因是里边有防腐剂。他总是说饮料里有防腐剂，所以现在她们也都不喝，那些饮料李晶又舍不得送人，所以从过年就一直放在那里，只有当客人来了李晶才会取出几筒招呼客人。

"我已经看过塑钢和护窗了。"

李晶的兴致显得很好，她对老黄说她下班的路上顺便看了好几家，比较了一下，她转身把一块塑钢料拿过来让老黄看。老黄说自己也不懂这个，李晶便说八个宽的是一百八十一平方米，六十个宽的是一百六十一平方米。

"咱们当然要八十个宽的。"

老黄说，问护窗呢，是十四个粗还是十二个粗？

"十四个的实际上就是十二个粗。"

李晶又取出一段钢筋要老王看。

"我不看了，看了也不懂。"

老黄突然说在这个家我从来都是说了不算，什么事都是你了算，我无论做什么事你都说不好，你来定就行了。

李晶看看老黄，不说话了，不说话就是表明她心里很满意。卫生间的装修图也给她看过了，她也说不出什么。老黄那天还想把女儿小竹也拉到卫生间里说说，小竹却说这种事她不管，怎么装修都可以，只是务必要安一面大镜子，可以照全身的那种。小竹说家里怎么就不安面大镜子。小竹现在平均每天都要在镜子前消磨一个半小时，早上，一张脸是洗了又洗，然后再细细化妆，有时候老黄实在是给早上的那泡小便憋得受不了，便对隔着门的小竹说我先上一下卫生间好不好？小竹便明显的不高兴，说爸你凑什么热闹哇，怎么非要挑别人在卫生间里的时间你也要上卫生间。到了晚上，小竹在卫生间里消磨的时间更长，老黄实在是憋得受不了，会把尿分好几次尿在那个紫砂的小笔洗里。老黄有时候会给憋火儿了，就对小竹发火，说小竹你赶快滚蛋吧，想去哪儿去哪儿。老黄奇怪女儿怎么会变成了这样，而且，更不像话的是天天都要洗一个澡，这也太费电了。"你怎么不在学校里洗，又好洗又省钱。"老黄那天对小竹说。老黄这么一说小竹就火儿了。"我在学校洗什么澡，碰到了学生多不好看，光溜溜的多难看。""我也是当老师的，我当年还不是和学生们一起洗澡？"老黄说。"你那是什么时候，现在是什么时候？再说你们是男人。"小竹说。"为了省钱你也该到学校去洗，你看看这个月的电钱又是一百多。"老黄对女儿说。"我给出五十，有啥了不起。"小竹说。不用过多长时间，老黄会马上对自己说的话表示抱歉，他会用那个韩国茶杯给小竹倒一杯香得让人脑门都发疼的乌龙茶，端过来，说爸爸不会跟你要钱的，你还能在家里待多长时间，所以爸爸会珍惜和你在一起的分分秒秒。老黄这么说的时候自己就先感动了起来，眼睛不由得有些红了。"还让人看不看电视？"小竹却不激动，脸朝着电视，脱口就是这话。老黄只能在一旁张大了嘴，从侧面看着女儿，他总想着怎么和女儿能好好儿说会儿话，但怎么也说不到一起。

里屋的电脑还开着，老黄又去了里屋，电视里的古装女人突然喊了一声"县太爷，你要为民女做主哇"。老黄愣了一下，屏幕上，不知什么时候已经换了一出戏，老黄想弄清这是一出什么戏，但好一阵子都想不起来。

"我晚上不吃了。"

老黄坐下来，叉开腿，身子往后仰，用两手抱住自己的后脑勺，对阳台那边的李晶说。

"是不是晚上又有吃饭的地方？"

李晶在阳台上说。

"我难受！你知道不知道？"

老黄大声说：

"我难受！"

"我又不是大夫，难受怎么不去医院。"

李晶在阳台上说。

"我才不愿去医院。"

老黄从沙发上跳起来，穿过厅子，走到餐厅的那张花梨木方桌前，他想起吃药了，"哗啦"一声拉开小抽屉，把晚上要吃的药取了出来，他声音很重地把那些药瓶都取了出来放在桌子上，然后他把药片一样一样都放在手心里：一粒褐色的复方降压，一粒白色的肠溶水杨酸，一粒棕色透明的深海鱼油，一粒深褐色透明的卵磷脂。老黄把这些药放在手心里看了看，叹了口气，一把把它们送到了嘴里。

"妈的，现在就没一个好人。"

老黄大声骂了一声。

"你怎么了？"

李晶在阳台里问了一声。"哗"的一声，把什么下了锅，是葱花儿，味道很快就在屋里散开了，老黄知道李晶又在锅里放了很多葱花儿。

"我给你和你女儿买了包子了，牛肉芹菜馅儿的。"

老黄忽然想起了这事。

"明天你自己好好吃吧。"

李晶磕了一下手里的铲子,"砰"的一声。

"你和我生的是什么气?"

老黄气呼呼地来到了阳台。

"我生气,我生什么气?你今天怎么了?"

李晶侧过脸,奇怪地看着老黄,又翻了几下手里的铲子,停下来,又看老黄,又翻了几下手里的铲子,说你女儿今天又跟着黄金去看房子了,已经看了七八处了,看样子他们准备结婚了。

"你是不是不希望他们结婚?"

老黄说,他想把自己的情绪控制一下。

"你今天是怎么啦?我不希望他们结婚,你说什么?"

李晶看着老黄。

"那你想说什么?"

老黄说,把身子靠在门上。

"小竹说想要分期付款,也不知是不是黄金的主意。"

李晶说分期付款我看不好。

"那又怎么,现在很多人都在分期付款,没什么不对。"

老黄说北京那边也都是这样,连外国也是这样。

"我不同意。"

李晶用铲子磕了一下锅,把一片菜叶从铲子上磕下去,然后才对老黄说要分期付二十年你知道不知道?到时候不单单是你跟我老了。

"要是一两年能付完还叫什么分期付款？"

老黄说。

"我不愿我女儿和我一样，一进门就过穷日子。"

李晶说。

"你怎么啦，咱们那时候谁结婚和咱们不一样？"

老黄最怕自己老婆说这种话。

"当然不一样，人家那时候就有录音机，你有没有？"

李晶说。

"你现在什么没有？"

老黄说咱们家那么好的录音机你听吗？还不是给塞在沙发壳子里，还有那些录音带，你听过一回没有？

"别人戴那么大的钻戒，我有吗？你给我买没买过？"

李晶忽然把手朝老黄伸过来，五个手指张着。

"现在谁戴真的，戴出来的都是假的，要是真钻戒还了得？连那些著名演员戴的都是假的，别看她们珠光宝气，其实是玻璃气，亮闪闪的玻璃气。"

老黄忽然想笑，自己的这种形容太好了，"玻璃气"。

"你说都是假的？"

李晶看着老黄，说你骗谁？

"真的谁敢戴，这么大，这么大，这么大，还有比核桃都大的！还有比苹果大的，还有比拳头大的，你相信那是真的？要是真的社会上乱哄哄的还不让人把手给砍下来。"

老黄用手一下一下比画着，激奋地说。

"现在这社会又这么乱！"

"你怎么啦？"

李晶看着老黄。

"没事！"

老黄说。

3

老黄这天的心情糟透了，那种幸福感一点都没有了，他很怕李晶发现自己心情不好，要是让李晶发现了自己心情不好，她一定会不停地问来问去，那就更让人心烦。到了晚上，老黄还是吃了饭，吃了一点李晶做的面疙瘩汤，面疙瘩汤里加了香油和香菜，味道还可以。老黄平时的食欲总是很强，吃饭总是大口大口地吞咽，而且节奏总是比李晶快，他总是把自己要吃的那一份儿一下子拨在自己的碗里吃完就算，要是想慢慢吃这顿饭，他就只能是一边看书一边吃，看书的时候他会把他的黑边圆眼镜摘下来放在一边，不知从什么时候开始，老黄的眼睛已经老花了，但他又不肯承认自己老花了，只说这么看书舒服一些。这天晚上老黄的吃饭节奏明显慢了许多，吃得心不在焉，他一边吃一边和李晶说小竹的事，他想让自己轻松一下，说小竹和黄金去了五台山两天会不会那个了？说现在的年轻人不把那事当回事，又说到小竹和黄金结婚的事，说现在的婚礼主持人总是拿新郎新娘的父母开玩笑的事，说那简直是耍流氓，问题是现在的人越变越流氓了，什么话都敢说，什么事都敢做，那些婚礼主持人真是下流，他们下流还不说，他们会让整个场子都调动得下流起来。

"所以小竹结婚的时候咱们最好不要请主持人。"

老黄说他已经想好了。

"还是应该请吧？主持人不介绍谁知道谁和谁的关系？"

李晶说。

"到时候我带着你挨着桌走一圈儿就都认识了。"

老黄说那还不容易。

"带我做什么？"

李晶说你要带的是你姑娘和黄金，让他们给客人挨着敬敬酒。

"我看你姑娘过年不可能办。"

老黄说房子买下来还要装，装也得两个多月，铺地板，做木工活儿，最后油漆粉刷，最少也得两个月，到时候油漆味儿还怕跑不光，问题是油漆味儿可能致癌你知道不知道，听说在那种油漆味儿里生豆芽都生不出来，为什么？因为豆芽也要呼吸。

"最好是能离咱们近一点儿，能互相照顾照顾。"

李晶对豆芽呼吸不感兴趣，她说她心里想说的，说让小竹住得离自己近一些也不是要他们今后照顾咱们，到时候还不是给他们看看小孩儿，小竹有个什么事可以不必急着赶回去，中午也方便回来吃口饭，说到底，吃饭还是人多一点香，要是一个人，我连菜都不会炒了，下面条也许都不会下了。

老黄忽然笑了一下，看着李晶。

"你笑什么？笑我？"

李晶说。

"笑你干什么？"

老黄说我是笑咱们姓黄的找了他们姓黄的，生个孩子就叫三黄好了，说实话我都不喜欢我自己姓黄。

"生个男孩儿就叫黄纳，生个女孩儿就叫黄娜。"李晶说她已经想过了，姓黄的真还不好起名字，如果小竹生下男孩儿就叫"黄纳"，是绞丝旁的纳，生下女孩儿就叫"黄娜"，是那个女字旁的娜，你念念，好听不好听？

老黄两眼看着李晶，手指在餐桌上画了画，其实他在心里想别的，但嘴上还是说这名字还可以，但还可以起更好的，老黄心不在焉，要在往日，他总是早早吃完去看他的电视，可今天他一直陪着李晶吃，一直等李晶吃完，李晶吃饭的时候老黄就一直在厨房里坐着看那几张过了期的"文物报"，又有人挖了一座古墓，挖出了一些烂陶罐。还有人向国家捐献了一些字画，结果后来发现都是假的，都是仿品。

"我们姓黄的生孩子叫'黄鼠狼'或'黄瓜'也挺好。"

老黄想开个玩笑，自己却没笑出来。

李晶笑了好一阵，然后去了阳台。

"要不就叫'黄花菜'。"

李晶在阳台上说。

李晶收拾完厨房已经快八点半了，她端了一盘烂苹果过来，苹果还是八月十五的时候老黄的学生送的，过节的时候，总是有人送老黄东西，那些东西放在那里即使不吃，老黄看着在心里也会有一种幸福感，还有酒，酒的作用在老黄这里不是喝，而是摆在那里给老黄一种幸福感。

"扔了多可惜，你也吃一个。"

李晶递给老黄一个削过的烂苹果。

老黄把苹果接了过来，咬了一口，又咬了一口，要在往日，老黄肯定不会吃这些烂苹果。

"你是不是有什么事？你怎么这么听话？"

李晶看着老黄。

"我能有什么事？没事。"

老黄说。

"我看你心不在焉的样子。"

李晶说是不是单位里又有事？

"今天下班回来你干什么去了？"

老黄问李晶。

"什么也没干。"

李晶说。

"我看见你下车像是买香蕉，香蕉呢？我没看到香蕉？"

老黄说你怎么没买。

"那个贩子的香蕉要两块五毛。"

李晶说她没买？

"别人的要多少钱？"

老黄问。

"两块吧。"

李晶说。

"多五毛你就不买了。"

老黄说你越来越会过日子了。

"你在什么地方看见我了？"

李晶说我怎么没有看到你？

"跟你说我去买包子，从这边过街的时候看见你了。"

老黄说。明白李晶没有看到他和那两个警察，这样最好，要是看见就麻烦了，一点小事李晶都会问来问去。

小竹就是这个时候回来的，她在外面按了一下门铃，又按了一下门铃，小竹的性子很急，没等家里把门替她打开她已经自己开门进来。小竹手里又提了一提袋关于房子的资料，那种印刷十分精美的册子。小竹每看一回房子就会提回一大堆关于房子的资料，现在的房子资料印刷真是精美，简直就是画册。李晶很喜欢看这种画册，每看一回心里就会难过一回，每看一回就会说起她刚结婚和婆婆一块住的事。那时候老黄还住在黄瓜园，是一南一北两室的房子，还没有厅，只有一个光线很暗的小厨房和一条狭长的过道，卫生间就更小，黑咕隆咚刚刚能蹲下一个人，过道里要是放两辆自行车，过人都很困难。老黄的母亲那时候住了朝阳大的那间，老黄和李晶住小的背阴的那间，生下小竹后，有一次过年打扫房子，老黄和李晶把家具倒来倒去，家里乱得了不得，老黄悄悄对李晶说咱们现在是三口了，是不是可以趁刷房和妈把房子倒一下。李晶当时就表示反对，说你母亲上年纪了还是住在朝阳那头儿好。结果李晶和老黄在小房里一住就是五年，为了这事，老黄直到现在对李晶还心存感激，李晶是个心眼很好使的女人，虽然嘴有时候有些不好。

"你又去看房子了？"

李晶问小竹。

"累死我了。"

小竹在卫生间里说。

小竹一回来就先去了一趟卫生间，她这习惯和她母亲一模一样，总是要把肚子里等待排泄的东西带回家来解决。小竹和她母亲的不同之处是一进卫生间就要把所有的灯都打开。小竹在卫生间里还擦了一下脸，然后从卫生间出来，坐过来，一家三口人就都坐到里屋的沙发上了。这就是老黄家的生活，不能说是刻板，但有点像是印刷品，每一页上都是铅字，细看不一样，猛看一模一样。老黄和李晶一边看电视一边还在吃他们的烂苹果。小竹说她要减肥就不吃饭了，只去厨房热了一个包子拿在手里吃着。李晶把苹果核放在盘子里，不看电视了，她凑在电脑桌边的灯下翻那本小竹带回来的房子画册，画册印得实在是太精美了，以至于在灯下有点反光，看着画册，李晶忽然对女儿小竹说她已经替小竹想好了。

"想好什么了？"

小竹说。

"要不就买套二手房子，二手房子也不错。"

李晶对女儿小竹说。

"咦，您同意我买二手房了？"

小竹说。

"你和黄金也可以看看咱们旁边邻居的房子，重新装了一下和新房也一样。"

李晶说前几天她特意为了小竹到邻居那边看过了，虽然邻居那边那些木地板被拆掉有些可惜，可现在铺的白地砖让人感觉家里一下子亮堂了许多，最让李晶感兴趣的是阳台，到处是亮晶晶的，李晶还让老黄也过去看，老黄居然也过去看了一下，从邻居家出来后老黄告诉李晶邻居家阳台上用的都是水晶板，虽然现在最时兴，不过也最小气。老黄说只有没受过多少教育的小市民才会喜欢这种低级的亮丽，老黄坚持认为家里装修还是柔和一些为好，老黄对李晶说下一步家里装修阳台就要做亚光的。

"我想过了，现在的房价正是最高的时候。"

李晶又对小竹说二手房只要布局合理也行，主要是现在正赶上房价到了顶峰，现在买房太吃亏，先买套二手房，等什么时候房价下来后再买合算。

"我和黄金准备分期付款。"

小竹说她和黄金已经看准了水景园那边的房子，水景园离老黄家不远，紧靠着那条河。河对过是学院区，学院区和水景园之间是个生态公园，种了许多树，当然还种了许多草，别的不说，只说空气就要比市里好得多。

"你又说分期付款？"

李晶不看画册了，看小竹的脸，小竹的脸上最近长了不少小疙瘩。

"一百二十平方米的三十五万，先付十万，剩下的二十五万再付二十年。"

小竹说。

"二十年？你有几个二十年？"

李晶马上叫了起来。

"现在人们买房都是分期限付款。"

小竹说。

"我不能看着你一进门就过穷日子。"

李晶把画册合上了。

"怎么就是穷日子？"

小竹说她一个月挣一千五，黄金一个月也差不多一千五，两个人的工资加起来是三千，每个月还八百块钱的付款，还剩两千二百多，够生活了。

"你们不要孩子？孩子一个月要多少钱你知道？雀巢奶粉一桶多少钱你知道？"

李晶说这还不说别的，七的八的加起来你还过不过日子？

"我们不要孩子，起码是近几年不要。"

小竹说。

"你多大才要，三十岁？四十岁？啊呀，你最好六十岁再要。"

李晶有点儿火儿了。

"这是我们的事。"

小竹说。

"放屁是你自己的事！"

李晶火儿起来了，她最近总也是很容易就发起火儿来。

老黄看看李晶，他说他也不同意小竹晚要孩子。

"说房子，老黄你说！"

李晶对老黄说。

"孩子当然还是早要的好，双方父母可以帮你们带一带。"

老黄说。

"你说房子的事，谁让你说孩子了？"

李晶说。

"现在到处是分期付款买房子。"

小竹又说这种事一点都不新鲜了。

"好多人都这么做。"

老黄看着李晶。

"说一千道一万我也不同意你分期付款，到时候一进人家门就还账，我不能让你和我一样一进门就过穷日子。"

李晶说她自己是穷日子过怕了，当年一进这个家就过穷日子。

老黄最怕李晶说这种话，他马上掉过脸去对小竹说分期付款我看就不错，有压力的日子才是年轻人要过的日子。老黄又掉过脸看着李晶，说我知道你下边又该说什么了，我最讨厌你说谁谁谁的儿子又找了个矿长的儿子，又有车又有很大的房子。

"反正不能分期付款买房子。"

李晶说。

"是我过日子还是您过日子？"

小竹在一旁说。

"是你过也不行！"

李晶说。

"我过日子就有我自己的打算，您不能替我打算。"

小竹说。

"反正这事我定了，就是不能分期付款，他黄金能结婚就结，不能结婚就别结。"

李晶的火儿突然大了起来。

"那您让我们什么时候结？"

小竹在一旁笑了一下。

"多会儿有房多会儿结。"

李晶更火儿了，声音很尖。

老黄在旁边看看李晶，说你不要这么大声好不好，邻居们还以为咱们是吵架，老黄站起来，到窗那边去，对面楼的一家厨房里有人在炒菜，可以看到煤气炉把那张小脸映得很亮。老黄把窗子"砰"地关了，然后又去了厨房，把那边的窗子也关了，这下子好了一点，外边听不到屋里的声音了。老黄又回到屋里，看看李晶，又看看女儿小竹，说自己该出去量一量血压了，再这么下去血压就有危险了。老黄在厅里换鞋的时候又朝屋里说了一声，说他同意小竹的做法，分期付款不是不可以，如果因为买房子给人家黄金家造成很大的困难，咱们也于心不忍。

"年轻人的日子最好要有一个曲线，上升的曲线，不要一结婚什么都有了，什么都有就是什么都没有，连意思也没有了，没意思的日子有什么意思。"

老黄对屋里说。

小竹在屋里忍不住笑了一下，为"没意思的日子有什么意思"这句话。

"当然有意思。"

李晶在屋里很火儿地大声说。

"当然没意思！一说话就这么大声音有什么意思！"

老黄突然也火儿了，说李晶你怎么现在变成这样了，动不动就是钱，让你姑娘找个矿长的儿子，钱倒是有，人家再在外面玩儿个二奶你说说哪个好，让你女儿再找个八十岁的，钱更多，你找也可以！

"放屁！"

李晶把吃过的苹果核儿一下子都扫到地上去。

老黄愣了一下，李晶说脏话说明她真是火儿了，老黄不想和她再说下去了，他也不敢，白天发生的事让他一点儿都不敢对李晶发火儿，老黄拉开门出去了，他觉得真是烦死了，警察的事加上现在的事。李晶现在怎么会变成了这样，更年期也不应该这样。老黄出了门，转过了他住的那栋楼，小区门口那边，还有人在灯下打扑克，小区外边很热闹，老黄出了小区，他要散散步，慢慢绕着小区走一圈儿，也就是十分钟的事，要是心还静不下来，他会多绕几圈儿，他是从东往西绕，从胡同出去往南，再往西，再往北就绕回来了。有一对小青年在电力宾馆前紧紧搂着，搂得不能再紧，再紧就没一点儿办法了，有一个年轻人忽然出现在他们旁边，真是离不远，笑嘻嘻拉开裤子就开始小便。电力宾馆旁边的小书店里有几个人在翻书，好像是看了好一会儿了，靠着书架。在旁边的茶叶店里有人坐着喝茶。喝茶的人里边有认识老黄的，是那个大鼻子老白，就住在老黄楼上，老白冲老黄招招手，笑眯眯地说老黄你也进来喝杯茶：

"喝杯王老板的好茶。"

"不了。"

老黄对老白摆摆手。

"咱们的门铃怎么又坏了？"

老白对老黄说这几天门铃怎么又坏了。

"我再也不管这麻烦事了。"

老黄又摆摆手，说上次门铃坏也是按着墙上贴的方便名片找的人，让人们去找吧，问题是人人都能找得到，自己再也不管这种事，再说自己很忙，上半年在外边跑了大半年，这个月还要去一趟太原开会，十二月底还要去一趟泸沽湖。

"都是你旁边那家人搞装潢搞坏的，天天把防盗门用破砖头支来支去。"

老白对新来的邻居很不满。

"都是邻居，也不方便说什么。"

老黄说。

"你不坐下来喝一杯？茶真的挺好。"

老白又说。

"不喝。"

老黄说自己从来都不怎么喜欢喝乌龙，再说这时候也不是喝乌龙的时候。

"那两个警察，下午，是不是向你调查车牌子的事儿？"

老白忽然说。

老黄忽然愣了一下，站住了。

"我看见那两个警察在门口儿拦住你还以为是问车牌子的事。"

老白笑了起来。

"你看见我了？"

老黄说。

"我还以为那两个警察找你问车牌子的事，这几天警察正调查车牌子的事。"

"车牌子？"

老黄不知道老白在说什么。

老白说小区里这几天一共丢了八个车牌子，说那些偷车牌子的总是把车牌子放在小区的某个角落，然后再给丢车牌子的车主打电话，让他们一个车牌子交二百，然后才把车牌子放在什么地方告诉车主。老白说警察这几天正在调查这件事，可又抓不到人，查电话也查不到，到银行里查银行账号也抓不到，那些偷车牌子的都是些年轻人，连警察都不知道他们是在什么地方打电话，也不知道他们在银行里的账号是怎么回事。

"院子里已经丢了八个车牌了？"

老黄吃了一惊，他还不知道这种事。

"你说是不是丢的少？"

老白看着老黄。

"我看那些警察都是吃大便的！"

老黄突然就愤怒了起来，说也许他们就是那些偷车牌子的家伙们的同伙儿！

"老黄你说对了，我看差不多就是贼喊捉贼。"

老白拍了一下手，老白的鼻子很大眼睛却很小，样子长得很滑稽，当年开饭店挣了不少钱，现在什么也不做，天天和朋友们打打牌喝喝酒，日子过得很舒服。

老黄忽然不想走了，想坐下来和他们一起喝杯茶，但他不愿意回答老白的问题，只说那两个警察是他的同学。

"不过，我也不想有当警察的同学！有当警察的同学太丢脸，因为警察差不多都是硬狗屎！又臭又硬！"

老黄气愤地说。

4

老黄已经摸透了李晶的脾气，只要他一动气，李晶那边基本就没什么事了。

第二天，老黄早上起来的时候，李晶正在蹲厕所，老黄轻手轻脚要出去的时候，李晶在卫生间里忽然开口说了话，问老黄是不是去菜市场，要是去的话不妨再到花市那边看看有没有粉色的百合。

"怎么又买花？"

老黄说瓶子里的水竹不是好好儿的，问题是节日已经过去了，下一个节日还没有来到，老黄家里的习惯是过节的时候要插些花。

"黄金他父母今天中午要请咱们吃饭，你说这和过节日有什么两样？"

李晶在抽水马桶上说你一辈子只有一个姑娘你知道不知道。

"吃饭是在饭店，花可是往家里插，你总不能带着花瓶去饭店？"

老黄说，想笑一下，但没有笑出来。

"吃完饭他们还不来家里坐坐？家里还不布置布置？"

李晶在卫生间里说。

"想不到他们倒要先请咱们吃饭？"

老黄说。

"当然是应该他们先请咱们，然后咱们再请他们。"

李晶在卫生间里说。

"定了饭店没有？"

老黄说。

"还没定，咱们答应了去他们才敢定。"

李晶说要不咱们就去吧，迟早是亲家了。

老黄不走了，回身站到卫生间门口和李晶说话，说去可以，就是不能谈具体的，不能像别人那样一见面就谈金项链了什么的，那样太俗气，要是谈这些自己就不去，去了也最好别说房子的事，别像你昨天晚上，动不动就动气，还胡说。

李晶坐在马桶上慢慢地说老黄你也别再说昨天的事：

"说今天的事吧，你去还是不去？"

"当然去，这种事我能不去？"

老黄说。

"别到时候你又有应酬，你想想，老张姑娘结婚是不是今天？"
李晶说。

"去可以，你别说房子的事，你想一想，咱们家加上黄金他们家，两家各有一套房子，咱们还是两套，这房子到后来会是谁的？小竹她们要这么多房子干什么？所以去了最好什么也不谈，联络感情就是。"

老黄去厅里电话旁看了一下台历，老黄有什么事都会记在台历上，老张的姑娘结婚不是今天的事，是七号。看完台历，老黄又站在卫生间门口看着李晶，李晶穿着那身白地粉花儿的睡衣，在家的时候，李晶总是穿着这身睡衣，下边是那双小竹从五台山给她买回来的绣花鞋。

"反正女儿是你的女儿，她姓黄，又不姓我们的李，你看着办吧。"

李晶坐在马桶上看着老黄的脸，这说明她已经不生气了。

"要不，我等你，咱们一起去菜场转转？"

老黄看着李晶。

老黄很少和李晶一起转菜市场，转商店的时候也很少，主要是李晶看得十分细，什么都要看，什么都要问一问，常常弄得老黄心里很烦。但老黄认为自己在这个时候绝对不能和李晶闹一点矛盾，昨天晚上老黄失眠了，一晚上没合眼光想那两个警察的事，弄不清那两个警察是怎么回事，是不是有人有意在背后害自己，问题自己是什么也没干，要是真干了小姐也算，要是有人故意在背地里害自己那就太可怕了，谁也拿不准下一回还会有什么事。

李晶已经打消了洗脸的想法，她说回来再洗。

"你也不换换衣服？"

老黄对李晶说。

"回来再换。"

李晶说现在早上出去锻炼的人哪个穿的不是睡衣或者运动衣，还有穿短裤就出去跑步的，还有穿三角裤也去公园跑步的，这个世界大了，什么人都有。

"穿三角裤？"

老黄看着李晶张了张嘴，想说什么，但还是没说。

李晶跟着老黄去了菜市场。菜市场在老黄家小区的西边，过了那条街再往西去就是，南边正对着儿童公园。所以这里特别热闹，因为热闹，所以来这里的人特别多，人这种动物就是喜欢往人多的地方跑，菜市场外边的街道两边都是菜摊。老黄和李晶在菜市场的入口地方先买了四个刚刚烙出锅的馅儿饼，等馅儿饼的时候买了五毛钱的绿豆芽，因为那卖豆芽的摊子就在烙馅饼儿的旁边，顺便还买了五毛钱的韭菜。买完馅儿饼，老黄和李晶又走到西边那个出口的地方买了两块钱的油皮，李晶知道老黄特别爱吃韭菜炒油皮，颜色就好看，金黄的油皮和碧绿的韭菜。往回走的时候老黄看鱼摊子那里的鲫鱼特别好，老黄又坚持买了十条鲫鱼，老黄想好了，这十条鲫鱼做好了要给自己母亲和小弟送过去四条，这样一来就是每人两条。老黄特别会做鲫鱼，用大量的香菜，一层香菜一层鱼，一层香菜一层鱼，鱼肚子里要填上大葱和姜块儿。老黄觉着自己最近一个时期说什么也要讨好着点儿李晶，最好还不要发生什么矛盾。从菜市场出来，老黄和李晶去了对过的花市，花市的门口和过道两边都是卖瓷器和花盆儿的。李晶最喜欢红色的玫瑰，老黄就买了一束红玫瑰，一束闻起来还很香的红玫瑰。

"你闻闻这花挺香。"

老黄让李晶闻闻玫瑰。

"你不是喜欢白的？"

李晶说。

"你喜欢什么我就喜欢什么。"

老黄说。

"你是不是有事？"

李晶看看老黄，说老黄你不说这种话你已经有二十多年了。

"我能有什么事？"

老黄的脸忽然有些红，好在花市里的光线很暗，他用手摸了一下菊花。

老黄和李晶到家的时候小竹已经起来了，正在卫生间里收拾自己，脸上涂了许多美容泥，样子像非洲人。老黄用玻璃花瓶把花插好了，听见小竹在卫生间里说黄金刚才打来了电话，说他们家已经把饭店定好了，就在东城那边的"雅安饭店"。

"不过是晚上，中午饭店的雅间都满了，现在人们都在忙着结婚。"

小竹拿了一个馅儿饼又跑到卫生间里去。

"你怎么在卫生间吃东西？"

老黄对小竹说。

"那有什么？又不是共公厕所。"

小竹说，看着镜子里的自己。

"你在卫生间里吃东西？"

老黄对女儿说。

"谁规定不能在卫生间里吃东西？"

小竹说。

老黄就不再说话了，跟着李晶去了阳台。

"晚上更好，我还可以去做做头发。"

李晶开始在阳台上收拾她的鱼，她计划把鱼收拾完再把老黄买回来的芥菜腌了，这用不了多长时间，做完这些，她要小竹跟她去弄头发。

"你陪妈去弄弄头发。"

李晶对卫生间里的小竹说。

"我还跟黄金出去有事呢。"

小竹说她已经和黄金约好了。

"你以前可不是这样。"

李晶说小竹你有了男朋友就不陪妈就不对。

"我陪你去。"

老黄马上在一边说。

"这倒更稀罕了。"

李晶用手指一点一点往出扣鱼鳃，说老黄你还从来没跟我去弄过头发，你什么意思？

"我也想理一个发。"

老黄说这有什么稀罕，你要是觉着稀罕我就不去了。

"你是不是这两天有什么事？"

李晶在阳台上又说。

"我能有什么事？"

老黄说要是有事的话就是想晚上给黄金他父亲带瓶酒，最好是茅台，他们请客咱们带酒，毕竟是第一次见面。

"我看你最好什么酒都别带。"

李晶说你这么做倒好像人家请不起你。

"带酒才不见外。"

老黄说这样做才像是一家子人，一瓶酒，我和黄金父亲每人半斤。

"我怕你喝多了瞎说。"

李晶说。

"你也太小瞧我了吧？"

老黄搬了椅子，站上去，从餐厅的吊柜里找出了一瓶茅台，看了看，摇了摇，说就是它了。老黄把酒取下来，去阳台找了块抹布擦拭酒瓶的时候李晶忽然停住了手里的活儿。

"你是不是有什么事瞒着我？我看你有点儿不对劲儿。"

李晶说。

"我平时是什么样？"

老黄要自己不要发火儿，倒"呵呵呵呵"笑了，说起了小区里丢牌子的事，说后边楼那个开小吉普的胖子，那天在院子里提着根棍儿到处找，连车库顶子都上去了，想不到那牌子就在他们家窗台下边的一块地砖下边压着。

"咱们在家里居然什么事都不知道。"

老黄说这个小区一天到晚丢东西。

"咱们也得小心点儿。"

李晶说走廊门也坏了，到了晚上就那么开着，都是旁边邻居装修房子把门搞坏的，旁边邻居也不说把门修修，现在不自觉的人一天比一天多。

"你小点儿声。"

老黄说你小心让他们听到。

"听到怕什么。"

李晶说做人也不能做成个这样，光为了自己好。

"主要是现在的警察太不行了。"

老黄说警察要是有点儿真本事还会出这么多事，又是丢车牌子，又是……老黄不说了，看着李晶。

"又是什么？"

李晶说。

"警察要比小偷都坏。"

老黄说。

"怎么坏？"

李晶说，把鱼放在水龙头下冲。

"你没听说旁边那个小区最近出的事？两个警察硬说一个刚从澡堂洗澡出来的人找小姐，非要让人家出罚款，结果那人白白让罚了三千。"

"那人是做什么的？警察要罚他就让罚？"

李晶说，把鱼放在竹篦子上。

"他敢不让罚，这种事会让警察越弄越大，到后来没的事成了有的事，小事会变成大事，这就是警察最大的本事。"

老黄说。

"还是那人有鬼，没鬼怕什么？"

李晶开始洗菜了，"哗啦哗啦"她把洗过的芥菜捞出来放在另一个池子里，再在池子里放水，在这个池子里洗好了芥菜再把菜捞到另一个池子里，再在另一个池子里放水再接上洗，这样倒过来倒过去地洗了几回芥菜就洗好了。

"有鬼！有屁的鬼！"

老黄说，瞪着眼。

"你瞪什么眼？"

李晶说老黄你怎么了？你怎么知道那个人没鬼？

"问题是一说警察我就来气。"

老黄说。

"咱们又不跟他们打交道你气什么？"

李晶说你还是帮我把坛子搬过来吧，还有酒，你用酒擦擦坛子，别像去年，没等吃几口就臭了，不过你先把馅儿饼吃了再说，要不待会儿就凉了，还有包子，你把它放在冰箱里边，咱们中午吃米饭，有鱼就不能吃包子了。李晶又想起了晚上去吃饭的事，说老黄你晚上穿什么衣服？我看你还是穿西服吧！你最好穿的体体面面。李晶不但要老黄穿上西服，还要让老黄把那双三接头的皮鞋也穿上。

"那样你就会更气派。"

李晶说。

"那么我来腌菜，你去做头发。"

老黄对李晶说。

"我来腌菜，你去理发。"

李晶说她不能让别人看到她自己的男人在发廊那种地方等自己，要是让自己男人在发廊等自己，那就说明自己的男人是个无所事事的人，李晶要老黄先去理发。老黄居然变得很听话，说那我就不帮你收拾鱼了，再说我也帮不上手。老黄便去换了鞋，又把手机带上，去理发了，就在一出小区南边的那家发廊。老黄不但理了发，还把头发染了一下，老黄已经有白发了，但不多，但是老黄还是把头发染了染，这样一来，老黄就显得更加年轻。

"嚯！"

楼上的老白在小区门口看见老黄了，笑嘻嘻说老黄是不是有什么喜事：

"人怎么一下子好像是年轻了十岁。"

老黄的脸一下子红了起来。

晚上终于到了，老黄全家坐了出租车去了饭店，让老黄想不到的是黄金的父亲大老黄也拿了一瓶同样的茅台酒。但他们无论怎么努力也不可能喝掉两瓶，老黄说哪一瓶的度数高就喝哪一瓶，结果是大老黄的那瓶茅台度数高，当然他们就把大老黄的那一瓶喝掉。让老黄更高兴的是，喝酒的时候大老黄告诉老黄，他们已经定了要给小竹他们买一套新房，新房还没竣工，要到年底才可以全部交工，一共是一百二十八平方米。大老黄说好了要小竹第二天去看房子，先看看样板房，看完房子如果满意就当下把房款一下子交清。黄金的母亲也是当老师的，在宴席上对李晶说结婚这种事一辈子就这么一次，所以不要住二手旧房，要买就买新房，更不要分期付款，一结婚就还债不是件好事情。

黄金母亲的话让李晶听了心花怒放。

"黄金的父母人真好。"

从饭店出来，李晶对老黄说。

"不是黄金的父母好，是咱们小竹的运气好。"

老黄是满嘴满身的酒气。

"对，从上大学到参加工作，小竹的运气真好。"

李晶说。

"还有你，多少人一下岗就没工作了，可你还有工作。"

老黄说。

"对。"

李晶很幸福地说。

"多少大学生毕业在家里待着，你姑娘可是一毕业就到大学教了书。"

老黄说。

"对。"

李晶说，觉得自己更加幸福了。

"多少人结婚只能住小房子，你姑娘一结婚就住一百二十多平方米！"

老黄说。

"对。"

李晶觉得自己整个人都给浸在幸福之中了。

"所以说我们是幸福的。"

老黄说。

"当然我们是幸福的！"

李晶说。

"多少女孩子找对象都找不上吃财政饭的，你姑娘一下就找到了。"

老黄说。

"对！"

李晶说，但她马上又说，说现在的警察最吃香，想干什么都能干成，想要什么都能得到，黑色收入又多，你看咱们二楼那家。

"警察是什么东西！"

老黄马上就有点儿火了，他打断了李晶的话，说怎么话说得好好儿的说到警察干什么？真扫兴，警察算什么东西？你少说警察。

"我爸爸说得对，警察最不是东西。"

　　小竹在一边说，说明天黄金上午来接咱们，咱们一起去看房子。

　　"好！"

　　老黄说，那种幸福感又回来了。

5

　　星期天这种日子总是好像要比平常的日子亮快得多。

　　老黄因为喝了酒，所以一晚上睡得很香，但他睡得再香，到了早上还是会按时醒来，他醒来了，先去遛了遛了小狗。李晶和小竹也已经醒来了，而且开始了她们又一天的化妆。李晶的心情特别的好，她想好了，十一点先去看房子，看完房子要让小竹的男朋友黄金来家里吃饭，她要做一个红烧肉，一个油焖笋，再做一个鸡翅，再做一个四鲜烤麸，她一起来就已经做准备了，木耳和金针已泡在了那里，她要老黄去一个菜市场，去买五花猪肉和竹笋还有鸡翅，顺便再买一筒"梅林牌"的烤麸，她做烤麸就总是离不开梅林牌的烤麸。上午的事就这些，她已经做了安排。老黄洗了一下脸，他洗脸总是很快，然后是刮胡子，用那种三个刀片的胡子刀，这种胡子刀特别好使，可以把胡子刮得十分干净。老黄刮胡子的时候，耳边能听到天上这时又有飞机飞过，"轰隆轰隆"一阵子，老黄一直弄不明白这天上的飞机每天都在朝西飞飞到了哪里。他在心里想了一下地图，山西的西边是陕西，过了陕西是青海，好像就是青海，再过了青海好像应该是四川，过了四川是云南还是西藏老黄就说不清了。老黄心里想着地理方面的事，一直到他下楼。

"记住买铁桶的四鲜烤麸。"

李晶在屋里又对老黄说。

"你真是婆婆妈妈！"

老黄说这件事他已经记了一辈子了，还不就是铁桶装梅林牌四鲜烤麸。

因为是国庆节长假，小区里又有人家在办喜事了，有人正在往暖气井盖儿和污水井盖儿上贴红纸，也不知是什么意思，好像是怕晦气从井里冲出来把新娘和新郎裹挟了走。有人站在报栏那里看报，是楼上的老白，他看到老黄了，笑了一下，说老黄你真精神，你怎么越活越年轻还像个小伙子？他又对老黄指指报栏，说月饼大战怎么还没结束？倒好像又要开始了，说你看看报纸，现在居然有黄金月饼，上边还镶宝石，就是不知道给什么王八蛋妖怪吃这种月饼。老黄凑过去看了一下报纸，也看到那张黄金月饼的照片了。要在平时，老黄总会骂出来，但他的心情现在很好，所以只说了一句："有人做就有人买，让他们就给那些王八蛋做吧。""对，就让他们给那些王八蛋做吧！"老白也笑嘻嘻地说。老黄在报栏那里停顿了片刻，他想对老白说说小竹买房的事，说说自己上午就要去看房子的事，但老黄还是没说。

"天气真好。"

老黄一边往小区外边走一边对老白说。

"真好，下点儿雨就更好。"

老白在报栏那边对老黄说。

从小区出来，老黄想自己应该从南边电力宾馆那边去菜市场，因为那边刚刚开了一家茶叶店，他想顺便看看有什么好红茶。过了中秋节，再过了国庆节，天就要凉了，是应该喝红茶了。老黄想好了，就朝那边走，他看着车，让车过去，却又来了一辆，是出租车，这辆出租车的司机以为老黄要打出租，停了一下，老黄忙朝司机摆了摆手。也就是这会儿，老黄听到有人在南边大声喊了一声他的名字。

"黄作声。"

老黄站住了，南边街边的水果摊子是一个接一个，路边的水果摊子大多都是一辆一辆的小车，车上是要卖的水果，这两天树结柿子上市了，还有大量的猕猴桃。水果摊子后边是那个小熏鸡店，店里总亮着一盏小小的红灯，照着摆在那里的鸡胸、鸡腿、鸡翅和鸡爪，还有猪头肉，猪头肉总是亮光光的。老黄没有发现熟人，老黄怀疑自己是不是听错了，他继续往回走，这时候就又听见了两声：

"黄作声，黄作声。"

老黄这下子才听清了，声音是从菜铺那边发出的，老黄掉过脸去，一下子怔住了，又是那两个警察。这一次，那两个警察没有过来拍他的肩膀，而是站在那里喊。好像是喊老朋友。还朝他招手，意思是再明白不过，是要让他过去一下。菜铺跟前有人在乱哄哄地买葱，那边刚刚下了一车葱，秋天是人们储藏葱的季节，人们买了葱，索性就在那里把葱打成一把一把，一个人在那里打，别人也就都在那里打，因为葱好，一车葱很快就卖完了，葱卖完了，但买葱的人们还都围在那里收拾他们的葱。

那两个警察又喊了，那个瘦警察的嗓子很尖。

"黄作声，黄作声。"

老黄是不情愿，心已经"怦怦、怦怦"跳到了嗓子眼儿，但他还是走了过去，心里是一下子变得又怕又恼，早晨的那种幸福感一下子就没了。因为这时又是人最多最杂的时候，而且，这又是在老黄家的小区门口。因为，肯定是又有事了，一刹那，老黄产生了跑的念头，干脆拔腿就跑，冲过小区门前那条路，冲进小区，一直跑回自己的家，把门关起来，把自己藏起来。老黄不明白这两个警察为什么又会出现？为什么？已经给了三千，怎么又来了？往那两个警察跟前走的时候老黄已经后悔了，后悔自己怎么不装作没听到。但那不可能，那两个警察到时候会追上来，也许还会掏出枪，会一把拉住自己，也许还会把自己按在地上，到时候就更难看。

老黄的一张脸突然大红，他已经站在那两个警察的跟前了。

"我们等你好一会儿了。"

那个胖警察说。

"等我？你们等我？"

老黄想让自己的情绪稳定下来，他想自己应该和警察到一边去说话，找一个没人的地点，这一回一定要跟他们说清楚自己根本就没有找小姐，根本就不知道小姐是什么滋味，还要跟他们说明白自己是冤枉的，而且要赶快离开这里，这里熟人太多，那些熟人会马上发现自己在和警察说话，如果记性好，如果昨天有人已经看到过自己和这两个警察在一起说过话，这时肯定会明白自己有事了。

"你们为什么总是在我家门口找我？"

老黄压低了声音说，火火儿的，但他又不敢发火儿。

"你是不是想让我们去你的单位？"

那个胖警察说。

"咱们到一边去说话好不好？"

老黄用很低的声音说。

"我们要是不去呢？你的口气好像是我们的领导。"

胖警察说。

老黄朝东边看了看，他想来让这两个警察随自己到那边去说话，虽然李晶这时不会出现，但老黄还是想和这两个警察到东边的小区院子里去，那边认识老黄的人毕竟不多。

老黄心里想着这事，嘴里却说：

"你们又有什么事？"

"我们一上班就让所长给批评了。"

胖警察说因为你的事我们让所长批评了，这一个月的奖金可能没有了。

胖警察说话的时候，老黄一直往西走，老黄想一直走到西边丁字路口那边去，那边有个公共汽车站牌，碰到熟人，会以为自己是在等汽车，或者是在那里碰到了熟人，老黄走得很快，那两个警察都跟在他的后边。忽然那两个警察不走了。

"你领我们去什么地方？"

那个胖警察说。

"你走这么快干什么？你怎么不问一问我们找你做什么？"

瘦警察也跟上说。

老黄又停住，回过身，看着这两个警察。

"你们又是什么事？"

老黄说。

"昨天罚少了。"

胖警察看样子不想多说什么，他说他们都忘了节日期间的罚款数额，要在平时，三千就行了，节日期间是下六千，所以他们回去受到了领导的批评。

"所以，你必须再给我们三千。"

胖警察说。

"咱们别这么办了，这一回让他去派出所好了。"

瘦警察在一旁说。

"我跟你们说我就没找小姐。"

老黄想说明一下。

"你说什么？"

胖警察说我们放你一马是不是放错了，你这会儿倒又不承认了。

"我根本就没找小姐。"

老黄又说，人已经站在了站牌下。

"你站在这儿是什么意思？"

胖警察说。

"没什么意思。"

老黄说，老黄忽然有一阵冲动，因为一辆公共汽车开了过来，老黄想自己要是想摆脱这两个警察这倒是一个好机会，只要一下子跳上车，车就会开到火车站去，到了火车站，只要自己再随便买一张车票这两个警察就不会再找到自己。这么想着的时候，老黄苦笑了一下。想是可以想，但那样一来，自己岂不成了逃犯。

老黄回过身来，老黄听见自己在问那两个警察：

"是不是再交三千就没事了？"

"一般来说就不会有什么事了。"

胖警察说。

"如果不交呢？"

老黄说。

"那就先关十五天，然后让你老婆来领人。"

胖警察说这种事一般都这么处理。

老黄一下子又张大了嘴，他不明白自己怎么碰到了这种倒霉事。自己找了小姐也算，怎么回事？怎么就会认定了自己在浴室里找了小姐？在那一刹那，老黄都想让这两个警察跟着自己去鸿都浴城去问一下，问问那里的人，自己是不是找了小姐？但这种事能问吗？两个警察一出现，谁能保证那些小姐不乱说。

"让他跟咱们走一趟吧，让所长自己来处理这件事最好。"

那个瘦警察说要不所长还会以为咱们收了什么好处。

　　胖警察看着老黄，对瘦警察说你年轻，还没结婚，这种事，最好不要弄大了，对嫖客对谁都不好。

　　"主要是还有家庭。"

　　胖警察看着老黄，说最好是让他自己拿拿主意。

　　老黄明白这个胖警察说的"他"就是自己。

　　"你是再交三千呢，还是跟我们去一趟所里？"

　　胖警察又说。

　　这时候街上的人已经多了起来，人们要趁天还没太热出来把这天的事都办一办，买菜啊，洗澡啊，人们的生活里总是有许多鸡毛蒜皮的事，人们的生活也可以说是由鸡毛蒜皮组成的，人们天天都要把鸡毛蒜皮的事做好，鸡毛蒜皮的事如果做不好，人们的生活也许就会向坏的一方面发展了。老黄忽然深深地叹了一口气。他不明白自己怎么会碰到这种倒霉事。这是那种越说越臭、越解释越无法解释的烂事，到时候可能是没有一个人能相信他，李晶和小竹还有小竹的男朋友黄金，也许黄金都会为了这件事和小竹吹了。老黄心里的那种幸福感现在一点都没有了。他只觉得自己的嘴很干，又很苦，又干又苦。

　　"妈的！"

　　老黄说了一句。

　　"你什么意思？"

　　胖警察说要不就去所里解决吧。

　　老黄忽然紧张得把脸一下子掉了过去，因为他又看到老白了，正笑嘻嘻地朝对面的面食馆走，他要去吃早饭了，他每天都

要去面食馆吃一碗面条。老白已经看到老黄了，而且也看到了这
两个警察，老白把手里的小纸团儿扔掉了，朝这边走了过来。

老黄的心就要从嗓子眼儿里跳出来了。

"他是我的邻居，你们什么也不要说。"

老黄听见自己小声说，他想回避也不可能了。

"干啥呢？"

老白过来了，问老黄，是不是调查车牌子的事？

"是。"

老黄说。

"你们要调查就首先要查查小区的治安。"

老白的不满就要发泄出来了，就要大说特说了。

这两个警察看着老白，他们给老黄留了脸，没说别的话，都
绷着脸，他们的脸色是放给老白看，他们不说话，也明摆着不
想听老白说什么，就这么站着。老白忽然觉得很没趣，很快就
走开了。

"你看看你，以后最好不要找小姐。"

胖警察在老白离开后对老黄说看看你的汗都给吓出来了，你
这是何苦？你的岁数又不是二三十岁，是鸡巴不听主人话的时
候，你要是二三十岁，人们还能够理解，你这么大岁数了做这种
事也不考虑考虑家庭？他这么说话的时候，他看到了老黄的嘴一
下子张得更大了，是一辆车，黄色甲壳虫颜色的车从那边开了过
来，老黄认识这辆车是小竹的男朋友黄金的。车正在朝这边开过
来，已经开过来了。

"你们不要说这事。"

老黄的脸色都变了，那两个警察也顺着老黄的目光朝那边看。

但这辆甲壳虫颜色的车没有停下来，想必天下这种颜色的车不只是小竹的男朋友有。

"你说怎么办吧，我们都很忙。"

胖警察说。

"再交三千？"

老黄问。

"对，再交三千。"

胖警察说。

"三千加三千是六千？"

老黄说。

"当然是六千。"

瘦警察有些烦了。

"六千？"

老黄木头木脑地在嘴里又重复了一下这个数字，灵魂好像已经出窍了，或者已经出窍了，已经朝四面八方飞奔了。

"好！我给你们去取！"

老黄说，一只手捂着自己的胸口。

老黄从外边回来取钱的时候李晶和小竹还在卫生间里细细收拾着自己的脸，几乎是所有的女人都愿意在自己的脸皮上花费最多最多的时间。李晶在卫生间里对老黄说："你怎么这么快？东西都买回来了？"老黄这时已经冲进了卧室，他要用最快的时间把自己的钱从立柜里取出来，他不能让李晶发现自己背着她存了钱，但是这钱已经注定一大部分不属于自己了。他在屋子里，把那个牛皮纸袋已经取出来放在了口袋儿里，李晶在卫生间里又问了一句："你怎么这么快，东西都买回来了？"老黄一边飞快地动作着，一边对卫生间里边的李晶说自己忘了一件事，忘了把老周托他的一个材料给寄出去，他是又回来取材料来了。老黄飞快地做着事，飞快地又出去了。老黄的灵魂真是出了窍，他居然敢一边往小区外边走，一边把那个牛皮纸袋子取出来往出数钱，他往出数钱的时候感觉到了心痛，他已经数好了三千。他已经走出了小区的门，出了小区的门往左手转了弯，再往前走，他看到那两个警察了。老黄看了看周围，他好像什么也看不清了，他把手里的钱给了那个胖警察，老黄还听到了自己的声音。

"我跟你们说我根本就没找小姐。"

老黄说。

"你是不是真想跟我们回一趟所里？"

胖警察说。

"我根本就没找！"

老黄听见自己又说。

"天下的嫖客都这么说。"

瘦警察说。

老黄又听见自己很气愤地说：

"我没找，我白担了一个名！"

"你们嫖客……"

瘦警察没把话说完，老黄的脸色让他不敢再往下说了，即使他再说，老黄也可能听不清了，老黄满脑子里都是"嗡嗡嗡嗡"的声音。老黄看着这两个警察数了钱，然后，离开，然后，往南走了，然后，又往右手拐了下去。老黄看着自己的两只脚也跟着往南走，但他是往右拐，老黄向右拐了一个弯然后就又朝南走了，老黄站在鸿都浴城的门前了，昨天他刚刚来过这里，现在他又来了，他几乎是一下子就冲了进去，他脱衣服，他进去，他下到池子里，池子里的水真是很热，他后来又躺在搓澡的台子上，搓澡的当然没从他身上搓下些什么。然后，他又从池子那边出来，穿上了浴池的那种很软很软的浴衣，然后，他就上了楼，上了楼，又朝里边走，走得飞快。

"领导、领导。"

一个服务生在他后边喊。

"既然这么着！妈的……"

老黄急促地说。

"领导、领导。"

服务生跟在他后边又喊。

"我就找一个！妈的……"

老黄急促地说。

"领导、领导。"

服务生追上来了。

"我要一个小姐！"

老黄转回了身，大声说。

老黄听见自己大声对那个岁数看上去很小的小伙子说。

"既然这样，我就要一个小姐！"

那个服务生的嘴在那里一张一张，一张又一张，老黄终于听到他的话了，那个服务生对老黄说：

"领导，我们这里没有小姐，对不起，没有。"

雇工歌谣

1

这天，刘宝堂赶着小驴车跑了三趟，就把家里多余的坛坛罐罐又搬到旧院去了。刘宝堂的新院在村子靠南一点的地方。旧院却在村北过了那条大沟的洼地里，旧院的房子其实还很结实，就是下雨院子里容易积水，既然别人都往南边高地搬，刘宝堂也就批了地在南边盖了房。旧房去年就租给包工队住，包工队把房子糟践的了不得。冬天就在屋里地堂上点火烤芋薯吃，烟把西边的那个屋熏的硬像个窑。

这会儿姥姥没人管了，刘宝堂的小姨子跑来向姐夫诉苦，说："妈不是我一个人的,在我那儿一住就是五年,怎么也得挪挪,让人喘口气。"刘宝堂说:"这话还有错?妈是大家的,怎么能累你一个人?"就赶着把旧院收拾出来了。再说春天已经来了,旧院菜畦子里的小白菜已经顶出了两片叶子了,姥姥住在那里也好有个照看。姥姥住在旧院里,别的好说,就是晚上让人不放心。刘宝堂就去对大闺女说:"你去和姥姥做伴吧。"在乡小学教书的大闺女翻翻白眼说:"我不成,白天上课晚上还得判作业。"刘宝堂又去对大儿子刘明生说。明生这几天正和女人生气闹离婚,没好气,说:"我在乡里开小车能住旧院?"刘宝堂又去对二儿子明利说。明利说:"我刚去钢厂,早上起不来去迟了还不让开除?姥姥又叫不了我。"也不去。刘宝堂没了辙,愁眉苦脸对自己女人说:"总不能让他姥姥一个人在旧院里住,让人笑话。"刘宝堂的女人就想起了雇工史小宝和张美军。

张美军和史小宝是从河北沽源那边过来打工的,在刘庄已经待了有三年多。给刘宝堂在矿井下赶车盘煤。

晚上,刘宝堂就过去对张美军和史小宝说要他们搬到旧院去住的事。史小宝正用洗过头的水洗脚,那盆水可真够黑,张美军仰八叉躺在炕上在听耳机子。刘宝堂把要说的话说了,史小宝继续"咕吱咕吱"洗他的白脚,没说什么。张美军把耳机子摘下来,看着刘宝堂:"你再说一遍,我没听清。"

刘宝堂有些慌,刘宝堂很怕和张美军说话,就又说一遍。

"不行。"张美军马上说,"早上得起得更早。"

"又不远。"刘宝堂说。

"不远东家你咋不去？"张美军一骨碌坐起来，"那又不是外人，那是你岳母娘，再说还是你姑呢。"

"就是。"史小宝也说。

"那就算了，那就算了。"刘宝堂马上说，刘宝堂很怕"东家"这个词儿。张美军笑嘻嘻地看着刘宝堂："如果给加工资，还可以考虑。"

"不了不了。"刘宝堂忙摆手，从这屋走出去，回到自己的屋，小声对自己女人说："我也只不过说说。"说着忙给张美军和史小宝递烟。张美军这时又笑了，说现在的人都学坏了，都往钱眼里钻。话还没说完，就见女人在灯下朝自己打手势，刘宝堂掉过身子，张美军提着空暖壶在门口站着。

"现在谁不是为了钱？你雇我们不是为了钱？"张美军笑嘻嘻地说，"只不过你是东家，我们是扛活儿的。"

"快别这么说，快别这么说，有茶叶没有？"刘宝堂忙转身去拿茶叶筒。

张美军灌了水出去，院子里，明生和明利的草铡得也差不多了。"打扑克不打？"张美军站在铡好的草堆边问。

"铡完了陪你张哥玩一会儿。"刘宝堂马上从屋里出来对儿子说。

"陪他打给多少钱？"明生说。

明生对张美军很反感。

2

刘宝堂以前不是个老实人，那几年吃不饱他啥不干？偷玉米、偷山药、偷豆子，只要有空子。去城里用绿豆换玉米面时把人家的秤砣都偷回来。一共偷回六个，拿到铁匠炉老驴球那里换一副钢刃的小镰刀，还偷自行车的车铃，顺手乱拧，拧了大半口袋，去铁匠炉又换一个犁铧片。"你换个犁铧片干球啥？"老驴球说："你偷老大一堆车铃就为给队里换个犁铧片？你还爱社如家呢！"

"以后要是有了地呢？"刘宝堂说，"兴许还给自己犁地呢！"

"你还想旧社会呢，想弄两三个小洞日日？"老驴球说。

刘宝堂就气了，说："我就喜欢换这么个玩意儿敲上玩儿，给孩子们当个耍货！"他就真把犁铧片挂猪圈头上，早上"叮叮叮叮"一敲，让明生他们去上学。后来学校的白老师来家，笑着对刘宝堂说："学校的钟也让人给偷了，没个响了，你把犁铧片借我敲敲。"

刘宝堂就把犁铧片拿给白老师，说："记住这是我的，以后不用记着还我。"

"你的犁也没用。"白老师说，"你犁炕头？犁你老婆下边那张小嘴？"

刘宝堂就笑，他笑白老师不知道是哪路英雄偷了学校的那口铜钟的，那口铜钟少说也有一二百斤重，过了小半年，刘宝堂家里就多了铜瓢、铜铲、铜勺、铜盆四大件。

刘宝堂现在是个好人，愈有钱人愈变得好，胆子也愈小。家里做饭吃，好的都要先弄给张美军和史小宝吃。"时不时给他们炒个蛋，别让他们说咱们抠。"刘宝堂对女人说。张美军在那间屋吃炒鸡蛋米糕，刘宝堂在这边倒用油盐抹糕片儿吃。张美军过来盛稀饭，看了刘宝堂在吃猪油抹糕心里忽然就很感动，回去想想，忽然又不感动了，对史小宝说："他妈的，让咱们吃好了有力气，想好好儿剥削咱们。"

刘宝堂也不知自己为什么会在心里怕这个张美军，只要他一在家，刘宝堂不忙也要装着忙，忙院子、忙牲口棚、忙奶牛、忙粪堆，忙个不亦乐乎。好像当年在爹跟前耍眼前花。"你怕球啥？你怕球啥？"刘宝堂很生自己的气，你就不会像个东家？在炕上坐着、躺着、睡着、喝着、嚼着、香着？想来想去，刘宝堂就明白自己是那天开始怕的。那天他和张美军去河边洗骡子，张美军顺便也把自己洗洗，脱精光了，"扑通"一声跳下河。把白白的肚皮浮起在水上，河东边正有部队练习在地上乱爬，有几个军人热了，就到河边来洗洗脸洗洗手。有个年轻英俊的军人对张美军说："小老乡你看你像个啥，那边还有女人呢。"张美军就嘻嘻嘻嘻笑着上来穿裤衩。好几个军人又问张美军是干啥的。"使车的。"张美军从来都不愿说"赶"，只说"使"。

"使车，我是使车的。"他说。

"那是个谁？"年轻军人又问在一边洗骡子的刘宝堂。

"那是东家。"张美军说。

刘宝堂很害怕"东家"这个词，刘宝堂还是看《白毛女》时记下的这个词儿："东家"。刘宝堂想让自己不像个东家了，只要张美军和史小宝一回来，他就不停地忙，忙得像个雇工，张美军和史小宝下井去干活儿，他才会松快一会儿，对女人说："这儿疼，这儿疼，这儿也疼。"张美军和史小宝一进门，他立马哪儿也不疼了。牛奶挤下来卖不出的时候，刘宝堂不舍得给家里人喝，却要给张美军和史小宝喝。

"喝吧，喝了劲大。"张美军对史小宝说。

"劲大你也没个地方去使，浪费裤裆。"史小宝说。

"东家是让你往那儿使劲。"张美军说。

史小宝就嘻嘻笑。

"你说呢，东家？"张美军还回过头来问刘宝堂，"你让我们有了劲往哪儿使，往裤裆里使？"

刘宝堂心里就发毛。

"换人吧。"女人对刘宝堂说，"听听他一天到晚都胡吣些个啥？"

"换谁？你说他妈的换谁？"刘宝堂就小声对自己女人发凶，"把你妈换上，让她下井赶骡子？"说完，又忍不住笑。

现在雇一个肯下井赶车的雇工不是件容易事，不像前几年了。这天张美军从外边回来，脸上挂了花，凝了一脸的黑血，把刘宝堂吓了一跳，忙跳下炕："瓢儿上有伤没？"

"你他妈供个菩萨吧。"张美军黑着脸照照镜子说，"煤块儿大我就去见老毛了。"刘宝堂很发愁："我是党员呢，要我供菩萨？"

"球，党员还雇工？"张美军就说，把脸上的血洗洗，一盆水就红了。

刘宝堂就不敢再说什么，第二天欢欢儿去买了一尊菩萨，白瓷的，上边涂了些釉彩，他要把菩萨往张美军的屋里放。

"供你们屋去，别往我们屋供。"张美军说。

"让菩萨在你们屋保佑你们俩儿。"刘宝堂说。

"保佑我们干啥？保佑东家你多赚钱吧。"张美军说。

刘宝堂现在是又恨张美军那张嘴又怕他那张嘴。

3

张美军装了一盒好烟去找村书记刘丙九。刘丙九不是本地人，是忻州那边的，当了八年兵，复员就到了米庄乡当武装干事。在武装部当了四年干事就又下来到刘庄当书记。村支书是个没任何级别的官儿。刘丙九个子很高。人很胖，眼睛很小，鼻头很大很油亮而且红得很鲜艳，让人无端想起酱得很好的猪蹄。一笑就露出黑黑的牙，他很能抽烟。他下来当刘庄的书记主要是给村长刘焕堂跑跑腿。刘焕堂现在一般不过问村里的事，人们想见他一面真不容易。刘焕堂长年住在矿上。有两个保镖。对外人却只说是秘书。刘丙九就管管村里的鸡毛蒜皮事，吃饭也在矿上，小煤窑离刘庄只有一里地。在沟坡上。沟坡上长着些再也长不高的老头儿杨，一万年长不高的样子，夏天只会出产些毛毛虫。

张美军去找刘丙九，给刘丙九先递烟，然后把刘丙九左看看，右看看，说："我怎么看您都有些像冯玉祥。"

"谁？"刘丙九就问，"乡里管计划生育的？"

"哪呢，人家冯玉祥是个大军官呢！"张美军说。

刘丙九就高兴。

"要是打起仗来，你准能当个大军官。"张美军又说，"看看你这个个儿！"

刘丙九就更高兴了，笑出一口黑牙，说自己在部队打得好枪法。

"现在书记不好当吧？"张美军又问，笑眯眯地看着刘丙九。

"不容易。"刘丙九说。

"我爸爸那二十年书记不知咋当的。"张美军说。

"你爸？"刘丙九居然还没听过张美军的事。

张美军就告诉刘丙九他爸当了二十年的村支书。刘丙九忽然就问张美军老家的村子有多大？有多少户人家？

"两千多户。"张美军说。

"好家伙，你爸管那么多人！"刘丙九忽然有些肃然起敬。但一等到张美军说到迁户口的事他就不肃然起敬了：

"球，那怎么行，人人都想来咬刘庄这块月巴肉。"

前不久，刘丙九的一个乡下亲戚，也想买车买骡子把户口弄到刘庄来，刘丙九就去找刘焕堂，刘焕堂皱皱眉头，说："球，那怎么行，都想来咬刘庄这块肥肉？"

"根本不行。"刘丙九对张美军说。看看张美军那张脸，"不是我不行，是刘村长那边不行，我倒没啥。"说完又有点后悔，看看面前这个后生，料定他也和刘焕堂说不上话，就又说："刘村长现在就是个皇帝呢，我都见不到他。"

确实连刘丙九最近也见不到刘焕堂，刘焕堂这几天正为粮食发愁，煤窑里的工人现在已经是两千的数了，这还不说那些家属，这些嘴天天都要吃东西，村里的烂农民们自从开了煤窑挣了大钱后，谁也都不再好好儿种地，地这几年都荒了。家家户户只种些够自己吃的口粮。最近粮食又不停地涨价，一斤白面都涨到了一块八毛。矿上就闹粮荒。派车到处去弄粮食。

"我倒没啥，我也是外来户，只是刘村长不同意。"刘丙九又对张美军这么说，他无端地很信任眼前这个后生。

"就为咱们是外乡人？"张美军说。

"好好干吧。"刘丙九说。

"外乡人就该受剥削？"张美军说。

"好好干吧。"刘丙九说。

"就给他们有做东家的机会？"张美军说。

"别这么说。"刘丙九说。

"这叫剥削。"张美军说。

"唔。"刘丙九直看张美军。

"我们出力他们挣钱，还不是个剥削哩！"张美军忽然很生气。

"谁让你妈不把你屙在这儿。"刘丙九说。

"您说我到底能不能迁户，您说？"张美军又说。

"好好干吧。"刘丙九说，想起自己的事。

张美军把手在裤子上抹抹，手心里都是汗。

"你就好好儿赶车挣钱吧，比别处挣得多呢。"刘丙九拍拍张美军的肩头。

"我就想给自己赶车，不伺候那些烂农民！"张美军说。

"你还不是个烂农民。"刘丙九笑了。

"我？"张美军说，"我是烂农民我也看不起这些暴发户烂农民！"

刘丙九笑得更厉害了："你这是红眼病。"

"我爸当了二十年支书呢，我眼红他们！"张美军脸红红地说。

"刘焕堂长什么样儿？"停停，张美军又问刘丙九，张美军还没见过刘焕堂，村里人现在都很难见到刘焕堂。"听说又换保镖了，现在的世界是烂农民成精。"张美军说。

4

姥姥在南边的院子里待得挺好，一个人做了一个人吃，就是有些寂寞，卖小鸡的来，姥姥捉了五只小鸡扣在笼里养着，院里菜畦里的菜这几天黄了，老天爷好长时间不给人们下雨了，天上的云不知着了什么慌，溜溜地来，溜溜地走，一会儿都不肯停。井里的水也不知到哪儿去了，现在村里要喝水，都是派车去四十里外的吴官屯煤矿去拉。人们哪还有水给地里的菜秧子喝。"我他妈白种了。"刘宝堂过那边院子看看，对岳母娘说。他天天要给岳母娘送一担水。

"把水浇地里吧，我这么老了，喝不了那么多。"岳母娘对刘宝堂说。

"姑您就瞎说，人老也得喝水。"刘宝堂说。

刘宝堂和他女人是姑舅结亲，刘宝堂的女人是刘宝堂的表妹。刘宝堂的岳母就是刘宝堂的姑，他从小"姑、姑、姑、姑"

地叫大了根本就改不过口来。

为了省水，姥姥十多天才洗一次脸，刘宝堂前脚一走，姥姥后脚就把水一点一点浇给菜秧子。刘宝堂知道了这事就去对姥姥说："姑您就不会先洗脸，洗完脸再浇菜，兴许还顶肥呢。"姥姥就听他的话，用手指在碱碗里蘸蘸，然后在脸上左搽搽右搽搽，用水再洗洗，一盆水就黑了，然后再给菜秧子一苗一苗浇。

村里送水照例是早上，这天刘宝堂去担水，就猛然看见了张美军，也挑着桶在人堆里站着，再看看那两只桶，竟是自家的。送水的车还没来。等水的人们在一起有一句没一句地说白面的事。

"你给谁担呢？"刘宝堂过去悄声问张美军，心里觉得奇怪。

"以后我给姥姥送水吧，不用你了。"张美军说。

"哪能用你呢。"刘宝堂又说，觉得有点怕，不知张美军又要干啥。

"帮助孤寡老人是应该的呢。"张美军大声说。

刘宝堂就不敢当着人再说什么了，担了水，回去忙对女人说："张美军要想做啥呢？"刘宝堂女人眨巴眨巴眼睛，不知出了啥事，放下压粉床子忙去了姥姥那边。一手的白粉子也顾不得洗。姥姥正在洗脸，没有什么事，水缸让张美军担得满满的。那几只小鸡子在土墙根下找虫子吃。一群小鸡盲目得很，"叽叽叽叽"往东跑，就都往东跑，"叽叽叽叽"往西跑，就都往西跑，像部队操练。

这天晚上吃饭，张美军用很严肃的口气对刘宝堂说："一天就给姥姥挑那么猴尿样小半缸，姥姥连脸都不敢洗呢。"

"挑两缸她也不洗！"刘明生马上说。

"你少说！"刘宝堂对刘明生说。

"我明天要住到姥姥那边去。"张美军把饭碗递给刘宝堂的女人。

刘宝堂惊讶得一下子大张了嘴，忙呼噜两口饭，说："那谁敢让你去呢？一天到晚怪累的，可不敢。"

"看你，看你，我愿意么。"张美军说，夹一筷子老咸菜，喝一口粥。

刘宝堂这天晚上又很毛，铡草的时候差点儿铡了手，明生在旁边说："你看你，你看你，他张美军还能把我姥姥一口给吃了，把那个烂院子吃了。"

"小点儿声。"刘宝堂看看屋里，"要不你去。"想想，又对明利说："要不你去？"

张美军这晚上就把行李扛了过去。

姥姥的屋里炕真大。"姥姥你睡炕头我睡炕尾。"张美军对姥姥说，把行李放好，一脚踩着炕沿就上了炕："以后我就陪您了。"

这天夜里，张美军看了一小会儿那本讲强奸犯的书，然后拉灭灯，地上的小鸡子不停地"叽叽叽叽"叫，张美军一躺倒就睡着了，倒是姥姥睡不着，炕上一下子多了这么大个男人，好有些害羞，姥姥虽然老了，但也没老到变成个男人，晚上尿尿也不敢，憋得慌，忍不住了，贼似的溜出屋子在院子里小声尿，尿完，又贼似的溜回屋，还没上炕，就听张美军在炕上慢慢说：

"姥姥您就在屋里解手吧，您就把我当您的外孙，您比我姥姥岁数还小呢。"

姥姥给吓一跳。张美军解手就不怎么避姥姥，穿着小得不能再小的小三角裤衩，一下地就"哗哗哗哗，哗哗哗哗，哗哗，哗哗"往尿盆子里射。

史小宝一个人就寂寞了，这天对张美军说："要不，你个挨球的，我也跟你去那边住吧。"

"不行。"张美军看看史小宝，说，"你要是过去就显不出我了。"

刘庄的人就都知道了张美军的事，他天天给姥姥挑水，又帮着姥姥浇那几畦子菜，小白菜已经长了七八片叶了，姥姥每天做饭就去白菜上新两片叶子。张美军这天忽然又管姥姥叫"婶子"。

"婶子，这菜是你种的？"张美军蹲在菜畦边上说。

"女婿的。"姥姥说，心里毛毛的。

"唉。"张美军叹口气，说，"您也成了长工了。"

这几天晚上姥姥咳嗽得厉害，闹得张美军睡不好，左翻一下身，右翻一下身，就把灯弄亮了，看见姥姥披着红布做的主腰子在炕头上坐着，还露着半个瘪瘪的羊肚儿似的老奶。"您怎么咳嗽得这么厉害？"张美军说。

"吵你了吧？"姥姥说，就使手堵着嘴。

"我给您拔个火罐吧。"张美军说。

"不成，不成。"姥姥忙说。

张美军已经跳下地，赤裸着身子，只穿着小得不能再小、前边鼓起一大堆的小裤衩。左一跳右一跳去窗台上取那个罐头瓶子，又找火儿找纸，然后又一跳一跳上炕给姥姥拔罐子，盘腿坐在姥姥身后，光腿触着姥姥的后背。"姥姥您太瘦了。"拔了一气，张美军对姥姥说。又折腾了一气，张美军又叹口气说："看看，和旧社会差不多了，人都瘦成个啥了。"

第二天，张美军去村里李大头开的小药铺买了十片甘草片儿，姥姥总不吃药，吃了还真顶事，立马就不咳嗽了。

"西药片可真灵。"姥姥对张美军说。

"张美军买的药还真灵。"姥姥又对自己闺女说。

"张美军还给姥姥买药！"刘宝堂的女人感激得不得了，这天晚上吃饭的时候就光说这事。

"说这干啥。"张美军说，用筷子点点明生和明利，他不好意思用筷子点明梅。他对明生和明利用长辈的口气说："人都有个老，你们看看你们的姥姥都瘦成个啥了，瘦得一晚上都拔不上个火罐。"

刘宝堂直眨巴眼。

白天家里没有人的时候，刘宝堂挤完了奶子，把奶子吊到院里的那口井里去，井里虽然没水了，但还是凉幽幽的。然后刘宝堂就去对自己女人说：

"张美军这家伙，一年回不了两次家。二茬光棍赛钢筋。"

出去转一个圈，看看早上断的那股羊皮拧的牛绳，又过来对自己女人说：

"男人都是好吃屎的，没屎吃闻见屁也香！"

刘宝堂女人还没听懂。刘宝堂出去转一圈，看看奶牛的蹄子，又过来说：

"晚上睡一条炕，别出点事，七十岁闹不好也会生孩子的，别说六十岁。"

"看你说的，看你说的。"刘宝堂女人就不高兴，"我妈都老成冬天的茄秧了，你甭糟践人家张美军，人家多年轻。"

"你懂个屁！"刘宝堂说。

刘宝堂的女人就慌慌地去了南边，说是去送一碗苦荞凉粉，姥姥就爱吃一口这。

"张美军晚上咋睡？"刘宝堂女人问她妈。

"啥？"姥姥正用攒下的花花绿绿的烟盒粘一个纸筐罗。

"他晚上睡觉就不乱滚？"刘宝堂女人问。

"是不是他的被子太厚？晚上总把被子蹬开。"姥姥说。

刘宝堂女人朝院子里看，真是快到秋天了，院子里土墙下的婆婆丁开得一片黄又一片黄。

"蹬被子？"刘宝堂的女人又不放心了，想想，问她妈："他穿裤衩不？"

"尽瞎问。"姥姥说。

刘宝堂女人放心了。

不觉就已经是秋天了，姥姥给张美军做了一副鞋垫儿，红布子上绣绿牡丹、绿鸟、绿石榴。张美军的脚很大，姥姥是比着他的鞋做的。刘庄的人现在对张美军是刮目相看，都很尊敬他，村里的白老师说："河北人自古就忠厚，燕赵多侠士。"张美军听了这话很高兴。"白老师真有文化，还懂得'燕赵'。"张美军对明生和明利说。

"您给我当干妈算了。"这天张美军对姥姥说。

姥姥乐得合不住嘴，连说"那哪儿成，那哪儿成。"

秋天来了，刘庄四周的杨树林子一派金黄，天是蓝的。飘着一朵又一朵棉花团似的白云。中午的时候还能看到一只又一只红裙子蚂蚱在高蓝的天上"沙沙沙沙"一起一伏地飞。

<h2 style="text-align:center">5</h2>

张美军这天又去找刘丙九，为了去见刘丙九，他专门穿了件半新不旧的军上衣。刘丙九一进院的东墙上贴的那张狗皮上落了些蝇子，天冷得它们已经飞不动了。

"想必刘书记你也听说了吧？"张美军坐下以后就给刘丙九递烟。

刘丙九笑眯眯地看着张美军："我听说什么？"

张美军咽口唾沫，又咽口唾沫："我和刘宝堂家的姥姥处得挺好。"

"看看，看看。"刘丙九就笑了，"我说没那么简单吧，我啥不明白。"

张美军脸就红了："书记还能不明白，什么也逃不过书记的眼睛。但我咋说也不是干坏事吧。"张美军又给刘丙九递烟。

"那倒是。"刘丙九说，想想又说，"但你这么做只能给自己弄个好名声，正事却办不了。"

"要是姥姥自己申请呢？"张美军说。

"申请啥？"刘丙九说。

"申请我做她的干儿。"张美军说。

"申请要你做他的儿子？"刘丙九嘻嘻嘻嘻地笑了，"不行，不行，要是姥姥是刘焕堂的亲妈还差不多。"

"我们河北就行。"张美军说。

"这是山西。"刘丙九说。

"这事你给我去说说。"张美军说，"如果我这边成了，你的事不就更好办？咱们都是外乡人，一个外乡人打进来，第二个外乡人就有可能也打进来。"

"我怎么是外乡人，我是这儿的书记。"刘丙九突然不笑了。

张美军张张嘴，挺尴尬。

"以后说话注意点儿。"刘丙九说。

"我不过是想给书记打个头阵罢了。"张美军笑笑，说。

"我真的给你想不出好办法。"刘丙九说。用桌上的一个牛皮纸信皮儿擦擦鼻子看上边的油，忽然他又有办法了："你要真想办不如打打刘焕堂儿子的念头。"

"谁？"张美军问。

"刘明华呀，还有谁？"刘丙九笑着说。

刘焕堂的独生儿子明华在小煤窑井口开了个小饭店，明华手有点毛病，小时候让猪食锅烫坏了，右手写不了字，左手写字还挺快。

"刘明华?"张美军念一遍这个名字，心里忽然一亮，"和明生、明利啥关系?""亲生的堂兄弟。"刘丙九说。

"明生、明利、明华。"张美军一拍手乐了。

"那姥姥就也是刘焕堂的亲姑?"张美军又问。

"那还会有错。"刘丙九说，"只可惜刘焕堂不认他这个姑。"

"那为啥?"张美军问。

"谁知道。"刘丙九说。

张美军忽然高兴起来。

"那小子有点毛病，就喜欢和大男人交朋友，兴许能帮你一下子。"刘丙九笑嘻嘻看着张美军说。

这天晚上，刘宝堂女人给他们做酸沤杨树叶子捞面吃，一屋子"呼噜呼噜"声。张美军忽然就对明生说："真想不到你还是刘焕堂的侄子呢?"

"啥意思?"明生马上说，使筷子搅搅面，"我可是靠我自己呢，倒是他以前老沾我的光。"

明生这话说得不假，为了煤窑的事，刘焕堂当年没少坐明生的车出去办事。明生十六岁就在乡里开车了。

"怎么总不见这个明华来家串门?"张美军说。

"你又啥意思?"明生翻翻眼看张美军。

"我能干啥，少东家你说我能干啥，我又没个洞，能让他来操我!"张美军忽然有些不高兴，把嘴凑近明生的耳朵说。明梅这时回屋去判学生的作业去了。

"你没前头还有后头呢。"明生说。

刘宝堂这时要去铡草了，手里拎了一根蘸了油的鸡毛，对明生说："你那也叫个嘴？来铡草！"

张美军立马放下碗："让少东家歇歇，我来。"

"哪能用你，你累一天了。"刘宝堂忙说，又慌了。

"没事、没事。"张美军说。

张美军跟上刘宝堂出去铡草。

张美军蹲在那里给刘宝堂才送了几下草，就夸刘宝堂的手劲好，忽然叫了刘宝堂一声"叔"，马上又改口，笑嘻嘻说："还是叫哥哥好，我爹比你岳母还大呢。"又说："我以后不叫你东家了，以前那是开玩笑呢，其实东家也不见得不好，你雇人，给国家解决劳务市场存在的问题呢。是国家功臣呢。"张美军眼睛亮亮的，忽然又说："想不到呢，你们刘家尽出大人物。"

"尽出鸡巴农民。"刘宝堂气喘吁吁说。

"表兄弟吧？"张美军问。

"一刘的堂兄弟。"刘宝堂身子一起一伏，一起一伏。

"噢，看看我。"张美军拍拍脑门儿。又问刘焕堂的人性、喜好什么的。又问明华的事，说："你们刘家的风水一定好，在哪块儿？"

"啥？"刘宝堂停下手。

"坟地呗。"张美军说。

刘宝堂就像交贡一样，问什么说什么。

"你不查一查我们家的成分？"明生端了一个缸子过来，蹲在旁边一口一口喝水，笑嘻嘻地看张美军。

"成分？"张美军忽然又不高兴了，拍拍头上的草沫子，掏掏衣领里的草屑："过去是贫农，现在照样可以定成地主！"只要明生一说话，张美军就来气："成分现在很难说，也许共产党过几年还再定一回呢。"

"进家去！"刘宝堂忽然火儿了，大声对明生说。

张美军又笑了，说："不过勤劳致富永远也不会出什么事。"

"那是、那是。"刘宝堂说。

从这晚开始，张美军不再去姥姥那边去睡。

"这家伙咋就又不去了？"刘宝堂躺在炕上对自己女人说。

过了两天，姥姥用手绢包三个煮鸡蛋过来问刘宝堂："美军病了？"

"他神经，别理他。"刘宝堂说。这天，刘宝堂过旧院去把张美军的行李给扛到这边来。又把刚收的山药蛋倒在窖里，关照岳母娘小心别掉进去。

张美军又回来睡，水也不给姥姥担了，晚上睡觉时对史小宝说："白当了他妈大半年雷锋，真不舒坦，干事不摸情况就是不行，和咱们河北不一样，认干儿也不给迁户，他妈的！"

6

天凉了，杨树叶子都落光了，向阳地畔的草还一根一根绿着，但马上要不绿了。庄稼都收了，地里也光净了，人家的房顶上都晾满了玉米棒子，蚂蚱在房顶玉米上晒太阳。中午的时候还会"沙、沙、沙、沙"起来飞一阵子。

这天，张美军赶骡车去煤窑时把猪圈里的两只潜水桶带上了。"他要干啥？"刘宝堂在马棚里看见了，忙去问自己女人。

"你不看我干啥呢？"刘宝堂女人正在用红瓦盆子粉做糕的黄米。

张美军做什么刘宝堂从来不多问，也不敢多问。刘宝堂现在已经很满意张美军不再叫他"东家"。"你连少东家也不叫了才好。"那天刘宝堂对张美军说，用商量的口气。张美军想想，说："不行，明生爱让我这么叫他呢。"张美军很恨明生总是当着人说"这是我们家雇的"。

"小狗日的！"刘宝堂就说。

"他不怕叫你怕什么？"张美军说。

刘宝堂不敢再说什么，怕又把张美军惹怒了，只管"哗哗哗哗"刷那两个铁皮奶桶子。

张美军带了两个泔水桶去了煤窑，中午休息的时候，别人吃饭，他却去了井口明华开的那个小饭店，一手拎着一只泔水桶，小饭店离井口没有几步地，他站在坡上朝饭店这边望望，便朝饭店走过来。饭店小伙计张学锋看见张美军拎了两只桶过来，就忙对饭店里边说：

"他妈的，都是猪，看那两只大桶，快煮，快煮。"

"你们老板呢？"张美军一晃一晃过来了，问张学锋。

刘明华就从伙房里出来，手里拎着两个虎皮蛋罐头。明华长得很瘦很黑，他眯着眼看着走过来的张美军。

"干啥？"明华问张美军。他还不认识这个外乡人。

"咱们家的猪。"张美军一张嘴就这么说，"一天比一天能吃，婶子要我弄点泔水回去。""猪，谁家的猪？"明华说。

"刘宝堂家的呗。"张美军脸有点红。

明华就知道眼前这是个谁了，便忽然笑了，张美军的事他早听人说了。

明华忙让张美军到屋里坐。

"你把泔水桶留下，出井时让伙计给你送过去就是了。"明华说。

"咱家的饭店开得有口皆碑。"张美军对刘明华说，也不坐，东看看西看看。明华小饭店里贴了不少挂历上扯下来的大美人像，井下工人就喜欢看这些大美人。

张美军看看满墙的女人像，站了站，准备走了。

"没见你来咱饭店吃过饭。"明华说。

"咱婶给带呢，比这儿的饭也不差。"张美军又管刘宝堂女人叫婶子，不再叫嫂子了，他要和刘明华一辈子，"咱婶，咱叔。"他这么说。

"你这人我早听人说了，人人都夸你呢。"

明华把手里的罐头递给张学锋。

"是吗？"张美军说，"明生和明利都忙，我帮一把也是应该的，你说明生这小子怎么搞的，孩子都三岁了还不知道自己女人叫个啥。到法院闹笑话。"张美军忽然想说这事。

"离了？"明华问。

"那还能不离？"张美军说。

"我叔我婶也不知道？"明华说。

"咱叔咱婶忙得像个蛇母子。"张美军说。

明华忽然笑了，为了张美军这个绝妙的比喻，说："我才忙得像个蛇母子呢。忙得一天到晚不知在哪道缝儿里尿。"

不知怎么，明华觉得自己很喜欢这个高高大、大皮肤白白、眉毛黑黑的张美军。

说了一会儿话，张美军已经像是和明华很熟了，张美军无论到了哪儿总是能很快和人们混熟。

"刘叔，咱猪吃泔水香不香？"这天晚上，张美军一下子又把叫法改过来，不叫刘哥了，刘宝堂愣一愣，有些不适应，说：

"你还是叫刘哥吧，我咋能当叔呢？你爸和我岳母娘差不多大呢。"

"叫叔好，我才鸡巴毛这么小点儿岁数。"张美军笑嘻嘻地说。

刘宝堂心里很毛，给张美军弄得晕头转向。"他怎么就想起去弄泔水？"刘宝堂对自己女人说。

"他又不是弄一桶人头来，你怕啥！"刘宝堂女人说，"泔水桶里尽是白面条子。"

刘宝堂出去看看泔水桶，骂一声："他妈的，全世界都应该过一回六〇年！"

从这天开始，张美军天天去拉泔水，早上空桶去，晚上满桶归。"嘴一份，手一份。"刘宝堂也这么说。

猪吃了饭店的泔水，长得很快。

树叶子黄透了，东边的山是紫的。

忽然这一天，张美军笑嘻嘻地去对刘宝堂说：

"晚上明华说要过来吃饭呢。"

刘宝堂和女人就很慌，忙煮鸡蛋，泡海带，压粉条子，割肉，肉也只有二指宽。左炒一个粉条子，右炒一个鸡蛋，离不了的还有肉烩豆腐，直忙一头汗。明华晚上果真来了，穿得齐齐整整。明生、明利、明梅和张美军、史小宝就去张美军住的那屋去吃饭。刘宝堂和女人就在这屋灶头忙，吃口剩的。

"叫咱叔咱婶过来吃。"上了炕，张美军对明华说。

"叫叔和婶过来吃。"明华对明利说。

"叫他们也不来。"明生说，朝那屋喊一声。

"不了，不了，你们兄弟几个热闹吧。"刘宝堂在旁边屋说。

"你来这儿，弟妹一个人在家？"张美军给明华夹一筷子鸡蛋，和明华碰一下盅子，说。

"还弟妹呢。"明生就笑。

明华也笑，对张美军说："你弟妹还在她爹腿肚子里转经呢。"

"听见没，还在腿肚里转经呢，想见一面得以后，别这么急。"明华说。

"还没找？"张美军说，忽然嘻嘻笑了，看看明生，又看看明华，说："你找对象可别学咱们的明生，先要问好女的叫什么。总不能一辈子总叫'哎'，哎，拿件衣服；哎，递个馍。"张美军说着说着就笑。

明华看看明生，也忍不住笑。

　　明生一下子恼了，对明华说："你看看咱们家雇的这人嘴多会说。"

　　"少东家，别这么说。"张美军马上说，"我可赶不上你，不知道女人叫啥孩子都生出来了。"这时候明梅已经过那屋里去了，他们说话就随便，张美军笑笑，看看明生，想想，又回头对明华说："我是跟他开玩笑呢，说真的，我咋叫会说，我爹的那个秘书才叫会说。"

　　"你爹还有秘书？"明生马上说，"甜的咸的还是油炸的？"

　　张美军脸上微微有些红，说："当二十多年书记还能没个秘书。"

　　"当二十年书记可不易。"明华看看张美军说。

　　过了一会儿，张美军又跳下地出去了一趟。外边下着点儿凉凉的小雨，他很快又提回两瓶"牛栏山二锅头"来，"咱们喝个够。"他对明华扬扬瓶子说。明华也喝多了，这会儿又不说不喝的话了。

　　"喝，咱们好好儿喝。"明华说。

　　这天晚上明生、明利、史小宝、明华都喝多了，张美军出去二次买酒时用手指搅着嗓子吐了一气，把刘宝堂的好饭菜都给吐猪圈里。

　　这晚上明华没走。

　　"我到你那屋睡，咱们挤一张被子。"明华小声对张美军说。

　　张美军半夜里醒来，口渴得厉害，想喝口水，睁开眼，发现自己被明华的两条胳膊搂着，张美军觉得这么很不舒服，但没动。明华就把他搂得更紧，张美军一动明华就醒了，明华眯着眼看张美军，又往紧搂搂他。"你喝点儿水吧？"明华小声对张美军说。就松开手，下地去倒水，张美军喝了水，又躺下，明华就又把他搂住，接下去竟动起手来，张美军"呀"了一声。

"小点声。"明华小声说。

月亮又出来了，雨可能停了。月光从窗外照进来，照在被子上方方一个白，又方方一个白。

"咋这人？"张美军在暗里看着躺在一边的明华说。

明华把张美军搂得紧紧的。

"咋这人？"张美军心里又说。

第二天夜里，想不到明华又来了，脸红红地说："丢了一串钥匙。"刘宝堂就忙去找，自然不会找到。又过到张美军这屋来找，脸红红的，还是找不到，张美军忽然像是明白是怎么回事了，笑笑，就留明华打扑克，把明利叫上，一打就又打到了半夜，明华忽然看看手表说：

"哎呀不早了，该走了。"

"这会儿了你还走，让狼吃了你。"张美军笑笑，看着明华说。

明华就果真不走了。张美军去给明华打了洗脚水，明华又和张美军挤在一个被子里睡。张美军心里很难受很别扭又很高兴，但脸上不露出来。

过几天明华又来，又在一起打牌，晚上又不走。

刘宝堂和女人都挺高兴，为了这个侄子的常来常往。明华却管不住自己，像是一天不见张美军都不行，晚上只想过来住在刘宝堂的家里，和张美军一起睡。

"咱们这么好，你以后可不能忘了我。"明华小声对张美军说。

"那还用说。"张美军暗里笑笑说，"你是阮小二我就是阮小七，你坐了监狱我也敢去看你，你信不信？"张美军很喜欢看《水浒传》。张美军这么一说，明华就觉得自己和张美军都像是梁山上的人物，他甚至想象自己坐了大牢，被押向法场，张美军去劫法场。或者是张美军出了什么事，自己去救他。明华这天进了一趟城，买了两件衬衣。

"你一件我一件。"明华对张美军说。

"你真该找个女人了。"张美军对明华说。

明华瘦了，白天总是没精神。他以前是和村上的一个叫黄金平的同学好，黄金平现在当兵去，有了张美军，明华很快把黄金平给忘了。

村里人都知道明华有这么点毛病，不怎么喜欢女孩儿。

"我还没见过咱叔呢。"这天张美军忽然对明华说。

"谁？"明华一下子没反应过来。

"还会有谁？"张美军说。

"他快忙死了。"明华说。

因为明华的关系，张美军现在好像是很尊敬刘宝堂和他的女人。"叔，婶。"张美军叫得嘴很甜。有时会主动帮刘宝堂铡铡草。这大多是明华来的时候。

天不觉已经很冷了，下了一场雪又一场雪，远远的山是白的，山上前几年种下的松树是黑的。

刘宝堂的猪因为吃了泔水长得疯快。

"狗日的，总吃白面你他妈还像个猪。"刘宝堂老站在猪圈旁骂猪。

张美军背着人数数自己的钱，已经够买两挂车了。

这天明华又来了，晚上睡觉的时候，张美军忽然对明华说：

"你对你爸说说，把我户口办过来行不行？"

"咋说？"停了好一会儿，明华说。

"你说话你爸还不听？"张美军说。

"我给你说说。"明华说。

"我要能来，咱们一辈子就在一块儿了。"张美军说。

"我们家兄弟三个就数我不行了。"停了一会儿明华又说。

这一夜，外边又下了雪，早晨太阳出来，刘宝堂上房去扫雪，麻雀从屋檐下飞出来，往草垛上落，又从草垛上飞起来，往树上落，一只只都是黑的。后来都落到猪圈里去，和猪在一起吃猪食。

"你真给我去说说。"早上起来，张美军又对明华说。

离过年还差一天，张美军和史小宝大包小包背着回河北老家去过年。

二十七，刘宝堂宰了羊，晚上吃粉条子烩羊血。

二十八，刘宝堂让明生把姥姥从旧院子背过来，夜里蒸花馍馍，从天黑一直蒸到天快亮。又剁菜团子、红萝卜菜团子、白菜菜团子，又弄豆馅子，红红的一大盆放到凉房子里去，又压粉，一团一团放院里去冻。

二十九，刘宝堂和明生、明利都去城里洗了一个澡，澡堂里挤得人挨人，水脏得像羊肚汤。刘宝堂他们进城洗澡的时候，刘宝堂女人和姥姥都在家里洗。刘宝堂女人给她妈擦背的时候，姥姥突然说起张美军给自己拔火罐的事。

三十这天晚上，刘宝堂在院子里用炭块垒了个很高很大的旺火，没忘了把张美军那屋的灯也开着，也没忘了给菩萨上香供果子：三个苹果、三个橘子、三个柿子。这天是大除夕。又下雪了，雪落在点燃的旺火上"吱吱"响。

刘宝堂喝了许多酒，有些醉了，他出去看看旺火，又回来对姥姥说："我就喜欢个人多。"

"咱家人还算少？"穿了一身崭新的黑衣服的姥姥像个棺材瓢子，说。

"那俩长工不在，他们要在就更红火。"刘宝堂说。

张美军这会儿不在，他竟敢说"那俩长工"。

素饺子煮熟了，刘宝堂照习惯把素饺子先端给累了一年的那两头牛。素饺子里边包的是炸豆腐白菜和地皮子菜，一头牛一盘，牛在槽头上吃得很香。

"以前你奶奶也吃不上这。"刘宝堂对明生说，"那几年人就不如个牲口。"

初一一大早，明华就过来拜年，明华穿了套新西服，还打了条红色的领带。他一边吃花生一边和明生说话，忽然要喝水，明华专门要用张美军的大茶缸子，一口一口慢慢喝。又吃花生、瓜子、红枣、黑枣、柿饼子，又"咔嚓咔嚓"砸核桃。明华觉得自己很对不住张美军，腊月二十七那天，他把张美军的事对他爸刘焕堂讲了。"那哪成，都想来刘庄吃肥肉！"刘焕堂说。明华把话告诉张美军时，张美军显得很不高兴，张美军皱着眉头说："我再想想办法。"

明华真不知道张美军会想什么办法。

过了十五，张美军和史小宝才风尘仆仆从河北过完年回来。提着大包小包的红枣花生，张美军还带回一个绝色的女子，那女孩才十九岁，细眉俊眼白肉皮儿，名叫张芸香，是张美军大哥的女儿，张美军的亲侄女。明华恰恰这天做了一个梦，梦见自己在一条人的大腿上行走，忽然就掉到一个井里去，井里很明亮。

"怎么样，我侄女长的？"张美军问明华。

"你侄女？"明华好像不相信那女子是张美军的侄女。

张美军又问明华自己的侄女好不好。

"一笑挺好看。"明华说。

"好就行。"张美军说。

7

明华带张美军第一次去见他爹刘焕堂，说是拜个晚年，这天张美军的侄女芸香也跟了去，穿了件红呢子小大衣，围了条红围巾。

张美军已经把要给明华说对象的事让刘丙九告诉了刘焕堂。

"先看看吧。"刘焕堂说。

张美军以前还没见过刘焕堂，虽然张美军已经在刘庄待了小三年了，这真是很奇怪的事。

刘焕堂这天穿着细线毛衣，北京"内联升"的千层布底儿鞋。脸上像是在笑，又像是根本没笑。待人很客气又像是一点也不客气。刘焕堂看样很喜欢张美军的侄女。"二十几了？"刘焕堂说。

"河北还有这么好的姑娘？"刘焕堂又说。

张美军往大说了一岁，说芸香二十一了。

"早听说你了。"刘焕堂请张美军坐下。

张美军注意茶几子上放着一大溜好烟，顶差的就是"红塔山"。

张美军有点慌，不知怎么就说起姥姥的事，一说姥姥的事，刘焕堂就忽然不说话了。刘焕堂不愿向任何人说起他这个姑。张美军忽然也不再说，他想了刘丙九说过的刘焕堂不认他这个姑的话。脸红了红，就又说给明华的事。

"太漂亮了，就怕明华这小子拿不住。"刘焕堂说。

秦福花带芸香去另一间屋子说话，另一间屋里东一盒西一盒堆放了不少人们送来吃不了的点心。

"要是成了，我以后怎么叫你？"明华倒有几分不同意，"我娶了她我就成了你侄女女婿了。"明华对张美军说。

"叫什么有什么重要。"张美军说。

刘焕堂没有明确表态，既好像同意又好像就那么回事。

从刘焕堂家回来，张美军忽然又不叫刘宝堂叔了，只叫刘宝堂"哥"。

"刘哥，咱们这回要成亲家了。"张美军笑嘻嘻地说，站在一边看刘宝堂蹲在那里"呼哧呼哧"挤牛奶。刘宝堂只觉得头晕。

"咋整的，咋整的，一会儿叫叔，一会儿叫哥。"张美军不在的时候刘宝堂对家里人说，明生就嘻嘻笑。

8

张美军也不再帮刘宝堂铡草。没事的时候就去姥姥那边看侄女，张美军的侄女芸香这会儿住在姥姥那边，芸香把姥姥的小屋收拾得很干净，和明华要了些旧挂历，把姥姥的炕围子贴得五花六绿，姥姥坐在炕上有了事干，也有了话说，看着满炕围子美人说："这个美人眼睛好，那个美人肉皮儿好。"

正月不觉已经过去了，转眼又到了谷雨，向阳地畔的草绿了。

天一天一天暖和起来的时候，刘宝堂又去收拾旧院的菜畦子，又要种小白菜，清明一过，杏花又开，胡燕子又来，张美军的侄女在家里闲不住，就去了明华的小饭店，也不洗碗干粗活，只坐在柜台后收收钱，递递凉盘。

张美军这天去找刘焕堂，去对刘焕堂说："您看明华和芸香怎么样？"

"他们的事让他们定。"刘焕堂说。他现在对张美军客气了许多。

张美军就鼓了鼓勇气把想要迁户口的事说了出来。

"这得等机会。"刘焕堂笑眯眯地说,"不过你破坏了我们刘庄的规矩了。"

听刘焕堂这么一说,张美军觉得有门儿。

也就是这天,芸香眼红红的来找张美军,小声说:"明华他把我睡了。"

"有这事?"张美军说,心里忽然有说不出的高兴,想想,说:"你反正要是他的人,这样更牢靠。"

这一夜明华又留下芸香在小饭店里没让她走,又战斗了一夜,第二天,张美军中午过来吃饭,瞅着芸香不在跟前,就对明华说:"你先斩后奏了?"

明华的脸都不红一红。

"事情反正是这样了,你跟家里说说,赶早办了是正事。"张美军说。

这天晚上,芸香又去了明华的家,待到很晚,后来就没走。刘焕堂不在家,但这事秦福花马上告诉了刘焕堂:"生米做成熟饭了。"

"还真有两下子。"刘焕堂说。

"这会儿年轻人都这样。"秦福花说。

"我是说那个张美军!"刘焕堂说。

张美军这天又去看刘焕堂,提了两瓶酒。礼貌地进了家,把酒搁桌上。开玩笑似的说:"亲家,我来了。"

张美军每次都想让自己像个亲家,却总觉得自己不像。才说完亲家,又马上说:"还没办呢,我叫您亲家您不见怪吧?"他这么一说，刘焕堂就真的像是见怪了，把茶几子上的烟往张美军这边推推，说："我不也是个烂农民？啥矿长不矿长，咱们马上就是亲家了。"

张美军奇怪自己的嘴一向好，怎么一到了刘焕堂这里就不好使？自己怎么就摆不出亲家的谱儿？自己怎么就怵刘焕堂？心里虽然有些犯怵，但这一次还是又提出迁户口的事。

"不管怎么说，你先拴车吧，我回头对李二来说说。"刘焕堂这天终于放了话，同意张美军像村民一样可以拴车。

张美军这天便马上兴冲冲叫了史小宝，一块儿去了骡马市，又去了卖车的地方。他把马和车一股脑先弄回了刘宝堂那个院子，一进院就大声喊："亲家，看看我的车！"

刘宝堂忙和女人从屋里出来，明生也忙从屋里出来看。

"好家伙，好家伙。"刘宝堂不住嘴地说。

"你这回也当东家呀？"明生在一边笑眯眯地看着张美军。

张美军这阵儿心情特别好，也不生气，说："我自己给自己赶。"

"你一人赶两辆车，你有那本事？"明生又说。

"那一辆我让小宝给人赶。"张美军说。

刘宝堂就在旁边愣一愣。

张美军没想到史小宝竟不肯给他赶，晚上，张美军在炕头上说了老半天好话，史小宝才答应了。

"让人家老刘说我有了新主不认旧主。"

史小宝躺在被子里看着仰尘说。

刘宝堂倒没说什么，只好忙着雇人。

9

张美军要住到姥姥北边的院子去，两辆车两头骡子，没个院场真也是不行。

"咱俩一人赶一辆车，晚上咱俩一块喂牲口行不行？"张美军对史小宝说。

"你是东家你说哎，还什么行不行？"史小宝甜不甜咸不咸地说。

史小宝就跟他去姥姥那边。北边的院子小，没有拴牲口的棚，那两头骡子只好在院子里拴着，晚上露水下来，骡子着了夜露，这天就不怎么好好儿吃草料，光"吭吭"地咳嗽。张美军忙去买了一把甘草片给骡子吃，骡子不咳嗽了，下边黑不溜秋的阳具却垂下来，淋淋漓漓性出不少精水。"咋整的，甘草片还会壮阳吗？"张美军觉得纳闷。张美军牵上骡子去找刘宝堂。刘宝堂正在院子里铡草，一头的草沫子。

"亲家，给我在牲口棚里放几天骡子怎么样？"张美军笑嘻嘻地说。给刘宝堂递烟，刘宝堂没有不答应的理。他很明确现在张美军是谁的亲家，再说好赖也算是自己的亲家。

"那还有个不行，只是草料现在一天比一天贵。"

这一点张美军早就想好了，刘宝堂这么一说，张美军马上就说："连草带料加上夜工，我一个月给你一百五怎么样？"

张美军跟在刘宝堂后边，刘宝堂往棚子里拉牲口。

"什么钱不钱的。"刘宝堂一听那个数儿心里就有了数。

"你也学会当东家了？"明生正在棚里"呼哧呼哧"砸豆饼，停下手说。

张美军就"嘿嘿嘿嘿"笑，忽然不笑了，低声对明生说："你倒把我给看扁了！"

刘宝堂给张美军喂骡子，晚上草切的就更多，明生和明利都一夜一夜帮着他们的老子切。"倒看不出这狗日的张美军，把咱爹当了雇工呢！"明生对明利说。

刘宝堂现在已经敢公开给菩萨烧香了，因为现在刘庄几乎家家都供菩萨。刘宝堂现在烧香还学会了念念有词："这灶是给明生的，让小子早找个媳妇，这一灶是给明利的，保佑他开车大吉。"再上一灶，嘴里又念："这一灶保佑黄中平，让她身体好好儿的。"黄中平是刘宝堂女人的名字。刘宝堂又喊自己的女人过来："你也给我烧灶香，祷念祷念。"刘宝堂的女人就上香、祷念：

"这一灶香保佑宝堂，让他都好。"

"错了错了。"刘宝堂忙对女人说，"还有你这么祷念的，那么多叫'宝堂'的，菩萨知道招呼谁？"

刘宝堂女人现在也学会了上香祷念，给家里人上完香还要给那两个从阳原新雇来的雇工祷念祷念，刘宝堂让她选两根短一点的香："自家人上高香，雇工们短一点，也有个区别。骡子再短一点。"还要给骡子上。

张美军现在是给自己赶车，他上集市买了四个小红缨，两个大红缨，给每头骡子头上戴两个小红缨一个大红缨。这么一打

扮，两头骡子就显得更精神。又买了两个虎头大铜泡铃，一头
骡子脖子下挂一个，离老远就听到了。张美军这会儿见人就说：
"我这头骡子叫大黑将，那头骡子叫二黑将。"

"还大黑将呢，母货还黑将呢。"史小宝说。史小宝使的那头
骡子是个母货，这几天来了月经，一条尾巴都红湿了。

张美军现在见人就说骡子，见人就说车。这阵儿他不说他爹
是大队支部书记了，光说"我这骡子"。他这会儿早上又去担水，
村里人就说："又给姥姥担水了？"

"噢，给你骡子姥姥担呢。"张美军说，张美军对史小宝说：
"你虽然给我赶车，可不算是雇工，咱们是兄弟。"

"那也是你雇我。"史小宝笑嘻嘻地说，"要不，我叫你领导
好不好？"

"你耍我，我和你一样赶车，我怎么就能算领导，咱们都一
球样。"张美军这么说，但很快连他自己也觉得不一样了。

天一天比一天凉了，小煤窑背阴处已经有了冰凌。

刘宝堂不愿铡草了，他实在忙不过来，他把铡床搬到一进院
南边的棚里去，棚口吊了烂草帘，在里边点了一个灯泡照着铡，
一铡一身汗，出去风一吹，浑身冰凉，这天刘宝堂到北院去对张
美军说："我不能给你铡草了，我忙不过来。"

"是不是嫌工钱少了？"张美军说，"一月一百五不算少吧？"

"实在忙不过来，我还有奶牛呢，忙不来，忙不来。"刘宝堂
是坚决不干了。

张美军就只好趁着天还没大冷在姥姥院里砌了临时性的牲口

棚，把骡子牵了过来自己喂。晚上铡草的时候总喊上史小宝：

"你闲着也没球事，帮我送送草。"

"是，东家，我闲着快生蛆了。"史小宝说。

自从张美军买上车后，史小宝变得阴阳怪气。他披上他那件油里吧叽的烂大衣去跟张美军铡草。

"狗日的你也叫我东家？"张美军说，"你个球人再叫一声我听听？"

"东家。"史小宝就再叫一声。

"是比他妈的'雇工'那俩字好听。"张美军睁开眼说。

"叫啥不一样？"史小宝说。

"哪能一样？"张美军说，"要不我叫你一声你听听？"

史小宝就闭上眼听张美军叫。

"东家。"张美军叫。

史小宝忽然睁开眼笑了："我都肉麻。"

张美军把骡子和车都放姥姥的院里，吃饭也在那边了，姥姥一天给他们做三顿饭，张美军时不时给姥姥三五块，算作工钱。"给我钱做啥，我又没个花处。"姥姥说。姥姥就是喜欢屋里有个人，说说话热闹。像个人家，现在她更高兴了，又有骡子又有马，夜里还能隔窗听见张美军起来喂牲口。下雪的早上，史小宝一大早就起来去扫雪。

时间过得很快，很快就又到了年根儿。过年的时候，张美军和史小宝照例是要回河北老家过年的。骡子又不能牵回河北去，姥姥又不能给喂，临回家前，张美军突然决定让村里的刘红革牵去喂。

　　刘红革原是北京插队生，别人都陆陆续续回了北京，只有他这个球人回不去，在这儿成了家，这也怨他实在是没有办法，北京只有一个老妈，刘红革现在已经有三个孩子，两男一女，想回去就更不可能了。刘红革的身体又不好，下井挣大钱是别人的事。"咱就图个平安。"刘红革现在说的是一口土话，如果不说，谁也不会认为他是北京人。他的样子比老刘庄的人还要土。去年买了一辆手扶拖拉机，想跑跑运输，当然开拖拉机的不是刘红革而是他的大小子，刘红革的大小子都二十岁了，个子长得又小又瘦。刘红革今年才四十五，但猛看上去像六十。张美军跟他说好了喂两头骡子连带铡草一个月给一百五十元。

　　"行。"刘红革说。

　　"喂不好掉了膘我可要扣你的工钱。"张美军说。

　　"行。"刘红革说。

　　"你好好儿喂。"张美军又说。

　　"你放心，谁还能把骡子给喂成头驴。"刘红革眨巴眨巴眼说。

　　"它要不好好儿吃草你怎么办？"张美军说。

　　"我叫它爹，行不行？"刘红革说。

　　"日死你妈的。"张美军就笑了。

　　张美军回家过年走的头一天，把两头骡子放在秤房的过煤车的大秤上过了过。大黑将是四百二十斤，小黑将是三百八十斤，然后才交给刘红革。刘红革还真没好好儿喂过牲口，张美军前脚一走，他后脚就去问刘宝堂。

"问你东家去吧。"刘宝堂说。

"张美军这家伙还真厉害。"刘红革说,"有个好侄女。"

"再厉害也是我雇过四五年的人。"刘宝堂说。

"让你给调教出来了。"刘红革说。

"年上又不拉车,只有长膘的理,你怕啥,随便喂。"刘宝堂说。

刘红革一听有理。就高高兴兴走了。那两头骡子忽然不瘦了,果然长膘。

"他妈的,咱就没个好侄女。"喂着张美军的骡子,刘红革对自己女人说。

10

刘宝堂现在不铡草了。他很乐意史小宝也不给他当雇工,他很乐意雇新的雇工,他已经有经验了。他要从头来调教新来的雇工。刘宝堂新雇的雇工都是阳原那边的农民,没见过什么大世面,人都很老实。这两个小雇工都姓郭,他们都在一个村子,那个村子叫"大陵村",一共才有十二户人家,大家都种些薄田,靠老天下点儿雨给一口饭吃。村子的历史却古老得让人心酸,古时那里竟是了不起的城市,村子周围的地里到处是汉代的陶片,常常锄地锄出五铢钱和汉代的"半两"。或者一下子挖出个完整的小陶罐。地里到处是锄也锄不完、捡也捡不完的、令村民讨厌的陶片。村子太小了,以前有过电,前不久电线被人偷了,便没人再想起给他们接电,就又点油灯。

刘宝堂新雇的两个姓郭的雇工人都很老实,一说话就脸红红的。他们想不到在刘庄当雇工会顿顿都是白面，米糕和豆面现在只当作一种调剂。晚上还有电。这两个后生刚来只管刘宝堂叫"叔"，叫刘宝堂女人叫"婶"。

"别叫我叔。"刘宝堂那天忽然对这两个后生说。想想，又不知该说什么，脸兀自有点儿红。

刘宝堂开始不铡草那天，也是两个新雇工刚到的那一天。刘宝堂让那两个雇工进屋来，对他们说话，那两个后生站着，刘宝堂坐着。刘宝堂女人去倒水，端给那两个新来的雇工，那两个后生竟不敢先喝。

"你两个一替一天给我铡草，工钱之外再加三十，每个星期给你们喝一顿酒。"刘宝堂对这两个后生说。

"行。"这两个后生齐声说。

"一月一人二百五。"刘宝堂说。

"行。"两个后生齐声说。

"夜里喂牲口不用你们，你们白天还要下井。"刘宝堂说。

"喂也行。"这两个后生忙说。

"腾不开手也许会用到你们。"刘宝堂想想，说。

"行。"两个后生说。

"矿上放假你们就放假，矿上不放假你们也就不放假。"刘宝堂说。

"行。"两个后生一口一个"行"。

刘宝堂已经有了经验，这天头一顿饭刘宝堂让女人不许炒鸡蛋。吃白面面条。晚上不许女人给他们送开水，只隔着屋子喊

"水开了"。这两个新雇工来的头一天晚上就铡草。

这两个小雇工已经在自己屋里商量过了：今天你铡我送草，明天我铡你送草。

两个新来的雇工在院子一进门的棚里铡草，刘宝堂则去给牛挤奶，牛圈就在茅房的旁边。新来的雇工去茅房小便就看到刘宝堂在那里蹲着挤奶。那后生以为东家没看见他，想不到小便完出来就听刘宝堂在牛圈里说："铡完了想看就看会儿电视吧，演'包公'呢。"

俩后生就到刘宝堂的大屋子里去看"包公"，看了一会儿，刘宝堂也挤完奶了，又说："下井累着呢，早点儿睡吧。"那两个后生就去睡。

刘宝堂给了史小宝一百元，当然是背着张美军，他要史小宝在井下招呼招呼这两个新手，把门头脚道告诉他们，当两天师傅。

恰好这两天牛奶因为下雪送不出去。那两个新雇工早上就有奶喝，但奶里没有糖只有盐。这两个雇工还是高兴得不得了，其中一个叫郭命好的对史小宝说：

"我们有奶喝呢？你那家有没有？"

史小宝不知怎么一下子就火儿了，说："你当是孝敬你！"

那两个后生管史小宝叫"史师傅"。

刘宝堂现在觉得轻松多了，他的工作现在每天只是挤奶和晚上起来一次喂牲口，早上早起一会儿再喂一次牲口。天一天比一天冷，过了新年就数到二九了，他很怕煤烟把那两个后生熏着，每天夜里喂完牲口都要过那屋去看一下火。那两个后生都睡得正香。两个人竟然挤在一个被子里睡，互相紧紧搂抱着。

刘宝堂用手摸摸被子，被子都很薄。

天是一天比一天一冷了。刘宝堂那天拉上骡子去铁匠老驴球那里给骡子蹄子上钉了防滑的毛胶皮。老驴球的儿子刘东华现在不打铁了，不知通过什么关系，他揽上了附近铁道打道钉的活儿，忽然就富了起来。人们偷了道钉卖到他这来。他再把道钉过一下火儿，扔水里錾一下，捞出来就像新的一样了，就这么收进来，再卖出去，没两三年就肥得了不得。老驴球看不惯儿子，也不跟他一起过，还在老地方打打铁。他儿子刘东华在靠近煤窑的地方盖了好大一个院子。

天再冷一些的时候，刘宝堂给两个小雇工一人买了一顶处理的军用皮帽子。一个后生第二天就戴了，郭命好却没戴。"你不冷？"刘宝堂问这个郭命好。郭命好脸红了老半天才说：

"我留着给我爹戴呢。"

另一个后生就告诉刘宝堂，郭命好的爹在朝鲜打过仗，冻坏了脑袋，冬天天一冷就冻得什么也不知道。

"你们听听，你们听听。"刘宝堂就对明生和明利说。

刘宝堂让女人又给郭命好找了顶旧皮帽子。

这一天，郭命好又叫刘宝堂叫叔。刘宝堂便说："可不敢叫叔，不知道的人还真以为咱们是叔侄儿呢，叔叔雇侄儿还不叫人们笑话，可不敢叫叔。"

郭命好和另一个后生犯了难："该叫啥好呢？"

"就叫我老刘吧。"刘宝堂想想，说。

"那咋行，那咋行。"郭命好忙说。

"就叫我老刘吧。"刘宝堂又笑笑地说。

"不行，不行。"郭命好说。

"别处咋叫？你们那儿咋叫？"刘宝堂问郭命好。

郭命好说不上来。

"以前有个歌儿名叫'老房东查铺'。"刘宝堂说，"我也能算你们个房东，就叫我'房东'吧。"刘宝堂忽然笑了。

"房东？"那两个后生互相看看，也忍不住笑。

刘宝堂这才言归正传，说："就叫我'东家'吧。这也是个房东的意思。"

郭命好和另一个后生才不想有啥意思没啥意思。从那天开始叫刘宝堂"东家"。过了几天。郭命好又犯了难，不知该咋叫刘宝堂的女人，还问刘宝堂，刘宝堂就笑，说：

"她还不好说，她又不出门，在家叫啥都行，就叫婶子吧，听着也亲。"

明生就笑，对明利说："看看咱爹，想开了，敢当东家了。"

"咱爹有经验了。"明利说，"用人就像那使唤牲口，愈来愈会调教。"

入了四九，道边和沟里的雪都不再消化，结成了冰壳子。刘宝堂已经为过年做准备，小雪卧羊时羊肉最便宜，刘宝堂便早早买下两只羊，在牛圈里圈个把月，天天喂些豆饼，到了四九头上宰了，剥了，羊皮贴在墙上，剔剥好的肉浇点儿水搁外边冻了，冻一夜，瓷实了，又吊到井里去，猫和狗都下不去，剩下的头蹄下水天天给菜里烩点儿，又给姥姥送过去些，要在那几年，头蹄下水刘宝堂早拿到矿上去卖了。这几年刘宝堂想开了：

"咱自己给嘴过个年吧。"

这天吃饭的时候，郭命好忽然把自己碗里的两块羊心上的肉夹给刘宝堂，刘宝堂家里吃饭从不分外人家人，都在一个桌上吃。

"看你看你。"刘宝堂说，又夹给郭命好，"你吃你吃。"

"您岁数大了，您吃，对……对身体好。"郭命好突然有些结巴，不好意思了，脸也红了。

刘宝堂心里很感动。话就多起来，问郭命好多大，上学上到完小还是初中，这话已经不知问过多少遍了，又问庄稼。

"今年可旱球坏了。"郭命好说，"七月才补种荞麦呀。"

刘宝堂忽然想到自己那几年，到处为口吃的乱窜。

"那咋办？"刘宝堂说。

"秋天收沙棘卖。"郭命好就伸出自己的手让刘宝堂看，郭命好手背上密密麻麻都是疤，沙棘枝子扎的，郭命好又让刘宝堂看他的脖子，刘宝堂发现他脖子上也是小疤。

刘庄这一带不怎么长沙棘，但刘宝堂知道什么是沙棘，沙棘的枝上都是刺。

"好好受吧，下井能挣点大钱，你们看看张美军，给我赶了五年车现在自己也拴车了，一下拴两辆呢，你们向他学习。"

"也给您赶过车？"郭命好说。

"我调教了他五年呢。"刘宝堂说。

"好家伙。"郭命好说。

"我这当东家的脸上也有光彩。"刘宝堂又说。

"跟上您这样的东家我们也光彩。"郭命好很会说话。

"要想自己拴车先得学会调教牲口。"刘宝堂又说。

想不到这天晚上郭命好半夜起来了。刘宝堂去牲口棚，听见里头"窸窣窸窣"响，吓了一跳。撩开草帘，却看见郭命好在里边给骡子筛草。筛完草又解开裤子把尿撒给旁边的奶牛吃。刘宝堂忽然又很感动。

"明天不许起来啦。"刘宝堂猛地进去对郭命好说。

郭命好的出现，才让刘宝堂觉得自己真像个"东家"。慢慢地，他开始习惯指使郭命好去干这去干那。他坐在炕上，水碗在炕桌上搁着，他不去取，却偏要郭命好给递一下。打月饼的枣木模子无缘无故从墙上的钉子上掉下来，明生也在旁边，刘宝堂却喊郭命好：

"命好，掉了。"

连明梅也学会要郭命好给自己做些事情。她要郭命好给自己揪几根公鸡的尾羽，她要做一个毽子，教学生上体育课踢毽子。郭命好就去满院子追鸡。

"命好，你来。"这是现在经常挂在刘宝堂嘴上的一句话。

"东家，做啥？"郭命好会马上应声而来，毕恭毕敬地说。

11

明华和芸香的事现在都明了，只等过了年办事。

很快就又到了旧历年了，过年小饭店照例要关五天门，明华领上芸香去给亲戚拜年，明华在前边走，芸香在后边跟着。

刘焕堂像是挺喜欢这个还没过门的儿媳妇。

"你小子真好福气。"那天刘焕堂对儿子说，他有点儿醉了。

明华却觉得就那么回事，唯一让明华兴奋的是晚上和芸香同床，他现在已经尝到了个中甜头。这天，正行着事，明华突然停下说：

"你要是真心喜欢我就给我用嘴来一下。"

芸香看看他，说："你得把我哥也给弄过来。"

"那不难。"明华说。

芸香竟真的俯下身子给他那么做。

"哎呀，哎呀。"明华快活得忍不住直叫。被另一边屋里的刘焕堂听到。

"听听，听听，他妈的。"刘焕堂对自己女人说。

芸香有芸香的打算，她想要让明华把她哥也一起办到刘庄来。

刘焕堂这天把张美军找了去，对张美军说："三月看个好日子办了算了。"

大年初三，明华跟上芸香去河北沽源芸香的老家去给岳父和岳母拜年。明华心里惦念着张美军，急着想见他。河北沽源张美军的老家根本就不像张美军说的那么大，只是一个很小的村子，一共才有十五户人家，当村有条小河穿过，河不宽，两三步就能跨过去。这条小河把村子分为两半，进村的路在村北，一进村五六步就是学校，也只是一排房，一个院，紧挨学校就是人们的住房，房子也不怎么好，用从山上弄来的石头砌，墙也是石头墙，房也是石头房。人们的院前院后都是些枣树，张美军的家在河东边住。一个院八间房，他哥也住在这个院子里。

张美军见了明华显得很高兴，歇一宿，第二天张美军对明华说："也他妈的没个看的，我带你去看看暖泉子吧。"两人就去看村子西头的暖泉子，暖泉子里的水"咕嘟咕嘟"直冒泡儿，水边的石头一个一个白花花的像菜花。张美军忽然一脚把明华踹暖泉子里。水倒不冷。

"你就那么糟践我侄女！"张美军说。

"不是你我还不找她呢。"明华在水里大声说。

"胡说！"张美军说。

明华从暖泉子里往出爬，又给张美军一脚瑞回去。

"你再那么着我溺死你。"张美军挺生气，指着明华说。

"还不是全因为你。"明华又往出爬。

张美军脸红了红，拉了他一把。

"不小心掉水里了。"明华湿漉漉地回到村里，张美军对家里人说。

明华在河北沽源的那个小村子住了十天，十天后和张美军、史小宝一块儿回了刘庄，这十天之中，明华发现芸香一直是木头木脑。

张美军带明华去见芸香的爷爷，也就是张美军当了二十多年书记的父亲。一个小枣核样黑瘦的小老头儿，慈眉善目的，明华隐隐感觉到这个二十多年书记的威信。那天是大年初五，给这个枣核样的小老头儿拜年的人还溜溜不断。坐在那里说棉花的事，不知有什么事要这个老头儿拿主意。

明华感觉河北这边的村子要比山西那边朴实多了，还没出破五，早晨的饭就是苞米糁子豆糁子粥，盐水煮的花生米，大花馒头用林结编的筐箩端上来，肉只有晚上有，但生活是实在，温馨、很少虚套子。一切都像是有节有序，不像刘庄那么混乱，那么一点儿秩序也没有。从初四到初十，几乎天天都有人请明华这个还没正式办事的新女婿。酒席间，明华这个还没正式办事的新女婿也轮着给芸香的亲戚敬酒，每次吃请，张美军几乎都在场，张美军怕明华喝醉了，总是脸红红地挡亲戚们给明华喝酒，并且替明华喝。这又让明华很感动。敬完酒，明华挨张美军坐下来，头晕晕乎乎的。

明华也见到了张美军的女人，是个很丑的女人，黄头发，龅牙齿，高颧骨，说话嗓门很高，很好处的样子。明华在芸香的老家最后一顿饭是在张美军家吃的，张美军的女人忙得满头大汗，但可以看得出她的手脚很麻利，一会儿东，一会儿西，一会儿剥葱，一会儿剥蒜，一会"啪啪啪啪"打鸡蛋。让人看出她的利落大方。

明华发现张美军在家里处处都显得很有尊严的样子，说话、坐、走路乃至和人打招呼。还有给晚辈们压岁钱，都事先用红纸包好了，一块一个包儿，两块一个包儿，最多五块。因为明华根本没想到这一点，芸香也忘了提醒他，张美军替他代办了，一共包了五十多个包儿，要明华一一都给到。

"我一共给你垫了二百整。"张美军这天对明华说，要他清楚。

张美军的大哥张明军给了明华一顶呢子帽，作为给未来的女婿的上门礼。

张美军的大嫂送给明华一双家做鞋，作为岳母娘给未来的女婿的见面礼。

张美军的父亲给明华一块袁大头，作为祖父辈给未来的孙女婿的见面礼。这在芸香的老家已经是最高的礼遇了。

其他亲戚给的红纸包儿里一律都包着三元钱.

明华数数那些钱恰恰是二百整。明华要给张美军，要还给他给自己垫的那些钱。

"你这是搞啥？"张美军说，想想，接了。

张美军和明华坐在自己家的炕头上说这些话，张美军的女人和芸香在堂屋对面的屋子里说话。忽然史小宝来了，说明天早上走的事。

"早上得早早起，得到河头去坐车。"

不一会儿，芸香的哥也来了，他们开始打扑克。

"明天咱也要离开这个穷窝啦。"芸香的哥对他叔张美军说。

张美军看一眼明华，笑笑，说："就看明华的了。"

芸香的哥就看着明华直笑。

"要不，我去你那个饭店给你干吧。"

"那还不行。"明华看手里的牌，不看他的大兄哥。

第二天一大早，明华和张美军他们早早去了东边的河头，天还没怎么亮，家里人都起来给他们送行，都怀着种种希望和明华说些亲热的告别的话。他们挤在一辆小面包车里去了火车站。早上很冷，路上人很少，车走了好一会儿，才看到一辆马车，拉着一车苞谷秸"咔嗒、咔嗒"慢慢走。

芸香的哥坐在车上，他很是兴奋，一想到要去山西那边他就兴奋，他对未来充满了希望。

"苦受三四年把房子先盖起来！"张美军对他说。

明华不说话，脸朝着车窗外，他真不愿到了三月办事的时候再回来一趟，到时候，说不定又有哪个芸香的穷亲戚要跟上他到刘庄去吃刘庄的那块"肥肉"。

12

过年还是刘庄热闹，张美军回来正好赶上看戏，戏台搭在村北，头一天演《打金枝》，第二天演《下河东》，第三天演《戏凤》。唱主角的那个女演员外号叫"白板"，在刘庄这一带很出名，村里热闹得了不得。

正月二十这天，刘焕堂忽然叫张美军去家一趟。张美军他们是正月十六回的刘庄。这之间刘庄发生了什么事情他一点儿也不知道。芸香应该知道，但她没朝那边想，那天明华要她搬回到姥姥那里去住，说："快办事呀，你先回去几天。"芸香也没多想，就又搬回到姥姥的院子里去。

虽然已经是正月二十，煤窑上还没正式开工，刘焕堂和几个煤窑上的人在楼上打麻将，张美军去了，把从河北带来的红枣、花生、枸杞、核桃、芝麻、山蘑菇放楼下茶几子上。好一会儿，刘焕堂才从楼上下来，还有另外那几个人，后边是那两个保镖。

"明华对象的事可让你费心了。"刘焕堂一坐下来就说。刘焕堂脸红红的，好像有点儿不大自然。

接着，张美军就看到了那个脸孔扁扁、个子高高的女子慢慢从楼上下来。

"你给我看看明华这个对象怎么样？"刘焕堂说。

张美军脑袋就"嗡"的一声。只听见刘焕堂在一旁说这女子是"云中大学"的毕业生，学了四年电脑。

"大学生要跑来给我刘焕堂当儿媳妇呢。"刘焕堂说。

张美军觉得自己身子像是不会动，刘焕堂的话像是很远，但都清清楚楚一个字一个字进到张美军的耳朵里。

"咋回事？咋回事？"张美军问自己。

张美军木头一样木木地从刘焕堂的家里出去，他去了姥姥的院子。

"咋回事？"张美军很生气很凶很大声地问自己的侄女。

芸香忽然哭成个泪人，她还不知道有这种事。

明华和那个叫黄小玉的大学生结婚是三月的事，这太出人意料之外。张美军带着芸香去城里找了一趟那个黄小玉。

"你一个大学生就愿嫁他一个烂农民？"说到后来，张美军对那个叫黄小玉的女子这么说。想不到那个叫黄小玉的女子笑笑说："现在谁还户口不户口，你有钱能给我买电脑开一个'打字房'我嫁给你。"

张美军不知道什么是"打字房"，只听那黄小玉说她从学校毕业连份工作都找不到，嫁给刘明华她就可以马上在市里开一间打字房，那么一来就比别的同学都好，而且明华也要搬到城里来住，房子已经弄好了。

这意想不到的明华的婚事让刘焕堂有说不出的兴奋，他逢人就说这事。很快，刘庄周围一带的人都知道了有个大学生给刘焕堂家当了儿媳妇。

"真说不来，明华才上小学五年级。"刘焕堂对人们说。

张美军和芸香的哥那几天怎么也找不到明华，明华像是一下子从地球上消失了。

刘焕堂给了芸香两万。芸香和她哥回河北是明华办事前几天的事。走那天，张美军很生气很凶很大声地对芸香说：

"还哭，都怨你自己！还哭，两万也不算少了！"

春天又来了，刘宝堂这年春天没去种姥姥院子里那片小菜地，他让那两个小雇工去把地翻了翻，那两个小雇工翻地的时候发现院子里堆了不少木料，张美军已经把户口办了过来，准备盖房，刘焕堂没有亏待他。

"我就喜欢明白人。"刘焕堂对张美军说。

"还是您体谅人。"张美军说。

张美军现在还常去刘焕堂的家。只不过不再开口闭口地叫刘焕堂"亲家"。但有时还那么叫一叫，只是叫的时候在亲家前边加了一个"干"字。给张美军赶车的两个雇工一个是史小宝，一个是从右玉那边雇来的新手。

这个春天，刘宝堂常常挂在嘴上的一句话是："学学我以前的那个雇工张美军，要想当东家就先学着当雇工。"

那个叫郭命好的雇工却在背后悄悄说："那谁能学得来，咱们又没个好侄女。"

"他妈的烂农民，总有一天收拾你个狗日的。"忽然这一天，张美军喝醉了，哭得满脸都是泪，对史小宝说。

春天来了，刘庄四周的山都是绿的，虽然老天一直不给人们下雨，但刘庄四面的山还是绿的。

宣传队纪事

　　说是宣传队，其实是个剧团，说是剧团，其实又像是个乌合之众。先是剧团解散了，而又从上边下来了最新的指示，要各个单位都组织"形势大好宣传队"，好嘞，那就宣传形势大好吧。这个事，一般人上了台还做不了，宣传不好会出事，便把剧团解散后没处去的演员们又都召了回来。但人手还是不够，那天单位头头马大鼻子翻着白眼对我说："你他妈年轻，脸也还算好看，你去吧，狗日的天天还有炸油饼和炖肉吃。"我一听有吃的就来了神。去了地方，先毕恭毕敬地见过白脸平头戴着一副近视镜的宣传队队长，这个人我认识，和我哥是哥们儿，以前总来我家玩儿。现在人模人样了。他坐在那里，把我看了又看，让我踢踢脚，我只一踢，便给踢准了，这我得感谢教我练武的康师傅。我跟他练过几年，腰身便跟别人大不一样，是板正好看，是腿有腿，腰有腰，走起台步利索好看，来几个后翻，一百来斤的体重轻轻松松。想想那三四年的功夫天天在体育场压腿劈叉也没算白受罪，现在有油饼和炖肉吃。我那康师傅，原来是带戏班的，浑身好武艺。我去他那里学武，只是晚上去，在大月亮地里，踢，踢腿，拉，拉膀子，出，出汗，直把自己拉得身板十分受看。上了台，下边一时有多少眼睛饿饿地盯着我看，看我走圆场，看我金鸡独立，金鸡独立站稳后还要再把那条腿慢慢抬起往上一挑，挑过头，这叫亮靴底，这一挑就高过了头，台下自然是一片喊好。因为是要宣传形势大好，所以把过去现成的二人台曲牌填了新词让我们唱。和我唱对手戏的那个女的叫刘利华，比我大两岁，人长得不是出奇的好，鼻子那地方多少有点塌，但一化出妆来谁都说好，台风也好，她一出台就满脸笑盈盈的，人们就喜欢她。她拿两把粉红的扇子，我拿两把蓝色的扇子，这么一抖，又那么一抖，这么一转，再那么一转，一时间满台上都是花团锦簇。服装呢，是过去的老服装，一粉一蓝的亮缎，上边还钉着亮片云字头。就我们两个，在台上穿来穿去，若是台步走快了是粉中有蓝，蓝中有粉，那才是个好看。唱词却是崭新的，一句句都只说现在的形势大好。二人台小戏原是调情的，一旦唱起，人们就根本不听你在唱什么词，只是听那热烈的旋律，男一句，女一句，一句顶着一句。最后来个全场停，一台都是静的，那男的，便是我，出口一声"砰——"身子一下子耸起来，在金鸡独立了，那女的，便是我那搭档，紧接着来一句"啪——"跟着软下腰身，来一个低低的卧鱼，两眼只热热地望着我，真是妖娆到十分，这个"啪"简直就是九曲回肠般。就我俩儿，一"砰"一"啪"紧赶着，气氛就更加热烈，唱完回了台口。白脸平头的队长会马上拦住我俩，唐山口音真是侉，侉里又有些婉转，他紧着说："返场返场，再他妈浪一段儿。"我俩儿便喘气，刘利华胸口那里是一片波浪起伏。那边乐队的过门早又重新响起来，队长只抬起手，在肩膀上拍一下我，再拍一下刘利华，再伸出两只手把我俩同时一推，嘴里是一个字："出。"我和我那搭档刘利华便在欢快的过门中再次出场，再浪，浪过后，台下又是一片急风暴雨般的掌声。回到台后，紧着换衣服，又该着下一个节目了，这次我是演老汉，对着镜子在额头上画三道，嘴边也各画三道，我那搭档刘利华不让我自己来，她要给我画，我用一口气把脸绷紧了，先绷左边的腮帮子，画了，再来一口气，再绷右边的腮帮子，也画了，再把头伸过去，脑门儿上也画了。然后把胡子戴了，是小胡子，往鼻孔里一插就得。然后弯着腰哆嗦着出台了。我那搭档只站在台口望。忽一日有人对我说："你别看刘利华鼻子有点塌，人却有福气，对象在部队提连长了。"我愣了一下，这才知道她已经有对象了，而且是个部队当官的。心里虽没事，却有点慌，嘴里还硬，"她搞对象跟我有什么关系！"说话的是丁红卫，是个男旦。男旦的时代已经过去了，所以他的戏很少，平时在队里打打杂，拉拉幕，抬抬服装箱。

　　宣传队有队长和副队长，队长白脸平头长得也算是齐整，却没唱过戏，只管教训人，副队长是两个，一男一女，原是剧团的。他俩只管教怎么演怎么唱，怎么做怎么来。女副嗓门大，化妆时总爱大着嗓门说的一句话是："唱好唱不好，把脸化好看些，给人们个好脸看。"每化妆前必是她来调底色，调那么一大碗，人人过去用手指挖一块在手心里，然后再涂到脸上去。去乡下演出，卸妆只用乡下的胡麻油，从尺半高的绿玻璃瓶里倒一些在手里往脸上涂，一时都是满脸花的鬼脸，每人一个热水盆子，"呼噜呼噜"地洗，洗完再去吃饭，是炖肉，是油炸糕，每人一碗。和我搭档的塌鼻美女刘利华总是坐我身边，非要把半个油饼给我，要把碗里的肉夹几块给我，说她吃不了那么多。我看着她，只觉奇怪，她只要是一卸了妆便好像换了一个人，没那么好看了，鼻子上便像是一下子少了那么一块。我对她说："你要是不卸妆有多好。"她说哪有演完戏不卸妆的。其实她说的也不对，有时候，演完了，太晚了，我们没时间卸妆了，就那么往回家赶，回了家再说。那一次，演完戏往家里赶，父亲来开门，吓了一跳，说你就不怕把路上的人吓死！好在半夜三更路上也没什么行人，要有，也是扫马路的，清净的夜，大扫帚划拉在大街上"哗啦哗啦"的，不知怎么让人多少有些难过。

"在队里"，这是宣传队里人们经常挂在嘴上的一句话。人们那时候都反感说剧团，剧团里就是戏子，而宣传队却是个崭亮的词，像是好听，像是身份也不一样了。在队里，好处是经常能看到演出和新电影，但不叫看，只统一叫了观摩，是观摩学习，并不是什么看戏，这样一来呢，就像是在做一件正经事，与众不同的事。女副嫌发票麻烦，就让塌鼻美女刘利华来发票，这样一来呢，每次我的票都是和她挨在一起，而又都是与队里的别人离远了，比如他们在一排二排，我就一定是和她在了五排六排，或干脆是最后一排。这一次，是看电影，内部片《山本五十六》，她忽然从口袋里掏出一颗鸡蛋，说你吃了它，我估摸你饿了。我倒是不饿，却想吃她那颗蛋，电影院里黑黑的，她还把鸡蛋皮给剥了，却想不到是颗咸鸡蛋，吃得只想喝水。吃着她的咸鸡蛋，只听她在一旁小声说不想和她的对象处了。我说："他不是当连长了吗？"塌鼻子美女刘利华说："当团长我也不跟他。"我心里便乱跳。说："那你跟谁？"她却"扑哧"一笑，倒问我："那你说呢？你说让我跟谁？"一只手已经端端放在了我的手里，小声说："我手凉不凉？"我说："热得很。"她说："你真觉得热？"我倒没了话，心怦怦乱跳。

"要跟了他，我得去内蒙，我不想去内蒙。"她又说。

我不说话，只管心跳。

隔天再上台，我便发现她的眼神不一样了，有了电，而且很足，我只觉要被电着，便一次次躲闪了她，却又躲闪不过。台上这样，站在台口上的人什么都看得清清楚楚。女副这天找了我，她手里托个茶杯，因为化了妆，每喝一口水都把两片嘴唇翻起，"呼呼呼"喝一口，她对我说："我们都是来到一起宣传形势大好的，要没有一丝私心杂念才好。""呼呼呼"又喝一口，又对我说："年纪轻轻，不要搞出麻烦才好。"我说："我哪里不好？"女副又忽然不说了，"呼呼呼"又来一口，眼珠转到这边，忽又转到那边，转到那边，忽又转到这边。旧剧团的人还是心直口快的。她又看看左右，小了声："你要是跟小刘好了，你会被判刑的。"这话吓我一跳。我忙说我没跟她好，她有对象。女副队长说你知道就好，"但你知道不知道破坏军婚会给判几年？"我更吓坏了，一时都结巴了。心比嘴还结巴。

　　再演出，刘利华的眼里电像是少了一些，女副像是也找她谈过了，再过些时候好像是没电了，因为对不上了，她那眼神跟我对不上，所以电也就接不上了。夏天快过去了，我们到铁路工地上去演出。这天的节目，我们是最后的压轴，所以刘利华要我跟她去新修的铁道那边去看看。"那有什么好看？"我说，但还是跟了去，新修的铁道是静的，铁道的西边和东边是高粱地，在月亮下闪光。我们便坐下来，天上的星星一颗一颗银子一样的白亮。刘利华先是不说话，然后说话了，冷不丁说她很冷。我说我还热呢。停了片刻她说你就不懂得抱住我。我心里只是乱跳，只是不得要领，我侧过身抱她，她却一仰身人已经在我怀里。恰这时乐队的演奏很是激烈，好像一世界都要地震了，是鼓声大作。时间原是过得很快的，她突然说："我们现在结婚你敢不敢？"我一时晕掉，心想结婚是种种礼仪加在一起的那种事，却偏没往别处去想，就那么紧紧抱了她，也不知还能抱多紧。只听她在喘，"嗞嗞嗞嗞，"她把我抱紧在她身上。又说："现在结婚你敢不敢？"一个人晕到我这样真是不可饶恕。我还没懂。直到我们松开，快到我们的节目了，我们朝舞台那边走，台子是露天的，这时有露水下来，脸上时不时凉凉的，我才猛然明白她的话是什么意思，我心里顿时起了大震动。我听见我颤抖着对她说："我敢。"又说一句："我敢。"她却不再说话，坚定了步子，很快到了台子边上。这晚的演出我完全晕掉，是跌跌撞撞。演出完，再也找不到她。队友们往车上装道具的时候我看到了一下她，只一闪。

第二天，她没出现，之后，她都没出现，我又不敢问。后来才知道，她去了内蒙。之后很久，有一次演出完喝了酒，女副小声对我说："你没给判五年是万幸万幸。"这时候，和我临时搭档的是女副。她嗓子有些哑，但唱得亦是很好，每走圆场，身子必压得很低，倒像是在那里赶一群鸡。

"咯咯咯、咯咯咯"女副和我在台上演，有人在台口怪声怪气小声笑："咯咯咯"是丁红卫。

"鸡啊，你是只鸡啊！"女副对丁红卫说你笑什么笑？

"我哪里敢笑。"丁红卫说，"我是咳嗽呢。"

"我看你是吃饱撑的。"女副对丁红卫说。

"我哪来那么多粮票，我还能撑着。"丁红卫笑嘻嘻地说。

那个年月，吃什么穿什么都要靠票证，可以说那就是个票证时代，没了票证你就会抓瞎。那一年，快过年了，一个中年妇女在商店门口大哭，因为她把票证丢了，也就是说这个年她们一家将没得吃。既没有鱼也不会有肉，比如说豆腐和白菜这样普通的东西，当时也要票证，没了票证就没了一切。去饭店吃饭，先去开票口开票，几个菜，多少主食，菜是不要票证的，而主食是一定要票证，几个馒头几碗米饭，算好了，多少钱多少粮票，没有粮票万万不行的，当时有办法的人手里都有全国粮票，手里有了全国粮票就意味着你有极大的自由，你可以全国各地到处跑，而你如果没有全国粮票便只好乖乖在你那个城市待着，哪也去不了。票证能把一个人死死拴在原地不动，真也是个奇迹。那个时代的奇迹很多，包括一个医生用一根银针把成百的哑巴儿童扎得能开口说话。那些被银针扎到会说话的儿童现在在哪里？

宣传队，只能叫宣传队吧，人们喜欢去宣传队其中的一个主要原因就是能吃上好的，演出前演出后都吃，一般来说演出前少吃点，怕吃撑了上台笨拙了，演出前的吃是小吃，垫补几口，草草收兵，演出完才开吃。在工厂演出，会有三四个菜一个汤，主食是随便吃，在乡下演出，吃上没那么多的花样，却更实在，每人可得一碗炖肉，炖肉大馒头，或者是北方的油炸糕，这是主食，菜照例是炖肉。演出，是越往远了走越受欢迎，吃得越好。城市附近的村子看演出的机会多，好像不怎么太稀罕宣传队去他们那里演出。宣传队去哪里演出，演几场，都是上边开会定的，当然宣传队也可以自己去找。这年冬天，下了好几场大雪，白茫茫的大雪晃得人连眼都睁不开，这天，正队开口说了话："咱们不能再待了，咱们去一趟白沟吧。"大家都不知道白沟在什么地方，一问才知道是在山西与内蒙的交界，要很早就得开车过去，大概要在路上跑四个钟头。队长跟乐队的那几个人一边装车一边哈手一边说："全内蒙，妈的，也就最数白沟的羊肉好吃了，因为白沟那地方地上长的全是中草药，羊吃了那种草你说那羊肉能不香吗？"因为离城市太远，去那里演出的团体就很少。我们明白，今天能好好吃一顿羊肉。虽然天还下着雪，我们出发了。车先是在二级路上开了好一阵子，后来就进山了。我们在车里看到了山坡上的土长城，土长城就是没有用砖包过的那种长城，据说更加古老，可以追溯到战国时期，土长城在明代的时候被统一修过，便有了明代的古堡。那些堡子，有许多我们都去过，去演出。记得其中的一个古堡里靠着山沟的地方有一个很深的洞，当地人叫作"死人洞"，下了洞往里边走，会看到里边有许多死人的骨架，都是明代战死在这里的俘虏，而且都没有头颅。当地老百姓保留着一个习惯，就是每年的十月一都会来这里给那些战死的明代将士送寒衣。据说每到了那几天，晚上都会听到这里有人在不停地说话，说"好冷啊好冷啊"。而且都是外地口音。而后来的考古证明了死人洞里的那些尸骸根本就不是明代的，而是汉代。由于下着雪，我们的车开得很慢，山路在山间盘来盘去，所以师傅开车很小心。天就这样慢慢黑了下来。天黑下来后我们才感觉到雪是下得真大，因为车灯从风雪里打出去，才可以看到雪是那么密集。车开过死人堡的时候出了一点故障，师傅下去修车，我们在车上等着，不少人睡着了。直到听到正队让我们都下车，说要去推车。我们下了车，四周的山都是黑的，黑茫茫的群山，近处的雪又是白的。丁红卫拉着我让我别靠路边那头站，让我站到他跟前，我甩下手偏偏站到另一边。

"这都什么时候了，赶去几点了？"丁红卫非要和我站在一起，对我说。又对正队说："这要赶去了都几点了？没人看怎么办？"

　　我们都看出队长有些犹豫，但他还是说："那也得去，这是革命任务，也是我们学习的好机会。"队长说的学习的好机会是因为白沟前些年出了一个学毛著的大人物，能把毛的老三篇一字不差地背下来，而这个人物是个小孩儿，才三岁，没有上过学，不认识字，但他能把老三篇一字不差地背下来，因为出了一个这样的人物，白沟一下子成了远近闻名的地方，周边各省市县区的人都赶到这里来学习，吃一顿炖羊肉和糕，听一下这个三岁的小孩儿背老三篇。一天就算过去了，也算是学习完了。后来这事闹得很大，省市开会都请小孩儿去给在大家去背老三篇。

　　"那红小现在够六七岁了吧？"不知谁对队长说。

　　人们都叫那个背老三篇的小孩儿叫红小。

　　"其实我们是去吃羊肉的。"不知谁在旁边小声笑着对正队说，正队踹了一脚说话的："就记得吃。"

　　"要是不吃你也不来。"那人又说。

　　正队说："是啊，身体是革命的本钱，吃也是为了革命。"

　　"透女人也是为了革命呢。"那个人说。

　　正队就笑了，说："那你去透猪吧。"

　　"这也没错，透女人也是为了革命，要是没有新的一代，革命怎么进行下去。"那人又说。

　　这时候，车启动了，开车的师傅招呼人们上车，人们纷纷跳上慢慢开着的车。听得见车轱辘压在雪地上"咔嚓咔嚓"的声音，那声音告诉人们这雪很深。

　　车开到地方，车还没有进村的时候大家都很担心还会不会有人看这场演出，也许，大家吃点儿东西就又这么回去了，但到了村里，大家都吃了一惊，白茫茫的雪地里，黑压压都是等着看演出的人们。人们都等在这里，一年到头，人们能看到几次演出，有时候一连三四年都看不到一场，所以，白沟村的人们把远远近近的亲戚们都叫了来，就像是过节。那个台子，是用大门门板搭成的，下边是一挂一挂的大车，台下点着两堆火，台上的上方横杆上挂着一排白炽的汽灯，雪花在灯光下显得更加密集。台上又搭着苫布，雪花只能在台口上镶一个厚厚的边，不影响演出。

队长明显的是有些兴奋，他连说真想不到，真想不到，贫下中农热情真高。看看表，已经接近晚上十点了。我们便赶快化妆，女副还是那句话："唱好唱不好给人们个好脸看，都化得漂亮些。演好演不好给白沟个好脸看，都化得漂亮些。"我们化妆的时候，村革命委员会主任，那个复员军人从台下大步走过来，问："先吃饭呀还是演完了再吃？"队长说："大概他们也都饿了，先每人垫个油饼吧，演完了再吃。"复员军人便又转身离去，不一会儿便有人端来了热腾腾的油饼，还有一盆羊杂。"先垫补垫补，先垫补垫补。"村主任对大家说。

演出前，照例让红孩儿站在台上背一下老三篇。大家就都拥出去站在台口那里看，红孩儿是长大了，但个头还是小小的，雪下着，下得那么大，从后台看红孩儿，他小小的一个人就像是站在雪里一样，雪下得有多么紧，好像是要把红孩儿给埋了，又好像红孩儿在不断地上升，人一直在往上升，要飘起来了。他站在那里一字一字地背《为人民服务》。我一边嚼油饼一边听，果真是一字不差，心里便感叹，也不知他是怎么背会的，再过一年，他应该上学了吧。红孩儿这时已经背到《纪念白求恩》了。紧接着，那边的音乐已经响起。第一个节目照例是舞蹈。上了台，更加让人感动，白茫茫无边际的雪里，像是都是人，一张张脸仰着。台下的那两堆火，火焰有多高，忽然觉得这不是演出，而是碰上了什么革命大事，有什么顺着火焰已经飘了起来，很远的地方，有灯光还不停地朝这边照过来照过来，还有人朝这边走。白沟太偏僻了，我在心里很感动，在台上，只能看到最前边的人脸，远处，便是黑压压的一片，前几排的人脸，也许是被火光照着，眼睛都格外的亮，格外的饿，也只能用这一个字来形容，都饿饿地看着我，如果眼睛是嘴的话，那些眼睛可能会把我和我的搭档丁红卫都给吃了。欢快的音乐永远缺少不了锣鼓和那一直往上、往上再往上的笛子和唢呐。这已经接近半夜。音乐声传得很远，那真是一种让人无法抵抗的诱惑。我直到那一刻才明白把台子搭到空地上是有道理的，空地可以站更多的人。唱完三段的《打金钱》紧接着就是返场，返场时白脸平头的队长出现了，在台口像哄小鸡一样又把我和丁红卫又从台口轰到了台上，队长的唐山口音真重："再唱一段再唱一段。"那时，和我搭档的是这个男旦丁红卫，刘利华离去，女副替了几场，现在是丁红卫。丁红卫化出妆来也真漂亮，不知怎么就传了出去她是个男的，所以人们都要看他。再次退场，台下的人都涌了过来，要看丁红卫的那张脸。演出吃饭，吃饭演出，村主任一直都陪着我们。这次演出完，已经是后半夜，大家去村小学校去卸妆，然后是吃饭。这时候那个红孩儿又出现了。村委会主任在跟队长商量一件事，居然是能不能让红孩儿跟着我们去演出，不过是加一个节目让他背老三篇。我们才知道，去年红孩儿的父亲因为砖窑崩了窑被炸死了，村委会主任的意思是让红孩儿跟上去演出，去宣传大好的形势。

"这也是一条出路。"村委会主任说。

队长的嘴里慢慢转着一块馍，老半天才说："那怎么行，宣传队里跟着个七岁的孩子。"

村主任叹口气，看一看站在一边的红孩儿。

"你他妈的要是七十岁就好了，谁让你才七岁。"村主任说。

我们吃饭，说话，外边下着雪，那些看演出的人还不散，趴在窗台上朝里看，我吃完饭，要出去小便，丁红卫也跟了出来，他跟在我后边说："要是不回去我今天跟你一个被窝睡。"我说还有什么想法？"我建议你去跟猪睡。"我们去小便，马上又跟了不少人过来堵在厕所门口，这已经是后半夜。村委会主任也跟在后边，却把他们打散，说："看球呢，看球呢，看得人家都溺不出。"我笑着，只觉脖子那里凉起来，雪下大了。

我们的车，离开白沟村的时候已经是后半夜两点多，车慢慢开动，有不少人跟着。从白沟村出来，往东，要过那条河，河水早冻死了，过了河，上了坡，才可以把车开到土路上。人们把我们送到了河边，看着我们的车开过河，河水冻得真结实。连一点儿响动都没有，回头看看，河那边一溜火光，人们还站着。但让人想不到的是车在上坡的时候，突然慢慢往下滑。"快下车！快下车！"师傅大喊让人们快下车，车上的人，睡着的和没睡着的都赶忙跳下了车。那车一开始滑得很慢，是倒退，是移动，以至等到人们都下了车，那车才快了，朝下滑，刹不住车，我们眼看着车在下滑的时候碰了一下河边的石坡，然后车用很慢的速度开始打斜翻倒，然后在封冻的河床上快速地滑到了对面。站在河对面还没走的白沟的人又都朝河这边跑过来，其中还有红孩儿，小小一个人儿，两只眼里却有着热切的闪光。

黑暗中，丁红卫紧紧抓着我的手，我也抓着他的手。

那天晚上，躺在被窝里，丁红卫问我睡过塌鼻子没，我说放开手！丁红卫又说是我唱得好还是老塌唱得好？我说："放开手！"

红孩儿现在已经四十多了，后来再见到他，他居然还一字不识。再让他背老三篇，他竟一句也想不起。他现在的工作是卖包子，在村口开了个包子铺，卖猪肉包子。

丁红卫这天在后台，忽然对我说："我的裤带不行了，快借我裤带使一使。"我说裤带还有借的？"你借了我的裤带我系什么？"结果这天，丁红卫真的在台上把裤台给跳断了。从台上下来，我一看他的脸色就知道他出事了，好在裤子没在台上掉下来。丁红卫系的是一条牛皮裤带，是他父亲当兵时的一根裤带，他拿着那根断了的裤带在后台追着让我看，说："你真是见死不救。"我说："裤带还能随便借给人？"我不想再跟他说什么，我特别不愿意看到他当着人那个样。我一甩手走开了。丁红卫的父亲是京剧团的鼓师，我们这边唱二人台乐队没鼓师，把他父亲请来，居然也成。直到现在，我都不知道是怎么回事，京剧和二人台，那个鼓怎么打？我问丁红卫，他说他也不知道，他说他也懒得问他父亲，有时候他父亲还会给我们拉胡琴，拉胡琴的时候他的嘴总是动，随着节奏动，如果不让他动他就使不上劲了。我们总在旁边说"别动别动"。丁红卫的父亲就把嘴鼓嘟着，但马上他就憋不住了，"哈哈哈哈"笑了起来，说："不拉了不拉了。"这天演出完，吃饭的时候我才对丁红卫说："你也太玄了，把裤带都跳断了，要是把裤子掉下来我看你怎么办。"丁红卫已经不生气了，说这不算啥，"那边。"丁红卫一说那边我就知道他是在说京剧团，说他爸爸那边。丁红卫说："那边更热闹，演《红灯记》，李铁梅用劲太猛了，唱到'咬住仇，咬住恨，咬碎了仇恨强咽下'一用劲，把头上的辫子给拽了下来。""后来呢？"我说。"就那么唱，手里拿着根掉下来的辫子就那么唱完。"丁红卫说，忽然捂着嘴笑了起来，这件事可真是太好笑了，想一想就让人笑。丁红卫的父亲是文艺兵，丁红卫的爷爷是唱评剧的，旦角儿，在他们老家那一带十分出名，名字就叫"小水灵"，后来调到这边的评剧团来当团长。丁红卫的父亲还是个美食家，会做菜，丁红卫拉我去他们家吃饭，那天是他的生日，丁红卫的父亲做了一桌子菜，我们去了五六个人，丁红卫的父亲在厨房里做菜，那天最好的一道菜也就是清蒸带鱼，我是头一次见那么大的带鱼。菜上到差不多的时候，丁红卫的父亲过来对我们说你们赶紧吃，凉了就不好了。我们就倒酒吃起来，吃得一屋子嘴响。后来丁红卫的父亲也过来和我们一起吃，我们夸他菜做得好，他喝口酒，吃口菜，抹抹嘴说这算什么，凤临阁的菜才做得好，凤凰趴窝。可惜那几个大厨不知道去了什么地方。又说，这算什么，兴中轩的菜才好，红烧猪头，可惜那几个大厨也不知去了什么地方。丁红卫父亲说的这几个饭店我影影绰绰也像是听说过，我问丁红卫的父亲，我说："叔，这些饭店现在都在什么地方？"丁红卫的父亲说："还在呢，就是'工农兵一部''工农兵二部'，'工农兵三部'。"我知道这几个叫作工农兵几部几部的饭店，我说："还是原来的名字好，'文革'结束了，老名字怎么还不叫回来？"一时大家你看看我我看看你。丁红卫的父亲便说饭店，把老饭店的名字一个一个都细细说来，原来都有极好听的名字。

"好听什么，都是四旧。"丁红卫的父亲笑着说。

"'文革'都结束了，我看过去的名字还会给叫起来。"我说。

"是不是？"丁红卫的父亲看着我，倒好像我这里有什么答案。

丁红卫的父亲忽然来了兴致，从柜子里取出来一个锦面大相册，让我们看照片。他翻出一张合影照，相片里的人们都站在一个老建筑的前边，那个老建筑的门头上挂着一个金字大黑匾，上边写着"凤临阁"三个字。但我对这些忽然没了兴趣，我对照片上那个梳着两根辫子的小女孩感了兴趣，我知道丁红卫家里只有丁红卫一个孩子，但那张照片里丁红卫的父亲和母亲的中间怎么站着个女孩儿？

"这就是红卫。"丁红卫的父亲说家里小时候就把红卫当作小女孩养的，红卫小时候大病几次差点没死掉，庙里的高僧说，只有把他当小女孩养才会平平安安。

"那一年，就给他梳了两条小辫子。"丁红卫的父亲说，指着照片，说这身衣服是在庙里穿的才算数，进庙门的时候他必须是个男孩子样，进了庙门才把衣服换了，头发是事先留长了的，进了庙门就把辫子梳起来，进去的时候是个男孩子，出庙门的时候是个女孩子，这是个讲究："也就是小鬼们以为红卫是另一个人了，从今往后再也不会找他的麻烦。"

"后来呢？"我说。

"后来果真就没事了，不再病了。"丁红卫的父亲说这真是怪事。

我还想看看那张照片，一个手指忽然把照片中的那个小孩儿的脸给压住了，是丁红卫，他不让我看，看着我。

"有什么好看。"丁红卫说。

"老周怎么没来？"我问丁红卫。

"老周忙呢。"丁红卫说。

"这么大的带鱼，他误了。"我笑着对丁红卫说。

"这个老周，说好了他要来嘛。"丁红卫说。

老周是文化馆的笔杆子，那几天正跟着我们改剧本，跟我们吃在一起住在一起。老周说他会根据我们的情况好好儿来一个本子，让我们宣传队在这次会演里拿他个一名二名。

半年一次的会演马上就要开始了，上边下了文件，要求各个宣传队把新节目报上去，每个队最少要有三个节目参加会演，然后再在三个节目里筛选。老周那天在会上说:"创新嘛,说了这么多年,哪有那么多新可创,还是把过去的好听的改改吧,人们还愿意看。"上新节目的事一般都是老周一个人说了算。说到老周,宣传队的人都在心里很佩服他,人们都知道老周是个写小说的,有人还读过他写的小说。老周在文化局上班的时候工作就是整理那些旧剧本,当年的许多旧剧本和旧书都被收到文化局来,老周、老胡还有老白三个人就从那些旧剧院本里筛选可以改编的剧本,把与新时代不合的东西去掉,再加上一些新的东西,然后再拿给剧团去演。有时候还会去北京参加调演。

"那些老本子可太粉了。"老周有一次随我们演出,吃饭的时候喝了点酒,对我说《走西口》这个小戏的老本子真不能看,太下流了,玉莲给泰春梳头的时候要从上往下摸,一边摸一边唱,摸到中间那段话可就太粉了,唱什么:"'一摸摸到哥哥的货,哥哥硬了怎么个说',你看看,你看看,这种词像什么话?"解放前就那么唱,到了后来,这些唱词都没了,去掉了好多才干净了。老周这么一说我就有点儿脸红,丁红卫看着我,我把脸马上掉到一边,那时候,我和丁红卫演《走西口》,也只有梳头。我下了台对丁红卫说:"以后梳头别摸我脖子,我痒!"丁红卫就笑,说:"那是玉莲的手又不是我的手。"我想翻脸,但又不能翻。

为了参加会演,我们便开始排老周改编好的《八大员》,这是个老掉牙的小歌舞表演,八大员里边也就是炊事员、理发员、服务员和这员那员。老周说:"行当多了反而出不了效果,干脆这样吧，八大员都集中到饭店，这样集中些也好演好看。"这八大员便是炒菜的算一个，打蒸笼的算一个，剥葱的居然也算是一个，饭店里有专门剥葱的吗？那怎么会，但这是舞台上的事。热闹就行，好看就行。我们八个人，丁红卫也参加进来，很快就把老周改编的《八大员》排好了。上边的领导下来看了几次，算是审查，想不到他们都很满意。这个表演，因为人多，穿来穿去很是热闹。原来还打算每一员都要有个道具，但老周说有道具就不好看了，就会限制了表演，不要道具。结果还真让老周说准了，去了道具，两手空空就只剩下表演，演出效果更好。先是参加了一次汇报演出，这个节目便马上被定了下来，上边的领导做了指示："要突出为人民服务思想。"老周便又加了一句词。也只一句，在每一段的结尾部分重复着唱：

"八大员，八大员，为人民服务我心喜欢！"

这个《八大员》演到最火的时候忽然出了事。那天是去煤矿慰问演出，演出前不知道为什么我们都喝了一点儿酒。上台的时候，丁红卫忽然说："今天咱们改一改，热闹热闹，咱们不要再说我是'工农兵一部的'，我是'工农兵二部的'，'文化大革命'早就结束了，咱们就说我是'凤临阁'的，我是'兴中轩'的，我是'花枝阁'的。"丁红卫这么一说我们就都兴奋了起来。乐队这时开始拉过门，欢快的，跟着是我们八个人上场，踏步甩胳膊，唱起，八个人再穿插着走几个圆场，定了位，每个人便自报家门。下边猛地起一阵掌声，竟然如雷般响，惊得后台的人跑出来在台口看，还以为出了什么事。原来下边的人也听出来了，那几家久违的饭店的名字从我们嘴里说出来，忽然有着说不清的新鲜感和亲切感。

那天演出完了，照例是卸妆吃饭，也没什么事。因为太晚了。开会是第二天的事。夜里通知好了，要人们一早去开会，这样的事很少，也不知出了什么事要那么早就开会。到了早上，我还想再睡会儿，丁红卫把我推醒，说不能再睡，要开会呢。会是在排练室开的，我们一进去就发现队长早就到了，白脸平头地坐在那里，此刻白脸却是铁黑。等人们到齐了，都坐好，他的第一句话就是："我看你们要反了。"这句话让在场的人都摸不着头脑，都只能你看我我看你，因为起得早犯困的人也不困了，又都一齐看定了队长。队长接着往下说："谁让你们在台上把旧店名都念了出来，那是封资修知道不知道，想复辟是不是？"队长是认真生了气，他把事情的严重性分析了一下，说要是上边知道了你们一个个吃不了都得兜着走。

"阶级头争新动向！"

队长的脸色铁黑，话又说的这么严重，大家一时都没了话。队长铁黑着脸把话说了一遍再说一遍，然后又重复了那句让大家都吓一跳的话："这是阶级斗争新动向。"两个副队长也都愣在那里，女副想说什么也不敢再说，张着嘴看着队长。就这个队长，平时总是憋着，因为宣传队几乎没他什么事。这回他找到事了，抓住不放了，他不这么做就显不出他来。队长把目光扫来扫去，突然扫到了我的脸上，我忙掉过脸，和丁红卫的眼睛正好对住，他想笑又不敢笑的那个样子实在是好看。

我笑了一下，因为背着脸，队长也看不到。

队长这时也讲完了话，接下来是两个队副讲，然后挨着一个一个讲。等大家都讲完了，队长来收尾。他的唐山口音真重。几乎每句话后边都带着一个儿音："那怎么办呢儿，八个人儿，先写八份检查再说儿，上边有人问儿，我就把检查给你们交上去儿，上边没人问儿，没人问怎么办呢儿？"队长的口音特别，儿不说还带个弯儿，每次他说话拖长音的时候丁红卫都要笑，这次丁红卫还是没有忍住。我听见丁红卫在我旁边突然笑了起来。这一次和以往任何一次都不同的是，丁红卫一笑别人也都跟着笑了起来。

"还笑呢儿，还笑呢儿，我让你的检讨不过关我看你就会哭！"

队长气了，站起身，脸是铁黑，盯着丁红卫。

"这是阶级斗争新动向！"队长又说了一句。

丁红卫不笑了，用两只手把脸给捂住。

多少年过后，我在街头见到了我们的队长，他坐在轮椅上，在街边，嘴朝一边歪着，他睡着了，起码是我以为他睡着了，正准备轻轻走过，想不到却听到了队长口齿不清地喊我。我过去，他说照顾他的那个保姆把他放在那儿晒太阳，她自己却不知去了什么地方。

"那就好好晒吧，多晒会儿。"我对队长说。

我和队长说话的时候，耳边倾刻间像是又响起了过门，那种极其热烈的、文武场交加的过门。我和丁红卫又出了台，像两只花蝴蝶，一红一绿，扇子上下翻飞……

正队那天最后说："现在不文化革命了，要是还文化革命，你们一个一个都是现行反革命。"正队又说一句："把检查，一人一份，都马上交上来。"人们听了也只是嘻嘻哈哈。不久，又出了一件事。

这天，正队在会上说了一个让人兴奋的消息，那就是要准备去省里演出。这次演出说来也怪了，是省里的一个人发了话，要把地方小戏来一回调演。还专门点到了二人台，后来人们才知道点名要二人台小戏的那个省领导原来是从大同这地方出去的，这位领导原来是在井下挖煤，后来因为毛选学的极好被调到了井上，被结合到了班子里。这人也没什么文化，只是口才好，脑子也好。正队宣布了要去省里参加调演的事，然后就安排节目，把旧节目的词改了改，再发掘些新节目。所谓的新节目，说来也还是旧东西，只把新词往里边填就是。大家开始忙去省城演出的事，也就是排练，安排了角色，先背词，再对词，对几回，再加上表演，老周嗓子大哑了几天，狠喝了几天胖大海，大枝节也就差不多了，乐队跟上来，和乐队合了几回，这就差不多了。排练的时候，角儿们都不会真金白银地把本事露出来，到了演出才会使出浑身的本事。忽然这一天，正队接了个电话，说要先去汇报一下，要下一回乡，"领导在乡下等着看。"队长对我们说："看看人家领导多重视咱们。"这时忽然有人在旁边问了一句："领导怎么会在乡下等着？"队长忽然支支吾吾，说："领导在乡下召开三干会，顺便把节目看一下不行吗？"

"去哪呢？"女副用唐山口音问队长。

"哪呢，赵水村。"队长说。

"可老远呢。"女副的唐山口音现在真是地道。

"老远个鸡巴劲儿。"队长说，"有车呢儿。"

赵水村离城一百多里，傍着河，那条河据说在清朝还通大船，可现在是连一点儿水都没有了，河床上的庄稼倒是不错，黑油油的，是黑油油而不是绿油油。因为过去这里通大船，所以这个赵村有不少大商铺，还有存放货物的大客栈。那个最大的客栈现在成了公社办公的地方，公社的武装部和妇联都在这里，还有个小卖部，里边卖些烟和酒，黑釉酒坛子擦得贼亮。还卖些农具绳索斧头镰刀。

赵水村可是个大村子，看那条路，又宽又平。

我们的车一到，就有人领着我们去了大队部，那个院子可真大，但演出又不在这个院子里，演出在村子的另一头。有人小声告诉我们，是在省领导的老家院前边演。大伙儿这才知道省领导的老家原来在赵村，怪不得要来这里演出。"鸡窝里飞出个金凤凰。"不知谁说了一句，大伙儿连说："可不是可不是。"队长把烟头扔了，说要去看看台子搭的怎么样，要我便跟着去，丁红卫看看队长的脸，也跟了过来，嘴上说要走走台心里有个数。去了地方，台子已经搭好，一排十辆加长的拉煤大卡车，把两边马槽下了，车与车并排靠好了，上边再铺上搭棚用的帆布，这个一来可真是气派，上边还又搭了彩棚，挂了汽灯，我们这才知道，我们是负责演白天的，晚上正经剧团要演《红灯记》名角柯理梅已经来了，柯理梅在这一带十分出名，人人都想看她长什么样，但她就是不给人们看，这会子柯理梅人不知去了哪里。既然市剧团都来演，这就不太像是汇报演出了。我和丁红卫都看着队长。队长却眯着眼把烟递过来，不是一支，是给我和丁红卫每人一盒儿。

我忽然受宠若惊，不知道会有什么好事，直看丁红卫。

丁红卫也像是受了惊，给队长点烟。

队长努努嘴对我们两个说，台对面就是省领导的家。

我朝那边看，好气派，院子和房子都十分新，且又阔大，不少的人在院里出出进进，院门外立着两个临时烧水的锅炉。还搭着棚，棚里坐着几个闲人在说话，棚前有长桌，学校的课桌，五六张并在一起，上边又铺了桌布，放着些烟了什么的。我对丁红卫说好像是在办事。丁红卫朝那边看看，也说差不多，但丁红卫又说听说省领导的父亲在这里住。我说那当然，省领导会住这里吗？看完台回去的时候我和丁红卫各自抱了一个大纸箱子，我们跟在队长后边，队长说箱里都是烟和糖，是省领导送咱们的，"回去分分，每人一盒烟一包糖。"队长又说："你们每人再拿一盒儿，往死里抽吧。"我对队长说："是不是办什么事？"队长回过头，两眼却又朝那边望望，只说你们知道就行，是省领导家里办喜事。队长又说："这也是既汇报了又给领导家办喜添了彩头。"队长想了想，又说一个字："好！"

回到学校，人们还在化妆。分烟和糖的时候，队长像是干了什么大事，很累了的样子，一屁股坐下，白脸平头地端了个茶缸子喝茶，一边喝一边说："今天大家都卖卖力认真拿出正经玩意儿好好儿演，省领导要来看呢。"女副化了一半脸，因为是演旧戏，额头上正勒了一根带子，脸被绷紧了，那带子其实是个丝袜，打了结，化妆的时候勒在额头上。女副忽然把眉笔停在了半空，说："省领导一来，区领导市领导哪个敢不来。恐怕这场戏演不好了。"队长瞅瞅女副，"咦"了一声，说："看你这话怎么说的？大领导来了反而演不好了，你这话怎么说？"女副说："你不知道我们上台演戏就怕下边坐了正经人物，如果毛主席来了坐在底下那谁还敢演，不忘词才有鬼！"女副有些埋怨队长，说你就不应该把这话现在告诉大家，演戏就怕这个。队长毕竟不是剧团的，哪知道这个。掐了手指算了算，从市里到区里会有多少领导来。女副不再说话，坐下来化她的另外半个脸，很快化好了，扑了定妆粉，一张大白脸，两个黑窟窿，一开口说话就是三个。稍停，又用软刷把粉从脸上打下去，地下已是一片白，但她的嘴留着还没化，要待会吃点东西上台之前再说。

女副说："我到出台前来几口酒就没事了，别人有事没事我不知道。"

"你来几口儿？"队长却笑了，说。

"二两，一口下去。"女副说，"有了酒我才不怕呢。"

"那你们每人都来二两。"队长笑着对大家伙儿说酒现在有的是。

"喜烟、喜酒、喜糖。"队长说这次演出可不简单，大家都好好卖力。

人们在屋里化妆的时候，院子里早就挤了不少人，都趴在窗上朝屋里看，狗也来，不是一条两条，狗也爱凑热闹，但它们不知道人们趴在窗上朝屋里看什么，它们是干着急，只在人们的裆下腿缝里乱钻，有人被钻痒了，踢一脚，狗便一声锐叫。

队长把话说了一次又一次，其实都是废话，队长说中午饭一吃完就开演，大家都少吃点儿，那边正经给咱们留了两桌，演完了好好儿吃。那边是什么地方？丁红卫已经把那边是什么地方对大家伙说了。人们都很吃惊，屋里顿时一静，人们都想不到省领导会是这个村子里的人，又想不到省领导家里办什么事，是他的什么亲戚结婚？演员们此刻都已经化完了妆，桌上、凳子上的几个盆子，水也都红了，上面浮着厚厚的一层油，人们又都洗了一下手。外边这时搬进饭来，几盘雪白的馒头，一大盆炖肉烩海带，红彤彤、油汪汪的。还有一大盘拌粉，演出前也就这些了。丁红卫把两块红汪汪的瘦肉一下子夹到我碗里，小声说："还是我想着你，知道你不吃肥肉。"他又把一个大馒头掰开，一个手里拿半个，看着我，我一转身，出到院子里去。

丁红卫举着半个馒头跟出来："跟你分半个馒头怎么了？"

"跟别人分去。"我说。

"要不要，你要是不跟我分吃，有话我不告诉你。"丁红卫说。

我看着丁红卫。知道有什么事了，我接过那半个馒头。

"别神神道道。"我对丁红卫说。

"今天有好看的了，前边做饭的厨子刚才跑了。"丁红卫说。

"哪个厨子？"我说。

"还能是哪个厨子，前边的厨子。"丁红卫说这才是给省领导好看呢。"做了一半儿，扔下家伙跑了。"

"为啥？还有做了一半儿走人的厨子？不要工钱了？"我不解。

丁红卫要我把耳朵给他，要小声说给我。

"有什么神神道道。"我说，"你爱说不说。"

丁红卫凑过来，小声对我把话说了。这一下，吃惊的该是我。

"死人结婚？"我问丁红卫，"你说什么，这么排场，是给死人结婚？"

"是省领导的一个弟弟，十二三岁就死了，死多年了，今天是阴配。"丁红卫说。

接下来，一切都像是不好了，上了台，我高一句低一句接不上气来。两只眼只朝那个院子里看，但哪能看到什么。走圆场的时候，我和丁红卫交叉的时候丁红卫掐了我一下，小声说：

"你怎么啦？"

我想知道，死人是怎么结婚？什么又叫阴配，又怎么阴配？我的脑子和心神早已不在台上，在什么地方？我的脑子和心神在什么地方？这时天上有了大声音，有架飞机在天上飞，"轰"的一声过去了。演完下台，丁红卫跟我说，那个年轻厨子临走还撂下一句话，说："给死人办事，我一个大小伙子还没办呢！"

马上就要过中秋，那几天队长不知为了什么事好像总是在兴头上，出来进去嘴上说了好多次"旧戏还是可以为人民服务的，旧戏还是好看"。队里的人们也不知道他是什么意思，但大家都知道旧戏还是不能演，因为别处也没这个动静，前几天虽然在那个省领导那里演了，也是不敢声张的事，上边已经吩咐下来了，演出的事不许大家对外边说。那几天，老周回老家去了，他母亲去世了，他回去奔丧，新写的本子也只写了一半儿。但人们也都知道了老周现在写的这个小戏特别有意思，是讲买卖一头猪的事，这是个老旦戏，虽人物行当是老旦，却要青衣来演，有特别来劲的做工，比如走圆场，戏里头的情节是天又偏偏下了雨，又是雷又是雨，这个角儿要把刚刚卖出去的那头猪给追回来，所以心里又是特别的急，在台上要把又是打雷又是下雨都给演出来，这样一来呢，台步就特别的有变化好看。但老周家里有事，所以这个新戏就先放下来。队长说，马上要过八月十五了，新节目要排，慰问演出也不是件小事，先慰问吧。队长遂与两个副队商量，先把要慰问的单位拉了名单，然后再去分头联系。看看日历，离中秋节还有十天，十天的时间倒安排了八场慰问，煤矿部队还有果园和养鸡场、养猪场，看了这几个慰问单位大家心里都有了数，心里是欢喜的。八月十五出去慰问，就没有空手回来的事。被慰问的单位都会有纪念品。水果和肉，在往年，会人手一份。要说宣传队好，只这一点儿别处没法比。排完要慰问的单位，然后就是安排上什么节目，还要考虑要不要临时加一两个应景的节目，比如和八月十五有关的。但让人想不到的是，队里还没把节目排出来就出事了。这天忽然接到了上边的指示，要宣传队停止一切演出，要整顿一下。大家便都吃了一惊。对宣传队而言就没有比这个更严重的，不让演出，让整顿，出了什么事？

很快就有人把话传了过来，说是上边知道了宣传队上次演旧戏的事。就怕是事情要闹大。说这话的是宣传部的老支。

"文化革命刚结束你们就要反了是不是？"老支说。

老支这么一说，下边就什么话也不敢说了。

看他那球像！丁红卫在下边悄悄对我说。

要整顿，什么时候可以演再说。老支说，从来都没这么神气过。

这天丁红卫要我跟他去理发，天下着小雨，阴冷阴冷的，让人的心情更不好，我们理发一般都有固定的地方。伸着两条大长腿坐在那里理着发，丁红卫突然长叹一口气，对我说，怎么一个省领导连这么一点儿事都罩不住？戏又是给他演的，出了事他也不兜着？

"管他呢，是他点名让演的，出了事好不了咱们也跑不了他。"我说。

"再说，也没出事啊？"我对丁红卫说。

这碗饭看样是吃不成了。丁红卫用两只眼斜看着我，叹了口气，说自己又做不了别的，如果宣传队都不让待了，自己都不知道去什么地方。又说到去煤矿下井，说井下挣得比别的地方多点，但自己又不是那个料，他伸出手让我看，丁红卫的手好像全是骨头，被他抓一下都硌得慌，而且又凉，又凉又硬的手，我就经常给他半夜抓醒。我说干啥干啥，他说做噩梦了，吓死我了，你看我这心跳的。

"你做噩梦跟我有什么关系？我做噩梦抓谁？"我对丁红卫说。

"你抓我啊。"丁红卫嘻嘻地笑了起来。

我知道我这话又说错了，就不再说话。

唉，丁红卫又叹了一口气，说其实做男人根本就没有做女人好，女人碰到什么事一嫁人就完事大吉，就比如那个谁。

比如谁？你说比如谁？我知道丁红卫说的那个谁是谁了。

"不说了，不说了。"丁红卫说。

丁红卫这么一说，不知为什么我忽然有点想念刘利华。我就说，内蒙到底有多大，那边还唱不唱二人台？而丁红卫偏偏又不说刘利华了。丁红卫说，还是以前好，人们可以随便搭班子唱戏，如果是个角儿就有挣不完的钱。如果在以前，丁红卫说，咱们两个就可以成立一个班子，一生一旦的小戏咱们都能来得了。

理完发，我和丁红卫去喝酒，人心里有事就容易醉。我对丁红卫说："你又何必呢，哭啥呢，队里人多着呢，又不是你一个人。再说，宣传队本来就不是个长远的事，迟一天早一天散掉都是个散掉，千里搭长篷就没有不散的宴席。"

丁红卫两眼红着，看着我，突然又对我说："你看出来没看出来，老周和咱们女副好上了。"我说女副和老周可都是有家的人。"说什么好不好。"丁红卫说女副的男人是华侨："前几年差点儿没给斗死，虽然'文革'过去了，但黑的就是黑的，也红不了。"丁红卫又和我碰一下，又说："虽说是个华侨可他又没有钱，不像老周会写剧本。"我想了想，还是想不出什么。因为我平时根本就不会注意到这上边来。

"你说老周的那个剧本是写给谁的，那个追猪的剧本？"

　　丁红卫这么一说我就像是明白了，那个小戏里的女主角儿可不是就是给女副写的？她来演这个角色正好。人们都知道女副的台步走得是特别好，前跌后跌也都来得了，在地上来个旋子鲤鱼打挺也都毫不含糊。

　　"就是给她写的。"丁红卫说，"所以我说他们好上了一点儿都不是胡说。只可惜宣传队这下完了，那个小戏再好也排不了啦。"

　　"你想什么呢？"丁红卫推推我。

　　"我说女副不会离吧？"我想起女副的男人来了，是个大夫，个子不高，胖胖的，对人特别客气。

　　"我觉得可惜了。"我对丁红卫说。

　　"什么可惜？"丁红卫说。

　　"那个戏，那个女'徐策跑城'。"我说。

　　我这么一说丁红卫就笑了，他把手伸过来。

　　"你别摸我的脸，一个大男人像什么话。"我把丁红卫的手打开。

　　"你真聪明，我就看不出你有一点儿不好。"丁红卫又来了。

　　"你下井挖两天煤你就不会这样了。"我说。

　　想不到，丁红卫忽然趴在桌上哭了起来。

　　接下来谁也想不到宣传队来了个大整顿。先是让人们填了个表，表格上须写明上过戏校没有，唱没唱过旧戏，师傅是谁，什么行当。大家以前都没填过这种表格，一时都慌了神，女副原来没文化，我才知道她会多少戏都是靠一个字一个字背出来的，是大字不认识一个。怎么会，她岁数也不算大啊，我不知道这到底是怎么回事。她来找我，神色很紧张，她让我给她填那个表格，说这种东西填不对一辈子会跟上倒霉。她要我帮她把表格填一下，一格一格地填。唱过没唱过旧戏？填没。她说。跟过师傅没跟过？填没。她说。什么行当？没行。她说。填完了，她还不放心，让我给她念一下。我把表格给她一一都念过。会不会又要来什么运动了？女副眼珠转转，对我说，我说不会吧。女副忽然又说起刘利华，说你没跟她算你对，又说，前不久严打，一个破坏军婚的给判了无期，给人家把肚子搞大了。

"女的比男的大八岁，那男的才十八岁。"女副小声说。

"你看看，你看看，你看看，厉害不厉害？"

"我说你怎么总说这，我跟刘利华又没那个那个那个。"我不知道该说什么了，自己的脸倒先红了起来。

"没啥没啥没啥，就是那个了也没啥，在我这就是有啥也没啥。"女副说，长久地看着我，又告诉我她听人说刘利华跟那个连长离了，是那个连长跟驻地的一个女的好上了："其实人家是早就好上了，只不过刘利华给蒙在鼓里。"

又过了一个多星期，宣传部的老支下来兴冲冲传达一个文件。出乎大家意料之外的是，没提上次演旧戏的事，也没提要处理什么人。文件的大意是，过去解散的剧团马上又要恢复起来，剧团的老人都要回去，现在的宣传队过不久就解散。

"是哪个单位的人就回哪个单位去，条件好的可以去文化局报名参加考试，合格的就留下，不合格的就原来干啥还回去干啥。"什么是合格的？什么是不合格的？老支还特别解释了一下，"合格的就是那得要有一把牙刷子！"

丁红卫突然站起来，打断了老支的话。问："什么是牙刷子？"

老支瞅一眼丁红卫，冷冷地回了一句："我看你没什么戏，男唱女没什么前途！现在不是解放前了！没人喜欢看二尾子！"

我看着丁红卫，丁红卫的脸煞白煞白，丁红卫的手一扬，一个水杯飞向了老支。

宣传队解散了，是说解散就解散。我和丁红卫去医院看老支，那天的水杯不偏不倚打在老支的额头上，当下就开了花。老支这个人，怎么说呢，好像是一被丁红卫的水杯飞到脑门上倒把个人打好了，现在是说话倒客气了起来，话也多了起来。我们去了医院，丁红卫买了不少吃的，苹果、橘子、香蕉，我帮他拎着。

老支在床上坐着，头上缠着绷带。想不到队长和女副他们也在，正嘻嘻哈哈说得热闹。病房里给队长他们几个抽烟抽的烟雾腾腾，也没人管他们，护士探了一下头又走了。老支要丁红卫坐到他的旁边，他一只手拉住了丁红卫的一只手，他对丁红卫说什么事都要往长远了看，他建议丁红卫改学生行："你学了生就好了，可以唱的戏就多了，话又说回来，到了用的时候也不影响你唱旦角。你改吧，到时候你就是吃香的人物，又能唱旦又能唱生，哪个剧团不来抢你？"

老支的几句话让丁红卫的两眼发亮，丁红卫兴奋起来，老支的话不是全没道理。

"现在什么都要走上正规了，草台班子算什么事，也不是长待的地方。"老支说，"不过呢，草台班子可真是个锻炼人的地方，什么都能学学，要是到了专业剧团倒没这种可能。"

"说得对。"队长的唐山话又来了，说宣传队可不就是个大熔炉，停停，他又斟酌了两个字，加上去："是革命大熔炉。"

护士又来了，说有新病人马上要住进来，要收拾床铺。队长说我们也该走了。临走，队长像是动了感情，他也许早就想好了，此刻只不过是宣布。队长说："宣传队其实是永远也不会散的，只不过是改变了一种形式。但是大家伙儿以后不可能永远像现在这样待在一起了。"所以，队长把手挥了挥，他这个动作可真够滑稽的，让人想起《列宁在1918》里列宁的那个动作。队长把手一挥，手就停在了正前方：

"咱们要搞一场告别演出。"

队长这么一说，女副、男副马上跟着兴奋起来，说多上些热闹节目，好好热闹热闹。"但到什么地方演出可是个事。"女副看着队长。"这还不好说。"队长一转身，把个月份牌从墙上摘了下来，说："你们看看今天是什么日子？过几天是不是八一建军节？"男副和女副马上就都明白了，谁不愿意去部队演出啊，农村、工厂哪儿都没部队吃得好！

队长把月份牌拿在手中，翻翻，很快就翻到了红红的八月一日那一张："到那天咱们一定要合唱这首歌。"队长拍拍月份牌大声说："就这首歌！"

……
开天辟地第一回
人民有了子弟兵
从无到有靠谁人？
……

队长忽然没头没尾手一挥一挥地就唱了起来，他这么一唱呢，唐山口音就没了；他这么一唱呢，女副和男副也跟着唱了起来；女副和男副一唱呢，病床上的老支也跟上唱了起来；老支一唱呢，我和丁红卫也就站起来跟着唱了起来……